中国专业作家作品典藏文库

中国专业作家作品典藏文库

石钟山卷

夏日机关

石钟山 著

中国文史出版社

目　录

夏日机关

信 息 处

以前机关里并没有这个处，随着形势的发展才有了这个处。可以说信息处是新生事物，现在的新生事物人们到处都能感受到。信息处虽说是新生事物，但在机关里仍显得可有可无，平时并没有什么大事，收集同行业的信息，为其他部门服务。报纸刊物还有一台上网的电脑成了信息处信息的主要来源。自信息处成立以来，机关的工作效率并没有什么明显的提高。于是信息处在机关里的地位就显得可有可无，也就是说不怎么受待见。大家都知道这一点，但都不说什么，其实说了也没用，于是大家便什么也不说。

最近国家发生了一些大事，比如机关裁减。国家机关已经行动了，信息处黄姗的爱人就被裁减了，为了安抚这些被减下来的人，国家机关安排黄姗的爱人去英国进修。故事就从这儿讲起。为了便于了解故事的全貌，有必要交代一下信息处的一些自然状况。

信息处人员一览表：

老姜：男，四十六岁，处长。

老洪：男，五十多岁，享受副处待遇。

老李：女，五十多岁，享受副处待遇。

小梧：男，三十多岁，有两月婚史，正科级。

宇泓：女，三十多岁，副科级。

小界：女，二十六岁，科员。

黄姗：女，二十八岁，科员。

故事先从黄姗出国讲起。

黄姗的第一封信

几个月前，黄姗终于走出了国门。其实她走出国门和她自己并没有什么直接关系，是因为她的丈夫小王有了公派一年的机会，于是，她便随丈夫去了远在万里之外的英国。这样的机会对许多人来说并不是很多，于是就显得弥足珍贵。早在黄姗的丈夫刚有了要出去进修的消息时，她便开始活动了，她不是为丈夫活动，而是为了自己，为了让自己能够顺利地出去。那一阵子，机关所有认识黄姗的人都知道黄姗要出国了；就是不认识她的人，也在纷纷打听黄姗是何许人。那些日子，许多认识不认识黄姗的人，都找各种借口来到信息处，一睹即将出国的黄姗的风采。那些日子黄姗成了机关里的名人。黄姗在那些日子里也显得异常活跃，在办公室里都能看见黄姗穿戴齐整、花枝招展的身影，她对自己目光所触及的人和物都充满了同情和关怀。那些日子她是那么的温柔和大度，她不再与人计较任何事情，也就是说，无论怎样都没有什么了。能随丈夫去一年大不列颠让黄姗变了一个人似的。她不管见到的人是熟悉还是不太熟悉，都一律和那些人道别，仿佛她这一走就永远不再回来了，永别的情景让人难忘。最后黄姗终于办好了停薪留职的手续，并且终于坐上了飞往大不列颠的航班，飞向了万里之外，把同情和关怀的目光也一同带到了万里之外的大不列颠。她只能在万里之遥的英国把同情与关怀变成因特网上的一封短信寄给同事们。于是就有了黄姗的第一封信。

宇泓：

你好！

我来到英国已经一个星期了，我这里一切都很好，小王已经开学了，我主要是学英语。来到英国这几天，感触最深的是这里和国内真是不一样。这里的天空是那么的蓝，物质是那么的丰富。就是那些走在街上的小伙子，个个都是那么帅气，干什么都是手脚麻利。这里真是很好呀。宇泓，你要是有机会出国就来英国吧，这里真是不一样呀。机关还是老样子吧？不知为什么，我现在是一身轻松，完全没了在机关时的那种碌碌无为。原来是看什么都不顺眼，一到了这里就没了那种感觉，真是太好了。我有时间还会给你们写信的，把这里的一切告诉你们。我要到楼下的自选市场去买几样东西好给小王做晚饭，就说到这里吧。希望你们也经常给我写信。别忘了给处里的老姜老洪老李小梧小界带好。

祝你们快乐平安！

远在英国的黄姗

宇泓女士

宇泓女士看完黄姗的信，满脸通红，谁也不知道她为什么要满脸通红。两眼也是水汪汪的，像是要哭出来的样子。看完信后，她就坐回到自己的座位前，有一搭没一搭地在翻一本书，其他人都围在电脑前惊惊怪怪地看黄姗的信。老洪和老李最先走回到自己的办公桌前，他们什么也没说，老洪先叹了口气，接下来老李也叹了口气。谁也不知道他们为什么要叹气。叹完气后，他们就各自坐下了，然后就是雷打不动地翻桌上的那几张报纸。那是昨天他们都已看过的报纸，今天的新报纸还没有来，他们就只能看昨天的旧报了。

宇泓是一个三十出头的女人，长相说不上好看也说不上难看，经常激动，一激动就脸红。黄姗没走时，在信息处，两人的关系最好，说是关系好，其实就是两人在一起时话还多一些，因为宇泓这个女人没什么朋友，在这种情况下，黄姗的存在对她来说，显得就很重要。黄姗说走就走了，她就有些孤独，没有人爱和她说话。这种状态已经很久了。几年前宇泓这女人还是名职工，在这个局里干一些杂事，那时她已经结婚了，丈夫就是现在这位下岗的技术员。那时丈夫正满怀信心地想成为工厂里的工程师，正当丈夫为远大理想而努力时，工厂改革减员，丈夫就下岗了。当然这都是后话了。当职工的宇泓看着身边的人都是国家干部，她就有些急，这种心情可以理解。都是八小时上班，自己觉得也并没有比别人少干，别人却是干部，自己是职工，工资少不说，还有许多不公平的待遇。比较失落的宇泓女士，不知是从哪一天起，就和冯副局长有些说不清楚。其实这种不清楚只是人们的感觉，谁也没有看见什么，更没有抓到什么。冯副局长是几年前从部队上转业到局里来的，转业之前就是师级干部，据说是因为作风问题而被处理转业的。这也是听说，但有一点大家都知道，那就是冯副局长的老婆是自杀死的。自杀的原因是，冯副局长，那时还是冯师长，一直和老婆感情不和，闹了许多年的离婚。老婆是他从农村带到部队里来的，老婆还在农村时，两人就闹得不可开交，后来老婆提出，如果让她随军就同意离婚，结果是随了军也没离成。再后来老婆就自杀了，自杀之后，老冯就转业了。人们就相传，老冯是因为作风问题才转的业。

宇泓和老冯不清白，自然也是人们的猜测。原因是那一阵子，宇泓经常往老冯的办公室跑。老冯没事时也很愿意找宇泓说话，那时宇泓刚结婚不久，还年轻。又过了不久，宇泓就参加了市里的党校学习。这是老冯亲自推荐的，这事大家都知道。党校学习之后，宇泓就转干了，来到了老冯分管的信息处。

从那以后，人们有千条万条理由认定，宇泓这个女人是和老冯有一腿的。究竟有没有一腿谁也说不清，这种事本身也说不清，越说不清，就越是有事。从此，宇泓就经常激动，一激动就脸红。自此，宇泓就没有了什么朋友。平时还能和宇泓这个女人说上一些话的就只有黄姗了，她这一走，宇泓心里就很不是个味儿。

其实人们不愿意理宇泓这个女人还有别的原因。人们最不满意的是，她经常分不清哪儿是单位哪儿是家。

说到这里就要说一说宇泓的家了，其实她的家很简单，一个在工厂里当技术员的丈夫，还有一个儿子。丈夫的工厂离机关不远，起初儿子所在的幼儿园离机关也不远。机关的福利还不错，每个月都有一百多块的伙食补助。丈夫工厂也有食堂，搞得却不好。儿子上幼儿园时，先是丈夫每天中午来到机关，很准时，就和上下班一样，然后就是宇泓为丈夫和自己去食堂打饭，不一会儿，热气腾腾锅是锅碗是碗地端回来，接下来就围在办公桌前和丈夫一起，大快朵颐。其实这么做也没什么，关键是她丈夫这个人，很不把自己当外人，不停地和信息处所有的人打招呼，就跟到了自己家里一样。吃完饭仍没走的意思，而是大模大样地坐下来，稀里哗啦地翻报纸，这一点刚开始大家也能理解，工厂里看报的机会少，借此机会学习学习，也没什么不好。最主要的是，他翻了一会儿报纸仍没有走的意思。机关的人大都有午睡的习惯，尤其是老洪老李等人，年纪大了，不休息一会儿下午上班就很难受。办公室里有沙发，躺一会儿，倚一会儿，总之机关的人都是要休息一下的。宇泓的丈夫这时仍不走，仍很响地翻报纸。以老洪为代表的一干人等就有些不高兴了，老洪这时就干咳一声说：小吴啊，你们到上班时间了吧？一般人是能听出这句话的弦外之音的，该干啥就干啥去了。小吴这个人却不把老洪的话放在心上，只冲老洪笑一笑说：还早呢，你们休息，我给你们站岗。他以为他的话很幽默，说完不看别人的脸色，倒是把自己先给搞笑了。

小吴这个人，吃亏就吃在太自以为是上，包括后来他的下岗。当然宇泓这个女人是听出来老洪的弦外之音了，但她觉得老洪等人纯属没事找事。自己的丈夫在办公室待一会儿怎么了，不就是待一会儿嘛，又没吃你又没喝你的，办公室又不是你老洪一个人的。宇泓这么想过了，就觉得丈夫这样没有什么不好，让丈夫在有空调的办公室里休息一个中午是很正常的事儿。丈夫毕竟是自己的，自己不心疼还有谁心疼？小吴厚着脸皮在办公室这么耗着，有一多半的责任应该要由宇泓来负。从这一点就可以看出宇泓是属于什么样层次的女人。看来老冯让她去党校学习也没能让她高尚起来。

这样一来，大家都对宇泓这个女人有意见，很不把她当回事儿。后来宇泓的儿子大了，上学了，学校就在机关的后面，这回不是小吴一个人来了，还带来了他们的儿子。一家三口在中午时分，前呼后拥地来到机关。自从儿子上了小学，一家人才发现儿子的智商有点问题。其实在这之前人们早就看出来了，就是宇泓和小吴没看出来。孩子是自己的好，看哪儿都那么可心可眼。直到上了小学，能算出一位数的加法，两位数就掰扯不明白了。还有就是识字，今天学会了明天准忘。自从发现儿子是这般模样，宇泓这个女人就长吁短叹。小吴每天中午把儿子带来，一进门，宇泓就开始叹气。宇泓一叹气，老洪就一边唱京戏一边拿着饭盆去打饭。众人就笑。

一家三口都在办公室里，中午的信息处就不得安宁了。傻儿子精力很旺盛，从不知疲倦的样子，看什么都新鲜，呜呜地叫着。能安静下来就是看动画片。信息处有一台上网的电脑，这台电脑是信息处存在下去的理由。是它给机关提供这样那样的信息。为了让儿子安静下来，也许是为了让儿子能从动画中学到一些知识，宇泓每天中午都给儿子在电脑上放动画片。一放动画片儿子就老实了，一双小眼睛睁得溜圆。动画片是有动效的，每次看动画片儿子都要求把动效放到最大。儿子就和动物一样弱智了。

这样一来可以说信息处就鸡犬不宁了。大家都对宇泓这个女人有意见，老洪老李带头把这意见对姜处长说了，姜处长连屁也没放一个。他就是这么一个人，在下级面前还好点，在上级面前，更是没有话说。信息处不受人待见，和姜处长的无能也有一定关系。老洪和老李私下里就说：兵熊熊一个，将熊熊一窝。从那以后，老洪老李有什么意见也不对姜处长说了，知道说了也是白说，还生一肚子气。

宇泓这个女人表面上看是家庭观念太重，其实骨子里很自私，自私到了都失去了自己。别看丈夫小吴是个下岗的技术员，说话还有些娘娘腔，但在宇泓这个女人的心里可非同一般，让她佩服得五体投地。在家里时，小吴一进家门就有许多话要说，说的都是一些国家大事，从政治说到经济，又从国内说到国外。总之，天上飞的地下跑的，都是他要阐述的对象。这些信息当然大都是他从信息处的报纸中得来的，此时都变成他自己的观点了。有时也一知半解地看一点哲学书，然后生拉硬扯地和现实联系在一起。这样的丈夫在宇泓这个女人的心目中可就了不得了。丈夫说的话句句都是真理，别人的话都成了谬误。她在机关里张口闭口就是，我家小吴说了。小吴说了这，小吴说了那，成了她的口头语。

小吴在家里的地位是至高无上的，他什么也不需要做，他的主要工作就是看哲学书和看电视，然后就是高谈阔论国际国内的形势。弱智儿子成了他们一块心病，小吴自然有自己的解释，他就冲自己的女人说：贝多芬、毕加索这些天才们都有着生理或者精神上的毛病，但他们却都是天才，谁敢说咱们儿子以后不是个天才？宇泓不敢说自己的儿子不是天才，眼巴巴地望着丈夫小吴，小吴给她点燃了希望的明灯。从那以后，她却有一些瞧不上别人正常的孩子了，觉得别人的孩子是那么的平庸，只有自己的孩子才是天才。在她的眼里儿子就是小毕加索、小贝多芬……

因此，宇泓无论如何也不能让自己的儿子委屈了。在办公室的桌子上，摆满了为儿子买的书，琳琅满目，什么内容的都有，她巴望着一不留神儿子就成了天才。丈夫在她的眼里是大天才，儿子在她心里是尚没出道的小天才。她也知道办公室的人对她有意见，但她不能为了让大家没有意见而委屈了一对天才。她装作什么也不知道，该怎样还怎样。

自从丈夫小吴下岗以来，她从没有在丈夫身上找原因。她一直认为是丈夫单位的领导太不是个东西，有意和他过不去。这样的天才工厂不用还想用什么样的人？领导这是嫉妒。在这之前，小吴并不受单位的头头待见，嘴上说得比谁都好，可实际做起来，又比谁都差，这种人我们在生活中经常可以见到。平时又清高得很，谁也瞧不起，就自己行，到了关键时刻这种人不下岗让谁下岗？

小吴一下岗，信息处的人们就更容易看到小吴怀才不遇的身影了，他差不多和信息处的人们一起上下班。上班的时候，他搬一把椅子坐在宇泓的身边，把信息处昨天的报纸都拿到自己的眼前，然后很深刻地看报纸，一边看一边思索，叹气摇头。这时他不会说话，他知道他说什么也不会有人搭茬，他知道没人待见他。他此时装了一肚子话，这些话只能回到家里和自己的女人一吐为快了。

中午时分是一家人团聚的时刻，弱智儿子的出场是宇泓一天里最高兴的时候，也是她一天中最累的时候。一边督促儿子吃饭，一边计划吃完饭后是该让儿子先看动画片还是学童话。总之，她的心思都用在培育天才上了。儿子却很不争气，她为儿子读童话，儿子一边流口水一边说：妈，我想睡觉。她就很生气地说：只有没出息的人才只知道睡觉。这时老洪等人已经睡了，她这么说，老洪等人一定生了一肚子气。她就举起一只手冲儿子说：这是几只手指头？儿子说：一只手。宇泓就恨铁不成钢的样子。她没心思教儿子了，便让儿子看动画片。一看动画片儿子就高兴了，流着口水一副乐不可支的样子。

中午一过，她显得很累，坐在办公桌前打瞌睡，有时也流出口水。这时丈夫小吴已经回家了，下午他送走了孩子就算下班了。他要回到家里睡上一觉，晚上等女人回来还要说许多国家大事，当然还有许多对社会对单位领导的不满，等等。宇泓觉得丈夫的话太正确了，这个社会真是对丈夫这类人太不公平了。她坚信丈夫迟早会有出头之日的，现在没有出头只是时间没到。

黄姗这女子

自从黄姗去了英国以后，宇泓就开始羡慕黄姗，她觉得黄姗的命比自己好。黄姗的丈夫小王也是下岗，可下岗和下岗却有很大的不同，人家一下岗就去了英国。宇泓目前崇拜一男一女两个人，男的就是自己的丈夫小吴，女的就是黄姗。

黄姗在谈恋爱时宇泓就觉得黄姗这个女子非同小可。那时黄姗一口气谈了三个对象，其中有一个就是现在的丈夫小王。她谈对象时不是一个一个地来，而是三个人一起来。这就需要很高的智慧和胆量，有时还要胆大心细。黄姗一口气谈三个对象，她不是在玩弄男人，如果那样的话，黄姗也就不是黄姗了。她的目的只有一个，那就是在自己力所能及的条件下要找一个最适合自己的。她认为她的想法并没有错，自己的行为充满了善意。

也就是说，黄姗这个女子在三个男人之间，游刃有余地来往了有两年之久而没有穿帮，这不能不说是一个奇迹。她的精明之处在于，这三个男人都觉得黄姗是自己的唯一，根本没有感到危机四伏。黄姗穿行于三个男人之间，那一阵子她就像一只候鸟，这一阵飞向那儿，过一阵又飞向这儿。她随时掌握气候的变化，什么季节穿什么衣，什么季节化什么妆。总之，都把三个男人搞得五迷三道的。

黄姗另一个聪明之处在于，她不仅掌握着三个男人的心理，同时自己一直保持着冷静，她在冷静地分析着三个男人的优劣，也可以说三个男人各有所长，有的家庭条件好，有的长相不错，还有的老实厚道。黄姗也时时困惑，为什么这些优点不集中在一个人的身上。但她很快就能从这困惑中解脱出来，要不然她也就不是黄姗了。她知道熊掌与鱼不可兼得的道理。这么一想之后她就没什么可困惑的了。她最后之所以选择了小王而不是另外两位，是因为她感到小王这人日后会有所作为。那时小王只身一人在这座城市，大学毕业能留在这个城市本身就已经很说明问题，还有一点就是，小王在国家机关工作，日后会很踏实，人也不会太出格。在当前红尘滚滚的社会中，黄姗不可能不务实地想一些现在和未来。这就是她的聪明之处，她和小王结婚后不久，另外两个男人也相继结婚了，没多久，一个出现了第三者离婚了，另外一个日子过得很不顺，正准备离婚。到了现在，黄姗自己也觉得当初决定的英明。现在虽说小王也下岗了，可这种下岗比上岗还要实惠。能在大不列颠居住上一年，还有比这种下岗更荣幸的吗？

自从黄姗和小王结婚以后，黄姗就和自己的母亲结下了仇恨。原因是母亲不同意她和小王结婚，在这三个男人中，母亲最不喜欢的就是小王，小王不会讨黄姗母亲的喜欢。母亲无法改变黄姗的决定，到最后只能是母女不和了。其实这也没有什么，一般情况是，随着时间的流逝，这一切都会好起来的。黄姗要把事情做得滴水不漏，因为这一段时间，她无法和母亲处好关系，一定会有人说三道四，她为了不让人家说三道四，便开始说母亲的坏话，她要先下手为强，把母亲推上被告席。

每到星期一，一上班，她就向每个同事述说这两天遇到的不幸，说周末回母亲那里去，母亲如何不让她进门，进了门之后，母亲又如何冷言冷语，说是让她偿还这么多年来的抚养费，要是不交就当没养她这么个女儿等等。字字血声声泪的，听得老洪老李也是眼泪汪汪的。他们都是有儿有女的人，他们站在亲爹亲娘的角度都觉得黄姗的母亲做得太过了，太不应该了。他们一致同情黄姗，都说黄姗并没有做错什么，错的是黄姗的母亲。黄姗在人们这里得到了同情，擦干了眼泪，该干什么就干什么了，反正她已经把心里的负担甩了出去。

其实母亲并没有像她说的那么严重，母亲只是有些不高兴，咸言淡语地说了几句黄姗，如果换成别人，说一说也就过去了，但黄姗不一样，她不能在任何人面前吃亏，否则就不是她黄姗了。她忍不下这口气，和母亲大吵起来，然后离开母亲的家。

在单位黄姗也是向来不吃亏的，只要有便宜有机会，就寸土不让。例如机关发水果、大米什么的，总是她先挑。大的好的留下，小的差的留给别人。当然大家都不太高兴，但一想到目前黄姗和母亲的矛盾，觉得她也挺不容易的，就算了，容忍了。其实人们都挺善良的。

这次小王下岗，曾一度让她对自己的眼力产生了怀疑，但随着小王又被宣布出国进修，她很快又肯定了自己。她经常对宇泓说：其实婚姻就是押宝，押上了也就押上了。宇泓对她这句话深信不疑。她还说：其实爱情不爱情的，那是骗人的，和谁都能过一辈子，只要对方对自己有用，这日子就能过下去。宇泓对她这句话半信半疑。

黄姗不管别人信不信，反正这么多年她就是这么过来的，而且感觉很好。上学时，她就入了党，后来她说，大学时的党支部书记爱找女生谈心，当然党支部书记是一个岁数很大的男人，不少女生谈过两次就不谈了，只有她一个人坚持了下来，结果是只有她一个人入了党。毕业时，她现在所在的机关去学校挑人，因为她是党员就被选中了。这更增强了她的这种人生信条——那些虚的都没用，只有有利于自己的那才是真的。

老洪和老李最后也看出了黄姗这一点，都觉得现在的年轻人比他们那时候不知要强多少倍，要是当初自己有黄姗这两下子也不会是今天这个样子。

老洪和老李

老洪和老李可以说是一对冤家，他们从开始工作就没有分开过。可以说他们是机关的元老了，差不多机关成立他们就在这里工作了。那时他们都还年轻，年轻的他们有许多梦想，他们也都曾为自己的理想奋斗过，结果就是今天这个样子。

那时他们的最大理想就是当处长，他们是这个机关的元老，差不多所有和他们一起进机关的人都是处长了，就是现在信息处的处长——小姜（他们从来都把姜处长称为小姜）比他们的资历要浅得多，都当上了处长，只有他们还只是享受副处待遇的调研员。

其实这一切谁也不怪，只能怪他们自己。那时两人是名副其实的一对冤家。两人是同事，同时也是竞争对手。如果他们不在一起，也许结果会是另外一个样子，然而命运偏偏把他们安排到了一起，从没分开过。那时两人似一对好斗的鸡，只要见面就掐，直到双方都鲜血淋漓。

有几次，领导已经做出了让他们其中一个当处长的决定。另一个听说了，便找领导谈话，列举对方种种不是，比如，某年某月对方说了什么话，当然这些话都是对对方不利的；又某年某月，办了什么事，这个事当然也是对对方不利的。还有什么时间说了领导的坏话，这样的坏话经对方过分的渲染和夸张，都是有损领导形象的。领导听了自然很不高兴，于是就把提拔的事放下了。就这样提提放放，放放提提，一晃几年，又一晃几年，两人渐渐就都老了。当机会再一次来到的时候，已经没有他们的份了，原因是他们都过了提拔的年龄了。于是他们就只能安于现状了。

在这期间，局领导换了一茬又一茬，每届领导差不多都给过他们机会，他们又都差不多用相同的办法把自己进步的路给堵死了。一茬又一茬的领导都没弄明白他们为什么要和自己过不去。这真应了那句老话，当局者迷。

直到有一天，终于明白这样的机会再也不会有了，他们才醒悟过来。可是一切都已经晚了。也许是人到了一定的年纪才什么都想开了，想开了之后，两人再也不为是是非非斗心眼了。他们看到了眼前，人到了五十开外，觉得都没啥了。他们都有了第三代，仔细一想才发现这日子过得太快了。他们争争斗斗的日子仿佛就是一个月前的事，真不明白这些年是怎么过来的。他们都已经看到了未来，那就是再过两年就退休了，退休以后，在家里带孙子孙女，等孙子孙女大了，他们也就真的老了。然后说不定遇到什么病呀灾的，说起不来就起不来了，这一辈子也就到头了。

两人差不多在同一天就都想开了。不再争斗的两个人，仿佛过去的恩恩怨怨从来都没发生过似的，相互一笑泯恩仇了。现在两人每天上班的第一件事就是交流气功心得，最近自己又学了什么气功，收到了怎样的效果，腿不疼了，睡得也香了等等。两人交流很方便，两人桌子相对，就坐对面。这在以前是不可想象的，他们现在有许多共同语言，吃什么好，几点睡觉更有利健康，走路是快走好还是慢走好。

如果其中一个人因为家里或身体而几天没来上班，对方就会觉得缺少了什么，坐也不是，站也不是，然后拿起电话接通对方，讲上几句，才放下心来。办公室的人都觉得不对劲，大学毕业没多久的小界因涉世不深曾一度怀疑两人是在搞黄昏恋。

两人从这个极端而走向了另一个极端，当初小姜当处长时，局里曾征求过两人的意见，两人几乎不假思索就说：没意见，让谁当处长我们都没有意见。黄姗出国了，在两人眼里出去也就出去了，跟出趟差也没什么区别。出国又能怎么了？最后不是还得回来？当处长又怎么了？最后不也是得退休？到老了都是一样的，该咋样还得咋样。于是日子在老洪和老李的眼里就别样起来，觉得都没啥了。

小　梧

三十岁出头的小梧到现在还没有结婚，说是没有结婚不太确切，应该说小梧曾有两个月名不副实的婚史。

事情还得从小梧三十岁那一年说起。小梧三十岁那一年，赶上机关分房子，这对任何人来说都是一次千载难逢的好机会，但分房却是有条件的，那就是必须是结了婚的无房户。这一点小梧是不符合条件的，三十岁的小梧，正处在失恋的痛苦之中，也就是说，他谈了三年的女朋友和他说再见了，原因是女朋友又找到了比他更好的男人。说是比小梧更好，是因为那个男人比小梧有钱，是做手机生意的。那个男人比小梧的年龄还要大上五六岁，是一个谢顶已经很厉害的男人，小梧曾有幸见过一次。那是小梧和女朋友分手那天，那个男人来接她。她就对小梧说：这是我的男朋友。小梧就看见了那个男人，那个男人对小梧笑一笑，便揽着她的腰走了。小梧站在那里，觉得自己很像是一名运动员，把接力棒交给了下一个人，然后就没自己的事了，只能远远地看着下一个运动员去跑了，是赢是输也是别人的事了。

这次不成功的恋爱使小梧对爱情又有了新的认识，那就是这个世界上本来就没有爱情，爱情那是骗人的。曾经分手的女朋友和他恋爱三年，也海誓过，也山盟过，结果还不是这样？女朋友是他的大学同学，也可以说算知根知底了，两人又同留在了这座城市，两人恋爱，应该是情理之中的。小梧知道自己只是一个公务员，他以前也没奢望过什么，如果说是奢望那就是过平常百姓的日子，别人怎么生活他也就怎么生活。现实彻底粉碎了小梧过平常百姓日子的梦想。

在小梧失恋不久，就赶上了机关分房子，机关已经有几年没有分房子了，房子对每个了解国情的人来说，有多么重要，在这里就不多说了。小梧清醒地认识到，这样的机会无论如何也不能失去，过了这个村可就没有这个店了。要想分到房子，除非结婚。那几日，小梧真是一筹莫展。

小梧留在这座城市后，就一直在租房子住，机关没有宿舍，他只能租房子。没有自己的房子就是没有自己的家，小梧一直有一种漂泊感，有时像断了线的风筝，上也上不来，落也落不下去，就那么浮在半空。留在这座城市后，他一直有这种感觉。那时他就想等机会成熟了，就结婚，结了婚，有了家也许就没有这种感觉了。现在结婚也成了他遥远的梦想。然而并不是梦想的房子就在他的眼前，他不想再失去了。

那些日子小梧发动了这座城市中所有的熟人，诸如老师同学，让大家一起为他献计献策。一个男同学就出了一计，那就是让小梧假结婚，说如果愿意的话，他可以为小梧找到这么个人，但女方是有条件的。也就是说，小梧得付给对方两万元钱。这位同学说得很有把握，因为，在这之前，这个女人曾经和别人有过这么一回交易了，第一次对方付了三万，这又不是第一次了，就降到了两万。小梧也没有别的更好的办法了，心想花两万块钱买一套房子，值！当下就答应了。

从结婚到离婚，小梧一共见了那个女人两次。也就是两个月时间，小梧的房子到手了，就和那个女人办了离婚手续。小梧分到了一套房子，同时也背上了一个离婚的名声。反正小梧也想开了，就没有什么了。

小梧除上班外，迷上了上网。他现在在现实生活中几乎没什么朋友，网上他却交了不少朋友，在网上和那些没有见面的朋友聊天成了他生活中必不可少的一部分。在网上谁也见不到谁，想说什么就说什么，甚至可以不问对方是男是女，只要话题投机，他们就可以在网上聊下去，这是小梧在现实生活中无法体会到的乐趣。现实生活只能使他失望。

他平时最瞧不起的就是宇泓这个女人，他甚至从来不和她讲话，她的为人和做派简直无法让他忍受。他也不喜欢黄姗那个小女子，说她是小女子一点也不为过，黄姗差不多把自己的命运都交给了男人，到时候吃亏的一定是黄姗。他说不清黄姗是不是爱她的男人，反正她的男人给她带来了她想得到的。这一点，要在以前他会觉得黄姗是在出卖自己，这是让他所不齿的。现在他已经不这么想了。因为他的所谓爱情已经破灭了，他不再相信这个世界上还有什么爱情了，既然已经没有了爱情，那么和谁也都一样了，谁能让自己过得更好一些就跟谁，这有什么错呢？他觉得黄姗这个小女子很聪明，起码比自己醒悟得早。这么想过了他倒有些佩服这个小女子了。

宇泓在他眼里却不是这样，她的所有做派只让他感到恶心和不快。只两件小事，就让小梧看透宇泓这个女人了。机关各部室订了几种报纸，过一段时间就要卖一些废报纸，每次卖报纸，宇泓都很积极，她主动去卖，每次都能卖个十几元钱，其实十几元钱谁也没当回事，宇泓每次都说：这钱咱们买雪糕吃。然后很大方地把钱就放在了办公桌的笔筒里。过了一阵，又过了一阵，吃雪糕的事就不了了之了，那十几元钱也就无声无息地没有了。下一次卖报纸时仍是这样。每年“六一”的时候，机关都给有孩子的人意思意思。有时发一些小孩吃的，有时发一些现金，老李、老洪和姜处长的孩子大了，都不在分发之列，其他的人还都没有小孩，符合条件的只有宇泓这个女人。每次她领到分发的东西，都是一副占了天大便宜的样子，然后对小梧小界等人说：有孩子多好，你们赶快也要孩子吧。仿佛她生的孩子是专门等机关分东西似的。在小梧眼里，这些小事足以让他看透这个女人了。小梧有时就想，真不知这种人是怎么混到公务员的位置上的。

老洪和老李两个人，存在等于虚无，他们两人有没有，在小梧眼里是一样的。也就是说，两人在混吃等死。姜处长的存在，只是因为他是信息处的处长，让这种人当处长还不如不要这个处长。在小梧的印象里姜处长从来没有过自己的主张，屁大一点小事也要请示上级，也许是上级看上了他这一点才让他当的处长吧。在信息处，姜处长只是一个传声筒，且整日板着脸，从没见到他笑过一回。

还有小界，大学刚毕业不久，有些地方还没有脱开学生气。整日里约会电话不断，不是去泡吧就是蹦迪，总之没有空闲的时候。小界虽说也二十多岁了，但一点也看不到成熟起来的迹象。虽然小梧和小界的年纪差距并不太大，但他却和小界没有什么共同语言。

小梧便只能每日里面对电脑和网友们聊天，在那里他才感受到自己的存在，也是他生活中唯一的乐趣。最近他在网上结识了一个叫小心的女孩子，他们已经聊了几次了。每次一上网，他都能碰到那个叫小心的女孩儿，每次两个人都聊得很投机，他们天南海北聊着聊着，就聊到了各自的单位。小心这个女孩儿的单位也是一家机关，她的感受和小梧的感受一样，他们都没有在自己的单位找到有共同语言的同事，他们的苦闷是一样的，他们对周围的人看法也如出一辙，这让小梧感到惊奇，当然小心也有同样的感觉。他们大有相见恨晚的意思。他们聊着聊着，小心说了上半句话，小梧就知道她下半句会说什么了，反过来也是一样。聊着聊着，小梧竟对着电脑哈哈大笑起来，他觉得真是神了。他不知道叫小心的女孩儿长得是什么样，是高是胖是丑是俊，这些都无所谓了，只凭着他们的心有灵犀就足以说明他们是一类人。小梧网上的名字叫小侃，这是他们网友的游戏规则，每个上网的人都有自己的网名，其实叫什么都无所谓，只是一个代号而已。这和自己平时的名字是一样的，只不过是与人方便与己方便。

小梧在心灰意冷的时候认识了这个叫小心的女孩儿，给他的生活带来了一抹亮色。他不知道这个叫小心的女孩儿会给他带来什么，反正他此时感觉不错，沉闷的机关生活使他觉得自己看不到希望，然而小心却让他感到生活中的涟漪，使他枯死的心又漾起了浪花。不知为什么他越来越想见到小心。就是他恋爱时也没有过这么强烈的感觉，小梧不知道自己这是不是在恋爱。在他谈了三年恋爱以失败告终之后，爱情在他心里就已经死了。但有时这份感受又让他说不清，他曾鼓起勇气约小心见面，小心在网上嘻嘻哈哈地说：还是别见了，也许见了面我们就没有这种感觉了。小梧想一想，觉得小心说得在理。于是他暂时就打消了见小心的愿望。

小　界

小界是怀着一颗红心走向社会走向机关的。她毕业的时候可以去公司，小界的父母都是过来人，还是觉得机关稳妥，虽说挣的没有公司多，但机关就是机关，这是国家的，是任何一家公司也无法替代的。最后小界在父母的说服下还是来到了机关。

小界刚来机关的那些日子里，看什么都是新鲜的，觉得机关也没什么不好，随着时间的流逝，她才渐渐感受到，机关这种死气沉沉的生活真的不适合自己。她无法和这些人来往，她知道这些人想的是什么。姜处长只想当他的处长，保住处长的位子是他目前最大的理想。老洪和老李在混时间，他们在等着自己退休那一天。天天柴米油盐，要不就是气功健身，如果他们就这样也没有错，毕竟他们都快到了退休的年纪，也应该关心他们该关心的事了。事实却不是这样，他们表面上都没什么了，可他们的内心深处，却比任何人都不平衡。电话就放在老洪和老李中间，处里每次来电话差不多都是两个人接，小界有许多男朋友也有许多女朋友，刚走出校门没多久，朋友们感觉一切都还是那么新鲜，于是就有许多电话找小界，每次都是老洪或老李接听。如果是女孩子来的电话还好一点，要是一个男孩子来的电话，两个人便竖起耳朵仔细地听，恨不能让自己变只蚊子钻到电话机里。其实他们并没有听到什么，但他们却能从小界的话语里产生联想，联想的最大好处就是，自己想什么就是什么，于是小界的电话内容在两人的联想下就很丰富，于是两人四目相视，目光中就什么都有了。这一点小界早就看到了眼里，她每次接电话心里都是怪怪的，有一种说不出来的味道，仿佛自己在做见不得人的事。

老李作为女人，经常找到小界，似乎很关心小界的个人大事，不停地打问小界有没有男朋友。每次小界都说，已经有了而且就快结婚了。噎得老李说不出一句话来，待过了一段时间见小界仍没有要结婚的动静便又说女人迟早是要结婚的，女人只有结了婚才能安心过日子等等，她说这话的言外之意仿佛小界不结婚就不是过日子的人。

小界一日不结婚，老洪和老李两人似乎就踏实不下来，他们似乎有许多劝慰的话要说，他们知道他们说了也是白说，小界是不会听他们的，弄不好还讨个没趣，于是他们只能把想说的话放在肚子里。这样一来两个人都很难受，于是两个人在私下里就嘀嘀咕咕，一副忧国忧民的样子。

宇泓这个女人在小界眼里，简直无法用语言表达。她觉得她身为女人，为这样的女人感到悲哀。在小界的眼里，宇泓是一个没有个性，没有追求，没有自我，又自私自利的女人。有时她就想，要是所有的女人结了婚之后，生活中只有自己的丈夫和孩子，真不知道这个世界会是个什么样子。她同时也不欣赏黄姗那样的女人，把感情太实际化，把婚姻押宝似的押在一个男人身上，这和赌徒又有什么区别？

姜处长在小界的眼里简直就不是个男人，什么事到了姜处长的眼里都比天大，比地沉。他觉得这太是个事了，自己是无法做主的，一定要请示了上级领导他心里才踏实，否则的话便六神无主，不知如何是好。小界同时也为自己一走向社会就遇到这么个领导而感到悲哀。小界从她女性的视角还感觉到，姜处长是个好色之徒。她从姜处长看自己的目光中能够感觉到。姜处长和她说话时，目光总是游移不定，并不住地在她身上最敏感的部位瞄来瞄去。只要是单独和她在一起时，他总是借机摸弄一下她的头发，或者衣袖什么的，这让小界既感到难受又感到可笑。这种色大胆小的男人，让她浑身直起鸡皮疙瘩。

她对小梧也不怎么感冒。她知道小梧曾恋爱失败过，也曾为了分房子而和别人假结婚。这在小界的眼里并没有什么，任何事都会有成功或失败。现在小梧这种失败，仿佛是天下所有人都对不住他了，每日里很少与人讲话，深刻得不行。

小界用她那双还没有多少城府的眼睛打量着这个世界，打量着周围的人，也在体会着这个机关。

她在上大学时是那么盼望早点毕业，那时她对社会充满了渴望，她觉得只有走向社会才会证明自己真正长大了。那时她觉得学校的生活一点意思也没有，那时她对社会的渴望简直是望眼欲穿。直到走向了社会，她才体会到一切都是她的幻想。她一时无法转过这个弯来，她经常幻想，也许换个单位会好一些。她在期盼着那一天早日来到。

老　姜

年近五十的老姜，该经历过的都经历过了。高中还没有毕业便下乡了，下乡的结果是，他娶了一位当地县城的女人结了婚，那时他并没有想得更远，他也不可能想得更远。当时在“广阔天地大有作为”的指示下，他是曾想在当地干上一辈子的。没想到的是，一夜之间广大知识青年说返城就返城了，最后留下了他们这些在当地结婚的人。如果政策不变，大家仍都在广阔天地里大有作为，他也就不会有什么不平衡的了，然而别人一夜之间说走就走了，他便不平衡起来。后来经过艰苦的努力终于回到了这座城市。回来后他才发现自己真的是一穷二白，别说其他的，光是房子就是一个大问题。没有办法，他只能住在母亲这里，在这之前父亲已经去世了，家里只剩下母亲。母亲是个知识分子，喜欢清静，这么多年都习惯了。其他子女也都相继出去另过了，母亲盼星星盼月亮地盼来了清静的日子，没想到老姜又带着一家子人回来了。那时老姜的孩子也已经上小学了。老姜没处可去，只能住在母亲这里。时间长了就发生了矛盾。矛盾来自老姜的爱人和母亲，母亲不太喜欢这个外地的儿媳妇，再加上儿媳妇也不太会来事，她觉得吃住在这里是应该的，没有把自己当过外人。况且什么事媳妇都不想吃亏，这样一来，矛盾就发生了，一发生就不可收拾，母亲不高兴，爱人也不高兴。整天地都是母亲抱怨，爱人发火。爱人发火是有原因的，爱人并不想往回调，她在那个县城里有着一份自己可心的工作，最后还是听从了老姜的规劝，来到了这座人生地不熟的城市。没想到的是，回到这里竟一无所有，什么事都得从头开始，于是她就一肚子怨气。她知道婆婆看不惯她，经常给她脸子看，她也没有好脸子给婆婆看。那些日子闹得老姜鸡犬不宁，那时候他最大的愿望就是希望自己尽快分到房子。也就是从那时起，他和爱人埋下了仇恨的种子，他觉得爱人一点也不理解他，他不能和母亲去吵，他只能和爱人去吵。结果这种仇恨的种子越埋越深。几年以后，老姜终于分到了房子，离开了母亲的住处。可这种矛盾仍没有得到解决。

一晃几年之后，母亲的年纪大了，行动不太方便了。老姜总要抽空去看一看，爱人当然不高兴。为了这，她经常要和老姜吵嘴，老姜就感到这日子过得很灰暗，没有个出头之日。

老姜年近五十，终于熬上了处长的位子，他就特别珍惜，当初他觉得这辈子混上一处属于自己的住房他就心满意足了，后来他有了房子，又当上了处长。处长的位子是他从老洪和老李的手里捡来的，如果老洪老李两人不闹矛盾，这个处长怎么着也不会轮到他的头上。正因为这样，他才越发感到这处长的来之不易，于是他总觉得处长的位子坐得不稳，老是感到说不定哪一天就会被人抢去。因为有了这种想法，他就处处谨慎，不敢有半点差错。为了少一些是非，他不管遇到什么事，都要向领导请示，多年的工作经验告诉他，多请示汇报一定不会错。

这么多年来，他一直想离婚，当初他选择这个女人时，就发现是一个错误。那时年轻一激动就没有管住自己，结果就酿成了大错。他想甩掉现在的爱人时，却不那么容易了。那时当地女人找下乡的知识青年，成为一种时尚。当年回城时，他就想过要离婚，自己带着孩子回城也不会有以后这么多烦恼。他还没有提出来，老婆似乎就看透了他的想法，就斩钉截铁地说：想离婚，门儿也没有，除非你不想回城了。那时老婆家在当地是有一些关系的，他怕自己回不来，才没敢提出离婚。回到了城市，在婆媳之间正闹得如火如荼时，他又想离婚，老婆又及时地看出了他这种不三不四的苗头，于是又说：想离婚可以，你给我十万元，我立马离开你。要不然你想也别想。老婆是说到做到的，他领教过老婆的厉害。老姜听老婆这么一说，就一点办法也没有了。

后来他们有了自己的房子，虽然三天两头地仍会和老婆因回家去看望母亲而吵架，但和以前天天吵相比，不知要好上多少倍。再后来他又当上了处长，这样一来他更不敢提离婚的事了，否则好不容易到手的处长，也会随老婆的又吵又闹而灰飞烟灭。这么一想，他也就忍了。这期间孩子就一点一点地大了，他把希望和寄托倾注到了儿子身上，儿子就要高中毕业了，等儿子考上大学，他一半的心愿也就了了；另一半他寄托在自己身上，这种寄托是他当上处长之后慢慢滋长出来的。在没当处长前他想也没敢想过，那就是他要当副局长。老冯就快要退了，老冯一退，就得有人接老冯的班，他暗自算了一下，机关十多个处，也就是说他会有十几分之一的希望。除去即将要退休的处长，也就是还有七八分之一的希望。这么一想，前途一下子就光明起来，他现在小心谨慎地工作就是为了那份未来光明的前景。他也说不清自己为什么要当副局长，也许这种仕途是与生俱来的，他的血液里他的骨子里早就深深地埋下了这种愿望。或许这是祖先的基因，一代一代地传给了他，他无法摆脱，也不能摆脱。

老姜知道处里的人怎么看他，他觉得这一切无所谓，这些人影响不了他向副局长进军的步伐。只要和领导关系搞好了，不论办什么事只要让领导放心，处处都听领导的准没错。于是不论是大事小事，他都要积极地向领导汇报，领导说怎么办他就怎么办。别人怎么看他那是别人的事情，只要领导眼里还有他这么个小姜，他就知足了。

老　冯

即将退休的老冯，一晃转业到地方也是近十年时间了，在这十年时间里他一直在这个副局的位置上。老婆自杀之后，他就没法在部队干下去了。老婆为什么自杀他自己也说不清，以前他是和老婆闹过感情问题，可闹归闹，他提出过离婚什么的，一直没离成。老婆是他当兵时从农村找的，后来就结了婚，后来他又提了干，再后来他才发现自己真的和老婆没有什么共同语言。他也动过离婚的心思，可老婆又哭又闹的，还历数自己的种种不幸，他想想也是，老婆在农村时，又当娘又当爹的，挺不容易的，结果就算了。后来他再也没提离婚这档子事，日子本来正过得一帆风顺，孩子也大了，自己当师长也有几年了，再这样发展下去自己当将军的日子也是指日可待了。没想到好端端的日子不过，老婆却自杀了。老婆自杀前一天曾和他说了一些话，他当时没在意，可那些话竟成了老婆的遗言。老婆对他说：俺知道这么多年你没满意过俺一天，你别以为俺舍不得你，俺是舍不得儿子，俺不知道他没娘的日子该咋过。老婆说这话时，儿子已经考上大学了。老婆还说：这些年你难受俺也难受，这下咱们都不用难受了，你舒舒服服当你的师长军长吧。

老婆经常这么唠唠叨叨，他已经习惯了。老婆说这些时，他正想着别的什么，他想，三团这次代表全师去演习，不知能不能拿个第一回来。他还想，一团的杨团长转业了，是让王副团长接班好还是让张副团长接班好。这些都是大事，他整日琢磨的都是全师的大事，老婆的话就像一阵风从他耳边吹走了。

谁也没有想到，第二天，他下班回家时，就看到了吊在门上的老婆。老婆穿得很整齐，她穿着刚进城时那件花褂子，还穿着自己做的千层底鞋。他看到眼前这一幕似乎什么都明白了，又似乎什么也不明白。后来他就转业了，来到这个机关当上了副局长，一晃就快十年了。

机关的人都知道，老冯是最好说话的领导，什么事到他那里，他都会努力地为你去办，他说不行你也别求他。没事的时候人们经常可以看到老冯望着窗外发呆，一望就是好久，没人知道他在想什么。平时他的话语也最少。儿子大学早就毕业了，已经结婚另过了，却很少回来看老冯，老冯也不说什么。家里平时只有老冯一个人。不久前老冯中了风，住了几天的院，出院后的老冯没留下什么明显的后遗症，就是说话时嘴有些歪，嘴角有时会有口水流出。

老冯平时从不串办公室，谁有事就到办公室去找他。有时在楼道里碰见他，他就会问你：小梧，来局里多久了？小梧就回答多久多久了。然后他还问：小梧，家住在哪里呀？小梧又回答家住哪里。过不了多久，下次老冯碰到小梧时，老冯仍会问：小梧，来局里多久了？小梧怔了一下，但还是答来了多久了。老冯又问：小梧，家住哪里呀？小梧很快答完头也不回地走了。小梧私下里就想，老冯这领导怎么这样。

当然别人碰到老冯时也会遇到这种情况。人们就想，老冯这领导也太官僚了，平时老冯给人们的感觉就有些那个。时间长了，都不太拿老冯当领导。见面时总是老冯老冯地叫，老冯也看不出什么变化，有时答应，有时冲你点点头。下次不管你有什么事求到他，只要他管得着的，能给你办的，他总是给你办。人们又说老冯这人行，是个老好人。

宇泓当年上党校的事，往他办公室跑的次数多了些。宇泓那时很急，为了能上学，因为上了学就能转干，她曾想过，要是老冯真能帮忙，和老冯有些什么也没什么。她曾用话语暗示过老冯，不知老冯没听出来，还是没动心，总之老冯一点儿行动也没有，哪怕是老冯有那么一点意思，宇泓也会有所表示的。

直到宇泓已转干许久了，老冯在楼道里碰到了宇泓，突然问：你来局里多久了？直到这时宇泓才真正意识到老冯这人真不知在想些什么。

没有人知道老冯想的是什么，只有老冯自己清楚。他转业到地方，心思却留在了部队，那里是他战斗过大半辈子的地方，他的事业他的情感都已经留在了部队。他转业到了地方是一种无奈，虽然许多年过去了，他仍没有进入角色。他时常发呆，望着窗外的时候他会走神，仿佛又看到了他的千军万马正肃然地在他的眼前走过。这么想着时，他的眼睛就潮湿了。

他的年纪一年比一年大了，再有些日子他就该退休了，可这种幻觉越来越强烈地侵扰着他，让他一次次热血沸腾，又一次次幻灭失落。于是他便在现实与幻觉之间游走着。

背　景

国务院总理在政府工作报告中一再强调机关改革是深化改革的一种必然，还说：改革要坚定不移地进行下去……

公元1997年底1998年初，国务院由原来的五千多名机关干部减到现在的三千多人。紧接着，国家各部委也相应做出了改革的举动，有的司局撤销，有的处室合并。原来的机关工作人员便下岗分流了。

国家机关改革是机关改革的前奏，接下来就该轮到各省市机关了。一时间有关机关的种种传闻就像三月的风刮到哪便在哪里生根开花结果。

在机关的改革还没有到来之前，各种说法像流云一样笼在机关的上空。信息处也是一片风雨飘摇。有关信息处的传闻是最多的，因为信息处本来就是改革的产物，是机关几年前才成立的。也许当初成立之时对信息估计过高，没想到的是，信息处成立之后并没有实现预期的效果。一台上网的电脑，还有一些报刊，便成了信息处的全部。其实这几年来，不少处室也都上网了，信息的来源也是多种多样，于是，信息处便成了机关的一种摆设。在机关精简的关头，人们没有理由不议论信息处，其实信息处成立之初就已经成了人们的眼中钉肉中刺。原因是，那时许多人都想到信息处来，事情是明摆着的，信息处将是机关最清静的地方，也就是说，谁能到信息处来，谁就会有享不完的福。那时没能到信息处的人，直到现在仍耿耿于怀。

真是三十年河东三十年河西，此时的信息处成了众矢之的，人们都巴不得机关的改革首先从信息处开始。也就是说，要是信息处消失了，将是一件大快人心的好事，实事求是地讲，信息处真的是可有可无。信息处的人们比别人更清楚自己目前的处境。

就在这时，远在异国他乡的黄姗给信息处的党小组寄来了她的思想汇报。在这之前，她一直和宇泓通着消息，因特网成了她们联系的纽带。黄姗源源不断地把在英国的见闻通过因特网发回信息处，在网上她把英国描绘成人间天堂，她说：那里的风景美如画，那里的人民生活好得不得了。然后一次次感叹不已。

宇泓每次读着黄姗的信，都眼馋得不行，她恨不能从因特网上钻到万里之外的英国去，去到那里开一开眼。当然那只是她的梦想，于是只能一遍遍地感叹：呀，小黄真幸福，真好，我要是小黄就好了。然后她便把机关那些雷打不动一如既往的事，毫无新意地告诉黄姗，当然机关目前的形势她也没有忘了告诉黄姗。就在这时，黄姗给党小组寄来了思想汇报。

思想汇报

敬爱的党小组：

虽然人远在万里之外的异国他乡，但我的心是和党紧紧联结在一起的，我一时一刻也没有忘了党。下面把我近期的思想向党做一个全面的汇报。

我自从陪小王来到英国，从没间断过学习，思想要求进步，这里的条件虽比国内好一些，但我的思想却很苦闷，没有志同道合的同志交流，我只能和小王一起交流学习。小王的学习任务很重，他是为国家才来学习的，我一定做好他的后勤工作，让他学习好，将来回到国内为国家做出他应该做的贡献。我在这里很少和人交往，要是交往也只和来自社会主义国家的学生交往，因为我们的心是一样的。有联欢活动的时候，我们还和这些学生一起高唱《国际歌》，每当我们在异国他乡唱这首歌的时候，我们总是热血沸腾，情不自禁地流下泪水。敬爱的党组织，我是多么想念您呀。在这里我们就像没娘的孩子，日思夜想地盼望着早日回到祖国母亲的怀抱。但现在小王的学业还没有完成，我只能咬紧牙关坚持。资本主义社会的空气简直让人窒息，我多想早日能呼吸到祖国的空气呀。

这篇思想汇报和以前黄姗从因特网上发回的信息大相径庭。这篇思想汇报在信息处每个人的手里都传阅了一遍，人们就明白了一条道理，党是母亲，远在他乡的孩子是在向母亲诉苦。黄姗是在向母亲说她在国外遭受的苦难。远在他乡的孩子是多么的不容易呀。

信息处的人都明白黄姗为什么这时候要写这篇思想汇报，她当然知道机关改革下一步意味着什么。小王是国家机关下岗才送出去学习的，谁知道以后回国会怎样呢？她当然不想失去这份工作，于是就有了这份思想汇报。

老洪和老李

现在心情最平静的就是老洪和老李了，他们就要到退休的年纪了，国家机关这次人员改革，像他们这样的，不在裁减之列，当然他们也不算在编人员，可以提前退休，不愿意退的，仍可以工作。这样一来，他们就有了许多回旋余地。

不管别人怎么心浮气躁，他们该干什么还干什么。在别人议论机关即将发生的大事时，他们仍在谈论气功和血压高低的关系。有时他们也说一些与现实有关的话。在黄姗寄回思想汇报之后，老洪和老李曾有这样一番对话：

老洪说：出去了又怎样，不是还得回来？

老李说：就是，等她回来说不定连位置也没有了。

老洪又说：好赖不就是一年嘛，又能怎样？

老李也说：还不如老老实实在机关干，说不定减员时还有希望。

老洪说：就是。

于是两人就什么也不说了，别人议论当前这些沉重话题时，他们就都是一副事不关己高高挂起的样子，样子也就无比的优越。有时老洪还能哼出两句京戏，老李就笑。

日子就从两人身边轻轻缓缓地流过。

然后他们就一遍遍地说：这事能咋，那事又能咋？

还是宇泓这个女人

机关改革最心烦气躁的就是宇泓了，她知道自己目前的处境。多余的人要数她排在信息处的第一号。当初转干，是老冯帮的忙，老冯是个好人，她有意无意中借了一次好人的光。她知道这次好人老冯帮不了她的忙了，因为机关这次减员老冯也到了退休的年纪，就是不到，老冯也得退了，那么多人都盯着老冯的位子，再加上老冯目前这样子，他不退也得退了。那么谁还能帮她一次呢？

宇泓不能不急，爱人下岗了，到现在还没有找到工作。在这之前，不少人帮忙为她爱人联系了几家单位，但这些单位都不缺技术员，只是一般的工作，宇泓的爱人心比天高，自然没有把这些“下九流”的工作放在眼里。他冲老婆宇泓说：是金子总是要发光的。宇泓也相信爱人小吴这种天才是百年不遇的，只要是天才迟早有一天就会展现耀眼的光辉。于是，小吴就很耐心地在家里等待天上掉下来的机遇。

在爱人小吴的机会还没有来到的时候，她不能不看到眼前自己的处境，宇泓就变成了热锅上的蚂蚁，她坐也不是站也不是，只能一次次走出去，希望从外面能打听到一丝半点对自己有利的消息。

她回到办公室就说：机关这次要减一半的人。

她还说：信息处要和社管处合在一起了。

她又说：咱们机关过了“十一”就动。

她这么忙活了一阵，然后就冷了下来，她知道这么忙活下去不会有什么好的结果，她要行动起来。经过和爱人小吴的商议，决定在姜处长身上下功夫。他们一致认为，姜处长毕竟是处长，况且又是副局长的人选之一，还有就是姜处长当不上副局长，也还是处长，信息处要是不撤销，那么姜处长就有权决定谁去谁留，即使信息处撤销了，姜处长也会到别的处当他的处长，那么姜处长仍然有权要他想要的人。几种情况经过爱人小吴有理有据分析后，宇泓又一次觉得小吴英明伟大，非同凡响。她同时也为丈夫小吴叫屈，觉得是用人单位瞎了眼，让这么伟大的人才就这么闲在家里。

经过这么一番从理论到实践的论证之后，宇泓就开始行动了，老姜离倒霉的日子也就越来越近了。

那些日子人们经常可以看到宇泓的身影出入于姜处长的办公室。姜处长的办公室在里间，她每次推开老姜的办公室的门都逃不过群众的眼睛。于是每次她总是说：我有事要和处长汇报。说完红着脸就走进了老姜的里间。

半晌，又是半晌，她又走了出来，脸仍旧是红的。人们不知道她在里面和老姜说了什么。人们都明白她的用意，但都不说什么，任她去“汇报”。

从那以后，她每天都要为老姜打开水，在这之前，每天都是老姜自己打开水，包括老姜办公室的卫生也让她包下了。每天老姜走进自己的办公室时，她已经为老姜泡好了一杯茶。老姜从前还没有遇到过下级如此的礼节，心里自然是很高兴，端起杯子，眯着眼闻着飘在面前的茶香。

刚开始他不明白宇泓这个女人为什么一次次往他的办公室跑，每次他都看见宇泓那张红通通的脸。然后她就向他说起了爱人小吴下岗了，孩子上学，父母身体不好，等等。总之，中心思想只有一个，那就是，她不能再下岗了，她要是下岗，这个家就没法过了。老姜就眯着眼睛听，他以前还从来没有体会到当处长的优越感，他在宇泓面前才真正感受到原来当处长还有这么多的好处。

他开始时很有兴趣地听，后来他觉得没有再听的必要了，就说：你的事我知道了，到时候一定考虑到你的困难，咱们是社会主义国家，怎么也不能让人没工作吧？

宇泓听了老姜的话，阴云密布的心头就裂开了一条缝。她就说：那我就先谢谢处长了。

她说完这话时，脸仍是红的，目光中还多了些水气，这时她正抬眼望着老姜，老姜也正在看她，目光到了一起，老姜的心里就有了一种久违的东西在一涌一涌，他当年谈恋爱时曾有过这种感觉。那是很久以前的事了，后来许多烦心的事使他早就忘了那种感觉，没想到的是，他在宇泓这里又一次感受到了这种让人心悸的眼神。后来，宇泓就红着脸走了。他怔怔地望着她的背影发了半晌呆，直到这时他才觉得宇泓长得还算有几分姿色。三十出头的年纪，在他眼里还算年轻。

那一次老姜有些心猿意马。家庭生活中的种种不幸，以及现实生活中的种种沉重，似乎一下子就减轻了许多。

从那以后，老姜开始留意起宇泓的一言一行了。以前她在他的眼里只是一个女人，是一个有孩子有丈夫的女人。现在不一样了，她在他的眼里还多了一种成分，那就是宇泓这个女人是个有情有义，还有些情致的女人。

宇泓自然感受到了老姜对自己态度上的变化，她发现，老姜有事没事，一天总要从他办公室里走出来几次，来到她的面前，说一些无关紧要的话，每次目光都要在她脸上驻足一会儿。身为女人的她，当然明白老姜的心思。那时她就想：天不灭我。

她为自己的成功而感到高兴。她在心里鞭策自己，一定不要错过这次机会。

她要抓住这最后的机会和命运进行一次搏斗。

小梧和小界

关于机关如何减员的种种传闻，似乎对小梧和小界并没有太大的影响，因为他们都还年轻。机关这种死气沉沉的生活，使他们都有了一种厌倦感。这种感觉在小梧身上体现得更加明显，他比小界早几年来到这所机关，他对这里的感受要比小界深刻得多。小梧有时看着老洪和老李就想，也许再过几十年，自己的情况也不会比他们好到哪里去。这么一想他就感到很恐惧，一辈子就这么年复一年日复一日地过下去，毫无创造，只是机械地在重复一种简单的劳动。人的激情，以及生命，就在这种日复一日毫无变化中流逝，今天和明天没什么不一样，明天和后天也是一样。也就是说，小梧从今天的生活中已经看到了几十年后的生活。静下心来细想的小梧，真的感到了害怕。他似乎已经看到了五十岁以后的自己，驼着背，头发已经花白了，走路的脚步软弱无力，不住地干咳着……那就是自己。小梧有时这么一想，他觉得现在自己就已经老了。

三十出头的小梧经常让这种奇怪的想法吓出一身冷汗来。于是他就开始对现实生活不满了，但他一直没有鼓起足够的勇气改变眼下的生存状态。他知道这是人的劣根性，明知道是这样，又拿自己一点办法也没有，这是人自身最大的悲哀。没有勇气的小梧就经常这么悲哀着。他有时都在生自己的气，生过气了他就又想，这个世界上大部分人不都是这么过来的吗？这样一想之后，他就不那么生自己的气了。他清楚，自己都不生自己的气了，那这个人真的不可救药了。也许有一天，命运把自己推到绝路，到那时也许才是自己的新生。小梧就这么心情复杂地想着自己的未来，未来到底是什么，他自己也说不清。他隐隐地觉得这次机关变动对自己来说，或许是一件好事。有了这种想法之后，他的心里反而踏实了。

小界的想法和小梧有许多相同之处，她二十几岁就来到了机关，这完全是父母的意愿，父母有父母的考虑，他们总是觉得在机关怎么说也是国家干部，钱挣得不多，图的是一种稳定。小界无法改变父母的想法，况且她那时对机关也没有足够的认识，来了也就来了。来了之后她才发现这里并不太适合自己。每次和同学们聚会，她发现，同学们的精神状态都在发生着变化，他们有那么多的梦想，仿佛每天的生活都是新的。只有她，这次和上次一样，这次和下次也不会有太大的区别。她的那些同学，有的在公司，有的是在给自己打工，他们不断地在变来变去，今天在这里干，明天也许就到了那里，他们并没有把换个工作看成一件大事，这里不好了人就去那里，找到自己最适合的才是最终目的。小界和这些同学们比起来要四平八稳得多。她不会为明天想，也不能想眼下这个工作适不适合自己，因为首先想到的是自己适不适合工作。

这就是她和别人不同的地方。小界也想过自己有一天也会和同学们一样，去到这个世界上闯一番真正属于自己的事业。因为有了眼前的四平八稳她才没有决心走出自我。对机关即将发生的变化，她说不清到底是好事还是坏事。她倒是很希望那一天早日来到。也许那一天，就是自己的未来。

小梧和小界在办公室里就坐对面，但是两个人一天里并没有什么话说。小界总是显得很忙碌，她每天里有许多电话，呼机也是响个不停。小梧曾经也经历过这种热闹，那时他刚大学毕业没多长时间，同学们都刚走向工作岗位，他们都很激动，看什么都是新的，于是就经常地聚会，同学们到了一起有许多话要说。后来随着时间的流逝，年纪一天比一天大了，那样的日子他们都觉得再也不适合自己了，于是，说不清是哪一天，他们再也不为那样的日子而激动了。他们似乎觉得没有什么好激动的了，于是日子就是另一番模样了。

今天的小界在小梧的眼里就是昨天的自己，他知道迟早有一天她也会像自己一样沉默下来，只有这时候才能仔细地去品味身边的生活，那时才会明白什么是自己真正需要的，什么是不需要的。

因此，小梧觉得这时的小界不会和自己有什么共同语言，他甚至觉得小界现在的样子有些可笑。他对自己的过去也曾经嘲笑过，他嘲笑小界的今天就是嘲笑自己的昨天。

相反，小界觉得小梧这人年纪不大，却已经老态了，一天到晚死气沉沉的，没有活力，也没有激情。她也不相信和这样的人会有什么共同语言。于是他们很少有交流，最多四目相对时，相互点一点头。日子就这么不紧不慢地在他们身边流过。

小梧仍然上网和那个叫小心的女孩儿聊天，他们虽然不曾谋面，但似乎已经很熟识了，就像已经认识了有几百年似的。后来她称他为老侃，他称她为老心。老侃和老心在网上就成为一对老朋友。小梧有时就想：小心到底是个长得什么样的女孩呢？他想了有一百次。可每次想的又都不是一个样子，他越这么想就越想见一见现实中的小心。他们在网上曾经相互猜过对方的样子。

他说：你是一个内向的女孩，有着一头长长的头发，皮肤白净，还有一双会说话的眼睛，你爱笑，笑起来的时候是你最迷人的时候。你同时也是一个爱幻想的女孩，你幻想头上有一片蓝天，脚下有一片草地……

她说：你是一个平时不爱说话的男人，除非是你的知己，否则只有沉默。你同时还是一个有思想的男人，和你在一起的女人会感到很踏实。我们虽不曾谋面，我想以后我们会成为好朋友的……

网上的小心终于同意和网上的小侃见面，他们约的地点是这个城市著名的阳光广场。阳光广场有一个音乐喷泉，他们就要在那个浪漫而又美好的地方见面了。那一刻小梧早早就来到了约会的地点，著名的地方总是有很多人。在这之前，他曾对网上的小心说：不管有多少人，我一定会在人群中一眼把你认出来。她也是这么说，于是他们便选择了这个人多的地方。这是他们在相互验证对方的感应，这是他们想找到一个浪漫故事的开始。

小梧满怀自信地来到了阳光广场的音乐喷泉旁，那里的确有很多人，小梧就站在人群中，他希望小心一眼认出他，他也希望一眼认出小心。约定的时间在一点点走近，小梧说不出来是紧张还是激动。他以前和别的女孩子约会时从没有过这种感觉。这次本来就和以前不一样，他想，这次一定会有一个美好的结果。

就在这时，突然他发现了人群中的小界，小界似乎也在等人。小梧下意识地离开了音乐广场。他倒不是怕小界什么，但他还是觉得不自然，他从来也没想到在这里会碰到熟人，尤其是小界这样的熟人。他在广场外面转了一会儿，他想小界也许等到了人已走了，可他回到了广场旁看到小界还站在那里。他只能站在人群外，他希望这时小心会向他走来，时间分分秒秒地过去了，结果小心没有出现。他再次走进人群时，小界已经不在了，可是那个叫小心的女孩仍没有出现。小梧想，都怪小界的出现，要是不碰到她，也许自己就等到小心了。最后他满怀遗憾地离开了约会的地方。

那次，小心抱怨他失约，他向小心解释自己遇到了熟人，而错过了和她见面的机会。于是他们又约定了下次见面时间。

老姜和宇泓

谨慎的老姜终于出事了。

老姜出事那天是一个星期六的晚上，那天晚上和别的晚上并没有什么不同。结果就是那么一个平常的晚上，老姜出事了。

那天晚上，老洪回机关去取一盘教学气功的录音带，这是周五老李帮他录的，下班时他忘记了，没有拿回来。他们说好了周日早晨要在一起学气功，所以那天晚上老洪回到办公室拿录音带，结果就看见老姜和宇泓两人的身体都压在沙发上，那是老姜里间办公室的沙发，两人谁也没想到这时办公室会来人，所以里间的门并没有关。结果老洪就看到了那一幕。

老洪做梦也没想到自己会看到眼前这样的景象，他叫了一声。他叫的是什么，他自己也记不清，总之他叫了一声之后，也没顾得上拿录音带，掉头就跑出了办公室，连门也没来得及关上。

周一，刚一上班，机关里的人都知道老姜出事了。

那天早晨，老姜早早地就来到了机关，他把自己关在了里间。按理说，机关出了这事，也没什么大不了的。现在谁也不会为了男女的事而怎么着，顶多就是把当事人调开，以前机关也发生过这样的事，大家说一阵也就过去了。

这次却不同往常，周一刚上班，宇泓这个女人就跑到了局长那里，她一边哭一边说老姜强奸了她。

这样一来，事情就复杂了。通奸是一个愿打一个愿挨，强奸就不一样了。那就是说，老姜色胆包天，太不是个东西了。老姜就真的出事了。

老洪的出现，彻底粉碎了宇泓的梦想。她本想和老姜有了这种关系增加她理想实现的系数。人们都说吃了人家的嘴短，她和老姜都那个了，老姜还能不为自己办事吗？她是这么想的，也是这么做的。她知道自己活得很不轻松，作为一个女人没有什么可奉献的了，有的只是自己的身体。她也从老姜的目光中看到了这种渴望，于是她将计就计了。她委身于老姜并不是心甘情愿，她只想渡过眼前的难关。没想到的是，难关还没有过去，事情就变成了这样。

她想了一天，这件事情一定会传出去，到那时，她不说什么，老姜也不会说什么，那样的话，大家都会知道她是一个什么样的女人了，到那时，机关有风吹草动，第一个轮到的就会是她。老姜那时还敢为自己说话吗？到那时，就怕老姜也自身难保了。想到这里，她只能做最后的一搏了，于是，周一刚上班，她就跑到了局长办公室，这样一来，事情就真的大发了。

宇泓要死要活的，在事情没有搞清楚前，领导只能安慰宇泓。那一天人们看见宇泓像一个真正的受害者，她脸色苍白，披头散发，又哭又闹。于是机关也就乱了。

那天下午，机关保卫处的人陪着派出所的人一起把老姜带走了。老姜这一走，老洪老李等人，真的觉得事情闹大了，于是老洪用哭声冲被带出去的老姜说：小姜呀，我真的不是故意的呀！

老姜木着表情，谁也没看就被带出了办公室。

几天以后，老姜又被放了出来；原因是强奸的理由不成立。

出来之后的老姜，暂时被免去了处长职务，仍在信息处上班。

在这些天里，宇泓一直没有来上班。下岗的丈夫小吴来过一次，他为自己的女人收拾办公室里的东西。他也是谁也不看，收拾完就走了。老洪还想冲小吴说点什么，被老李用目光制止了，于是老洪就什么也没说，神情复杂地望着小吴走了出去。

老姜回来之后，他一句话也没说，人们一早看到他走进自己的办公室，直到下班了，还不见他走出来。每天差不多都这样。直到有一天，他不再走进自己的办公室了，而是一遍遍冲人们说：我老姜可是清白了一辈子了，你们说人怎么就犯了这事？

没人知道他为什么就犯了这事，大家就都不知说什么好，只是看着他。这一看就看出了问题，老姜已不是以前的老姜了，他的胡子已经很长了，一双眼睛也是直直地望人。说完这些，他先是大哭，然后又是大笑，笑过了就说自己如何一世清白。

又没过几天，老姜住院了，他是被人们送到了精神病医院。

小　梧

小梧又和小心约了一次会，这次他们吸取了上次的经验教训，把约会的地点改在一个充满温馨的酒吧里，而且预订了座位，也就是说，这次约会万无一失了。

那天又是一个周末，小梧早早地就来到了那家酒吧。过了一会儿他看见小界向自己走来，当小界走到面前，他们四目相对时，几乎同时说了一句：是你？

两人走在酒吧的外面，阳光有些晃眼，两人都眯起了眼睛。两人走得有些若即若离。

小梧说：真有意思，这个世界这么小。

小界说：怎么也没想到会是你。

小梧：是没有想到，看平时你也不会是小心那种女孩呀。

小界：我也没看出你就是老侃。

小梧：真有意思。

小界：是挺有意思。

小梧立住脚说：还走吗？

小界看着天，天空晴朗。然后才说：既然都出来了，那就走一走吧。

小梧说：也是，那就走一走吧，反正回去也没事干，小心已经没有了，再也不能和她聊天了。

小界笑着说：你还说呢，我还为失去老侃而感到难过呢。

两人一边说着就一边走下去了。

天是晴天，没有一丝云。有风一丝丝地吹。

已经是初秋了。

机关改革的日子一天比一天近了。

黄姗从国外回来了，她把爱人小王一个人留在了国外，她说她要为机关站好最后一班岗。

秋天以后，机关又有了新故事……

红　颜

一

下乡三年的知识青年李红梅，在那年大雪封门的日子里，爱上了本地青年何二宝。

这大约是李红梅的初恋，也是她改变自己命运的一次恋爱，从此，她的生活开始了一个新纪元。

李红梅生长在北方一座城市里，二十世纪七十年代，李红梅在那座黑乎乎的城市里结束了自己并没有多少令人怀念的学生时代。在上学的时候，她差不多就把自己未来的命运想好了。毕业后，她会和大多数同学一样，去上山下乡，这是他们这代人共同的命运。也有少数幸运者，从学校直接去当兵或者留在城里，接父亲或母亲的班，成为一名工人。

她知道自己不会那么幸运，父母只是一般工厂里的普通工人，家里哥哥姐姐一大堆，母亲为了让二姐接班，早早地就从毛纺厂退休了，大哥插队几年了，他在农村早就待得不耐烦了，一次次写信催父亲退休，只有父亲退休他才能从农村顺利地回到这座黑乎乎的城市里接父亲的班。大姐插队的时间最长，属于后来人们常说的老三届那一拨，而且一下子就插到了革命圣地延安。大姐的心最红，不仅去了圣地延安，而且很快和当地一名男青年结了婚，生有一子了。大姐完全彻底地响应了老人家的号召，在圣地扎根开花结果了。大姐在扎根开花的过程中，不仅入了党，而且还当上了生产队的妇女队长，人称女铁人。

父亲、母亲很为自己有这么一位出息的女儿骄傲了一阵子。大哥每次从农村写信逼着父亲退休，父亲就是不退，还在回信中把大姐的光荣事迹不厌其烦地讲给大哥听。大哥每次来信思想境界都不怎么高，大谈在农村受苦受累，他说自己都快受不了了，还一次次威逼父亲，一会儿说自己要当逃兵，回到城里再也不回去了；一会儿又说自己要自杀。就在这时候，李红梅高中毕业，在她尚不满二十岁那年秋天，以知识青年的名义，插队落户来到了北方一个普通的村子里。

李红梅所在的知青点很普通，在村子一头比较显眼的位置上，有一栋用土坯建起的房子，山墙上用白石灰写着一行当时很流行的大字：广阔天地，大有作为。这就是当时众知青点中最普通的一个。她也是成千上万下乡知识青年中最普通的一名女知青。

然而，李红梅默默无闻三年，却在那个大雪封门的冬季，命运开始了悄悄的变化。

二

何二宝是本地回乡知识青年，他高中毕业后，便回到了村子里。何二宝在本地可是有些名气的，他在上初中的时候，便被县里树为典型，原因是，他在洪水里救过邻村的一头牛。那年的雨季，这一带一连下了几天大雨，沟满壕平，这样的雨，在北方并不多见。那天早晨，何二宝和本村几个同龄人冒着雨走在通往学校的路上，去学校要经过一条河，河上有一座桥，昨天放学的时候，这座桥已经被暴涨的洪水冲得摇摇欲坠了。山村的学生对这一切见怪不怪，他们在摇摇欲坠的桥上说说笑笑走来走去。

今天他们来到河边时，那座桥已经倒塌在水里了，桥墩以及桥上的木板，早已被浑浊的河水冲得不知去向。何二宝并没有因为桥被冲断而感到一丝半点儿的沮丧，相反，他竟有几分激动，因为，他们可以名正言顺地不去上学了。

何二宝和几个年轻伙伴站在涨满洪水的河边，兴奋地讨论着河水的宽度，并打赌发誓地说自己可以游过对岸。说这话的自然是何二宝，因为在他们这几个人中，何二宝的游泳技术最高超。那几个同伴不相信何二宝的话，说他吹牛，何二宝就很不高兴，撸胳膊挽袖子地要游过去给同伴看。说是这么说，真让他游过去他还是感到有些打怵。正犹豫间，他们同时发现了水里一头半大的牛，那头牛顺水而下，很显然，那头牛并不愿意被洪水冲着走，它感到了恐惧。因求生的愿望，它在水里挣扎着。因此，它向下的速度并不快。其中一个伙伴说：二宝，你能把牛救上来吗？你要是把牛救上来，我们算你有本事。

何二宝就没有退路了，自尊心迫使他跳进了水中，奋力地向牛游去。他真的抓住了牛的尾巴，牛看见了人，显然也镇静了下来。要知道，牛天生就通晓水性，不知是牛的力量还是何二宝的作用，总之，牛和何二宝双双都从水中游到了岸边。

这一回，何二宝就出了大名。先是被公社授予见义勇为好学生；不久，又被县教育局授予爱护国家财产的好典型。从那以后，何二宝经常到一些学校去介绍自己的英雄事迹。自己的事迹早已被语文老师和校长整理成材料了，刚开始，他是照着稿子念，后来，他就背下来了。何二宝说的都是一些很激昂的话，处处透着闪光的思想。

不久，何二宝就加入了中国共产主义青年团，后来他又写了入党申请书。在他高中毕业前，终于加入了党组织。这在全县高中生中，确属凤毛麟角。

高中毕业的何二宝回到村里仍是很有名气的人物，他曾被县委书记接见过。他和县委书记握手的照片在报纸上登载过。别说是大队书记，就是公社书记，也没几个人受过如此殊荣。

很快，何二宝就当上了生产队长，后来又当上了团支部书记，后来又当上了大队党支部书记。二十刚出头的何二宝就受到如此重视，他似乎看到了未来和希望。像何二宝这样的典型青年，在当年要是参军或者被推荐当一名工农兵学员上大学，一定不会有什么问题。何二宝就是何二宝，他把这些机会都让给了别人，他要扎根乡村志不移。何二宝有何二宝的想法，他现在已经是大队党支部书记了，手下领导着近千人，如果照此下去，他还会当上公社书记，乃至到县里工作，这不是没有可能的。当兵也好，上大学也好，出去转一圈，回过头来，不还是得从头干起，何二宝舍不下自己有的这么良好的开头。

在何二宝当上大队书记那年冬天，他开始频繁地出入知青点。刚开始，他是到知青点礼节性看望的，背着手，学着老支书的样子，问一问知识青年们有没有什么困难，对大队、生产队还有什么良好的建议。他的表情在当时是不痛不痒的，这个知青点已经成立好几年了，他骨子里对这些知青有一种排斥，他们名义上是接受贫下中农再教育来了，其实，他们一天也没安分过，从来那天开始，他们便想着回城。原来有些老知青，还和本地的女青年谈过恋爱，有的女青年还为此做过人流，闹得风言风语的。可那几个老知青回城的时候，头都没回一下，拍拍屁股走人了。本地女青年被抛弃了，因此就哭哭啼啼，寻死觅活的。要知道，这些女青年可都是本地最漂亮的姑娘，再看那几个男知青，不是长得歪瓜裂枣，就是游手好闲。

因此，从小到大何二宝对城里来的知识青年没有什么好印象，心底里还有些许的妒意。他回乡之后，本能地拒绝和这些城里人来往。甚至连正眼看他们一眼都懒得看。

但是现在不同了，他是大队党支部书记了，教育好知识青年也是他的分内工作。在那个冬天，他来到知青点时，他就看上了李红梅。当时知青点里有十几个女生，数李红梅长得漂亮，皮肤又白又嫩，眼睛又黑又亮，李红梅还系了一条红毛线编织的围巾，在北方单调的冬天里李红梅成了何二宝眼中一道最亮丽的风景。

同是二十多岁的何二宝，情窦初开，他和李红梅又黑又亮的眼睛对视在一起，后果可想而知。

从那以后，何二宝一反常态，他成了知青点的常客，他和男女青年围坐在北方的火炕上，目光却越过众人的肩头，和李红梅的目光黏黏糊糊地交织在一起。他们的初恋，在不易察觉间，改变了两个人各自的命运。

三

何二宝出现在知青点通常的装束是，一身半新不旧的军装，军装的领口上缀钉了一条洁白的假领，棉帽的前檐处放了一只口罩，口罩自然是洁白的，折叠整齐地放在帽檐里，露出一截白边。这在当时，不论是城乡，都是很潮流的装扮了。何二宝这身打扮，就显得人很干练，一副知书达理的样子。

何二宝在李红梅的心里一点儿也不比这些从城里来的男知青差，况且，他们现在都在何二宝领导下接受贫下中农再教育。何二宝和知青年龄上相差无几，但因为何二宝的身份，就处处显得那么成熟。自从何二宝在众多女知青中发现了与众不同的李红梅后，他出现在知青点的次数越来越多了。

北方的冬天，是农闲时节。农民们没有什么事可干，经常聚在生产队的火炕上，一边吸烟，一边进行政治学习。所谓的政治学习就是读报纸，或者读《毛泽东选集》。一个识文断字的人，领头从事这一切，其他人等，坐在热乎乎的炕头上，一边吸自制的卷烟，一边打瞌睡。

农民这样，知青点的知青们，自然也没什么事情好做，他们也就整日坐在火炕上，一边甩扑克，一边看着窗外的冰凌发呆。这时，何二宝就出现在知青点里。知青们忙把扑克藏了，拿出几天前的报纸，真真假假地读。何二宝不说什么，看看这个，望望那个，最后他的目光就和李红梅的目光相遇了，李红梅逃也似的避开了何二宝的目光，脸颊飞红了。知青念完一段，然后就征询地望望何二宝。何二宝就很像支书地讲一些国内国外的事情，这些事情都是报纸上说过的，知青们听了，并不觉得陌生，但还是很有兴趣地听着。

何二宝讲着说着，他的目光就又和李红梅的目光碰到了一处，他也说不清自己为什么那么愿意去望李红梅，每次他望到李红梅心里就像揣了一只兔子似的那么活蹦乱跳。他一望到李红梅就走神，嘴里说的话也就词不达意起来，好在知青们并没有用心听何二宝说什么，词不达意也就不达意了。

何二宝先是天高云淡地说会儿话，然后就背着手在知青点屋里屋外转一转，关心地询问一番知青点的生活状况。有一次，他还走进了女知青的宿舍，女知青的宿舍和男知青的宿舍只有一间灶房隔着。女知青的被褥比男知青叠得要整齐许多，炕上地下自然也干净许多。何二宝有一次竟然伸出手，把手插到其中一个被子底下摸了摸，他无意中把手伸进的那床被子，竟然就是李红梅的。李红梅先是红了脸，这一切，都没有逃过何二宝的目光。何二宝就掩饰什么似的说了：这炕不热嘛，晚上多烧些柴，千万不要冻着。

众知青就点头或应答，他们心里都热乎乎的，以前，老支书在时，也来过他们知青点，可从来没有像何二宝这么关心过他们。他们望着眼前的何二宝，都觉得自己离回城的日子不会太远了，于是，不论男女一律都冲何二宝微笑着，说些支书受累和辛苦的话。

这时，何二宝的表情是漠然的，直到现在，他仍对这些知青没什么好感，他自己也说不清，他一望到李红梅那双又黑又亮的眼睛便六神无主了，他内心里觉得，只有李红梅这样的人才配在城里生活。

有一次，何二宝参加知青点的政治学习，学习的内容自然是念报纸。知识青年每个都识文断字，于是大家就轮流念报。轮到李红梅时，何二宝被李红梅字正腔圆甜甜蜜蜜的声音吸引了，李红梅读完了一段，把报纸传给了下一个人，何二宝这时仍没能让自己醒过神来。李红梅读报时，他不仅发现她声音好听，而且又进一步发现李红梅唇红齿白的。何二宝的心里就别别地乱跳一气。直到他离开知青点，一个大胆的想法才应运而生。

第二天一大早，李红梅被匆匆赶到知青点的大队部通信员叫走了。

通信员说支书有事叫李红梅快点去大队部。

虽是通信员来叫她，还是让她心烦意乱，她走出去了一截，才想起自己没戴那条红围巾，她又返回来把围巾戴上，才慌慌乱乱地向大队部走去。知青们不知道为什么叫走李红梅，他们此时都很敏感，于是相互打探最近是否有返城指标。

他们正在疑惑间，架设在大队部屋顶和村中央老槐树上的高音喇叭响了。先是何二宝冲着话筒吹了两口气的声音，接下来何二宝就冲着话筒说：靠山屯的贫下中农们，现在我们学习了，下面请知识青年李红梅领大家一块儿学习。

接下来，人们就听到了李红梅读报的声音，李红梅读的是一篇《人民日报》的社论。李红梅的声音在人们听来一点也不神闲气定，显得慌里慌张，细心的人们还能听到一旁何二宝的声音，何二宝说：别紧张，要不先喝点水。还夹杂着倒水和放杯子的声音。

李红梅在读第二篇文章时声音就自然多了，字字句句的也流畅起来。

从那以后，李红梅一吃过早饭，便走进大队部，不一会儿高音喇叭里就出现李红梅读报的声音。

四

刚开始，李红梅读完报纸，关掉扩音器，红着脸冲何二宝说：支书还有什么事吗？没事我就回去了。

何二宝望着李红梅羞红的面容，犹豫一下才说：那就回去吧。

李红梅就低下头，匆匆地从何二宝身旁走过去，留下一缕雪花膏味，那气味，在那时的何二宝心中留下了深刻的印迹，他一直望着李红梅的身影消失在大队部的门口。雪地上，仍清晰地留下了李红梅一双脚印。那双脚印小小的，巧巧的，一直在何二宝的心里。

后来，李红梅就不那么着急走了，而是和何二宝一起坐在炉火前，没话找话地说一些不咸不淡的话。何二宝在这时似乎也没有许多话题，每次差不多都是问一些李红梅下乡的感受，家里有些什么人，等等。静寂下来的时候，两人就望着红红的炉火发呆，火温暖地映在两个人的脸上，他们的脸都是红的。

在那一刻，李红梅觉得自己很幸福，身边的何二宝在深深地吸引着她。她不像别人那么急于回城，她没觉得城里有什么地方吸引她，那个普通得不能再普通的家，没有给过她任何幸福和骄傲的感觉。此时此地她甚至想：如果身边有何二宝这样的男人相伴，在农村生活一辈子也没有什么。

事情的变故，发生在那天傍晚。北方天黑比较早，那天，念完报纸的李红梅又和何二宝坐在了炉火前，大队部的通信员早就被何二宝打发走了。自从李红梅走进大队部念报纸那天开始，通信员便被何二宝支使开了。不知为什么，他只想和李红梅单独待在一起，听她的声音，望着她那张红红的脸。

那天傍晚，突然停电了，屋里自然漆黑一片。突然停电，使两人一时竟找不到话题，就那么呆呆地坐着。半晌，李红梅说：我该走了。

她这么说了，身子却没有动。就在这时，何二宝突然伸出一只手抓住了李红梅的手。刚开始李红梅的手动了一下，但马上就不动了，她就那么安安静静地让何二宝握着手。这对李红梅和何二宝来说都是第一次，他们想不出还有什么更好的办法。两只手隔着炉火就那么握在一起，不知过了多久，电又突然来了。突然而生的光明把两人都吓得一抖，两只手也就随之分开了。

李红梅用只有自己才能听得清的声音说：我该走了。说完低着头，慌慌乱乱地走了出去。直到这时，何二宝才发现自己的手心里已出满了汗。

从那以后，两人的关系发生了微妙的变化。李红梅仍每天到大队部冲着扩音器读报纸，读完报纸连招呼也不打就往外走。当她路过何二宝身边时，何二宝用发颤的声音说：晚饭后，我在桥下等你。

晚饭后，天已经黑了。何二宝早早就来到了桥下，这是一座引水桥，用水泥和石头砌成，在傍晚时分，黑乎乎地静立着。李红梅如约而至，两人在很近的距离内就那么对视着，谁也不说话，他们各自的呼吸都很沉重。突然，何二宝像一座倾倒下来的桥墩一样，倾过身体，一下子就把李红梅瘦弱的身子抱在怀里。这种猝不及防，让李红梅轻叫了一声。接着，她就把自己的整个身体投向了何二宝的怀抱。何二宝拿出了当年救牛时的力气，死命地抱着李红梅，李红梅身上的骨头因此发出咯咯的响声，坚强的李红梅从此没再发出一声轻叫。

朔风顺着桥洞子呼呼吹过，桥下的冰面被冻得发出细碎的破裂声，两个人都在寒冷中颤抖着，可他们谁也不觉得冷。终于，在黑暗中，两人凑到了一起，冰冷而又湿润。接下来他们的牙齿磕碰在一起，在暗夜里发出清脆的声音。

从此以后，李红梅和何二宝经常在黑暗中的桥上约会。两人一见面就紧紧地拥抱在一起，半晌，何二宝就用冻得发颤的声音问：农村好吗？

李红梅用颤抖的声音说：好，真好。

何二宝又说：我好吗？

李红梅又答：好哩。

那时的李红梅真希望能在寒风中，在何二宝的拥抱下，就这么地老天荒下去。

冬天过去了，春天就来了。

猫了一冬的人们，又开始到处走动了。

何二宝和李红梅约会的地方变了几次，最后变到了后山，那棵有乌鸦窝的大树下。经过一冬一春的约会，两人仍是拥抱接吻，最出格的一次，就是何二宝隔着衣服，用劲地抓了一次李红梅坚挺的乳房。李红梅似呻似嗔地说：你弄疼我了。

接下来，两人就说了一些有关未来的话题。

何二宝说：我迟早会调到公社去，成为一个公家人。

说到这，李红梅神情就黯然下来，说：看来，我这辈子就只能是当社员的命了。

何二宝鼓劲道：机会总是有的，只要你答应不回城里，我一定有办法让你不当社员，最差也能去公社中学教书，或者去公社医院工作。

何二宝的话为李红梅指出了前程，李红梅自然是兴奋不已。

机会终于来了，春夏之交，公社给何二宝这个大队一个保送工农兵大学生的名额。李红梅终于顺理成章地得到了这个名额。李红梅在分配学校时，被分到了省里的医学院。

何二宝依依不舍地送走了李红梅，李红梅和何二宝分手的那天晚上，哭湿了两条何二宝送给她的手绢，最后发誓地说：毕业之后，一定回来，马上就和何二宝结婚。

纸里包不住火，许多心明眼亮的知青早就看出了何二宝和李红梅这种不同寻常的关系。他们联名写信把何二宝告到了公社。

公社正要安抚这些知青时，万恶的“四人帮”被一举粉碎了，全国上下沉浸在万分激动之中，这等小事就被放在一边。

紧接着，全体知青又集体返城了。状告何二宝的事自然也是不了了之了。

五

李红梅有幸地成了最后一批工农兵大学生。在起初的日子里，她异常地思念何二宝，这份初恋在她的心头挥之不去，这是她有生以来第一次接触男人。她躺在八个人一间的医学院宿舍里，回想着何二宝粗鲁野蛮的拥抱，还有他们的牙齿粗糙地磕碰在一起的声音，所有的一切，都让她感动和难忘。

那一阵子，她频繁地和何二宝通信，把自己的思念和未来当一名公社医院医生的志向一遍遍写在信上。何二宝每次来信都有一种担忧，他在信中说：现在所有下乡知青都返城了，你现在是个大学生了，以后还会回到乡下吗？

当他们在信中相互倾吐思念的时候，百废待兴的国家，发生了天翻地覆的变化，全国恢复了高考，把重视知识和文化放到重要位置上来了。

李红梅所在的医学院和全国一样，沉浸在一片学习的氛围中，随着高考的恢复，教学方式也随之发生了变化。她时时刻刻地提醒自己，自己是个大学生了，他们上届工农兵学员赶上了好政策，差不多所有的人都留在了省城各家医院，由于长时间人才短缺，用人单位都把他们这些学生当成了稀罕物。

在这一过程中，李红梅又一次想到了当初她和何二宝两人相拥在后山那棵筑有乌鸦窝的大树下，曾山盟海誓说过的将来一定回到公社医院当名乡村医生的话，为自己的鼠目寸光而脸红。想到这些，她就又想到了和何二宝的将来，也许何二宝真能像他所说的，以后当一名公社书记，那样的结果又怎样呢？一个公社书记能代替一名大学生吗？他们现在被称为国家的栋梁，栋梁是什么——那是一棵又一棵的参天大树，撑起一个国家的脊梁，一个公社书记又算什么呢？

在这种微妙的心态变化中，她和何二宝的关系发生了变化。她很少给何二宝写信了，即便写信，也只是匆匆的三言两语，每封信的开头，大都是讲几句全国的形势，然后就说自己学习如何忙，等等。她不再提及回到乡下当一名医生的说法了。

何二宝的信仍是频繁地来，他叙说自己的思念，然后说自己所在的大队形势和全国一样的好，等等。

李红梅已经不关心靠山屯大队了，何二宝信中所说的一切，就像一个旧梦一样，在她醒来的记忆里一点点地淡了下去。有时，她会为何二宝频繁的来信而感到心烦意乱，每次她拿到写有某县某公社某大队的信件，都偷偷地感到脸红。同学们那些来信，大都来自全国的各大城市，以及各大学校，那是同学们的亲戚或朋友来的信，他们喜气洋洋地看信，看完信就当众宣布一些新消息和新动态，那一阵子，全国各地的消息像雨后春笋一样层出不穷，让人羡慕，让人惊喜。

她在接到何二宝的信时，就跟做贼一样，偷偷地把信藏了，放在书包里，有时一连几天也不去看信，有时她躲进厕所，匆匆地把何二宝的信看个大概，然后就让冲水马桶冲刷得一干二净。她自然没兴趣也没精力去给何二宝回信了，初恋何二宝已经渐渐地退出了她的历史舞台。

许多女学生，都开始暗暗地喜欢上了章老师。章老师自然很年轻，白白净净的脸，戴一副金丝边眼镜，穿一件洗得发白的中山装，一条白围巾系在脖子上，让人联想起“五四”时期的知识青年。章老师也是工农兵大学生，早他们两届，在学习期间因品学兼优而留校任教了，现在已经是助教了，因为年轻，他担任了李红梅他们这个班的班主任。章老师除了上课以外，他有理由也有机会接触这些学生。

章老师的学识，让她们这些女生景仰。章老师不仅是工农兵大学生，他还出身中医世家，他没上学时，对中医已经有了许多了解。还有因为章老师的年轻，也让她们感到亲近。

学生崇拜自己的老师，自古以来都是天经地义的事情。况且，在那个年代，章老师的一举一动都代表了那个年代知识分子的形象。还有章老师身上儒雅的气质，不能不让这些初涉世事的女生们冲动，甚至生出许多非分之想。

章老师就住在学校集体宿舍的一间筒子楼里，那栋筒子楼很具有人间气息。有不少老师，人都到中年了，仍住在筒子楼里，娶妻生子，在楼道里热闹地做饭，哄孩子，一副热闹异常的样子。章老师毫无例外地就住在这样的筒子楼里。

有许多女生经常去章老师的宿舍，向他请教学习上的问题，这些女生有时独自来，有时成群结伙地来，她们来到这里请教章老师只是个名义，而更多的是想和他亲近。

李红梅在一天晚上，在一个女伴的陪同下也来到了章老师的宿舍。在这之前，她差不多是没到章老师宿舍来过的几个女生之一，还有几个女生，因为长得比较丑，而丧失了和章老师接触的信心。当然李红梅是个例外，她被何二宝的信搞得心烦意乱，她没有一个良好的心情接触章老师。

在这天晚饭后，她又走进了学院的图书阅览室，在许多个心烦意乱的晚上，她都在这里度过的。她刚坐下不久，那个脸孔红红的女同学，小声向她提出要到章老师宿舍去请教问题。不知为什么，她马上就答应了。

当她们敲开章老师宿舍门的时候，年轻的章老师正伏在台灯下写论文，对她们的到来还是表示出了空前的热情。李红梅新奇地打量着章老师屋内的陈设，一张单人床，床头上摆放的全是书，床旁一张写字桌，桌上边码着厚厚的书，还有两个书箱子放在床下，门口不起眼的位置上放着一个破旧的衣柜，想必，章老师所有的生活家当，都盛在那柜里了。这一切让李红梅感到新奇又温馨，她深深地被章老师小小的单身宿舍里的氛围吸引了。这就是一名知识分子所具备的一切，在那一瞬间，她有一丝恍惚。直到章老师一连问了她两遍：小李，你这是第一次来我这里吧？她才醒悟过来，匆忙地点点头，接下来她的脸就红了。这时她已经忘记了，她第一次和何二宝目光相视时，也是这样红了脸的。

章老师一直微笑着接待她们，那一晚，她的目光几次和章老师温柔如水的目光相视在一起，最后都是她的目光匆忙逃掉了，脸孔自然是红了一次又一次。

一直到她和女伴走出章老师的宿舍，她感到自己的脸仍在发烧。那一晚，她的心情很好，在回到宿舍后，她甚至哼了一支苏联歌曲《山楂树》。这首歌自然也是她进入到大学后学会的。

那一晚，她失眠了，睁眼闭眼的都是章老师的音容笑貌。

六

自从章老师的音容笑貌走进她的内心，遥远的何二宝留给她仅存的一点记忆便土崩瓦解了。

何二宝的信仍是频频地来，每次接到何二宝的信她连看都不看了，便扔在洗手间的马桶里顺流而下了。

章老师现在成了李红梅生活中一道最灿烂的风景。她现在每天都能见到章老师，如果章老师不来上课，她便和其他女生一样径直走到章老师那间宿舍里。李红梅发现章老师对自己也是情有独钟的，在上课的时候，她的目光经常能和章老师的目光对视在一起，章老师讲的是《中医理论》，章老师总是能把枯燥的中医理论讲得生动有趣。当他的目光和她的目光对视在一起时，章老师的语句里会有一瞬间的停顿，只有她能感受到这种停顿。她和他的目光凝视在一起时，她会过电似的那么一抖，这么一抖，使她心慌意乱。

章老师的目光不和她对视时，她的思维就会处于一种虚无状态，她盯着章老师那张神采飞扬的脸，以及他的每一个手势，她觉得他是那么有吸引力，他就像一块磁石，牢牢地吸引着她的整个身心。她为他沉醉，为他倾倒。

她开始频繁地出入章老师的那间宿舍，他每次见到她都很热情，不管手头忙什么，总是停下来，让她坐下，她就坐在章老师那张堆满书的小床上。

当然她每次来都是有理由的，向他求教他白天曾经讲过的课，其实那些课她都听明白了，但这只是一个幌子。他自然热情异常地和她讲述白天所讲述的一切，他坐在椅子上，因为房间狭小，椅子和床的距离很近，有几次他们的膝在不经意间碰在了一起，她的脸又倏地红了。

有时她们赶到他宿舍时，他正在接待别的女生，她不想就这么走掉，就坐在一旁等。有几个不明事理的女生，非要等她问完问题一起走，有几次，她就这么心不甘情不愿地随她们走了。

一天里，不和他单独在一起说会儿话，她的心里便没着没落的，坐也不是站也不是。晚上，同宿舍的几个女生，议论最多的就是她们的章老师，有的夸章老师的眉毛，有的说章老师的眼睛，还有的说章老师的气质，章老师在她们这些女学生中成了大众情人。她从来不参加她们的讨论，她听着她们昏天黑地地议论章老师，心里极不是个滋味，仿佛她心里的什么东西被她们抢走了。

章老师似乎只对她另眼相待。她每次去找他时，往往屁股还没坐热，便响起了敲门声，他们因此便无法单独相处了。从那以后，她每次走进他宿舍时，他便关掉大灯，只留下台灯，为了怕光线从门上的天窗透出去，他不知什么时候用报纸把天窗蒙上了。

他又把台灯从桌子上放到地上，这样一来，两人就一半明一半暗地坐在小屋里，两人就跟一对地下党接头似的，小声地说话。

更多的时候，她并没有什么问题要问章老师，章老师早就看出了这一点，然后章老师就说自己小时候随爷爷去山里挖药材的故事。那是一些妙趣横生的故事，李红梅连想都没想过。年少的章老师，背着药材篓，跟在爷爷的身后，他并不真心实意地去挖药材，而是趁爷爷不备，便爬到树上去摸鸟蛋，抓蚂蚱，有一次还去捅马蜂窝，被一群马蜂蜇得半死……章老师说到自己的童年，总是喜笑颜开。

在这过程当中，章老师的门仍不时地被敲响，章老师就用手竖在自己的嘴上，示意她别出声，一直到敲门声停止，脚步声离去，他们才继续刚才的话题。

直到时间很晚了，她离开章老师的宿舍，走到楼下，转身回望时，发现他那间宿舍的大灯已经燃亮了。从这一点上可以看出章老师对她是与众不同的。仅凭这一点，她就感到骄傲和幸福。

晚上，其他女学生又在谈论章老师时，她捂着被子，偷偷地笑出了声。

在这期间，痴心的何二宝来找过她一次。那天刚下课，一个女生告诉她，宿舍外有个男人找她，她不知是谁，当她见到何二宝时，半晌没有反应过来。何二宝差不多还是以前的装束，一身发白的旧军装，一双白色回力牌球鞋，他两眼放光地站在那里，入神入境地望着她。

醒悟过来的她竟说：你怎么来了？

他有几分失望，但还是说：我去县里开会，绕道来看看你。

她没有把他领到自己的宿舍，而是领着他在校园里走了走。她一边心不在焉地和他说着话，一边想着尽快把他打发走。

他问她：为什么不给我写信？

她说：忙。

他又说：什么时候回靠山屯去看一看？

她仍说：忙，没时间。

不知不觉间，她把他领到了校园门口。

在这期间，有不少学生对他们侧目，他的这副穿戴，是个地地道道的农民打扮，她为他感到脸红。

走到校门口，她再也没有往前走的意思了，停在那里说：我现在很忙，没时间陪你了，我要上课去了。

他嗫嚅半晌，还是说：我来省城的路上，钱丢了，已经一天没有吃饭了。

她皱了皱眉头，说了声：那你等一下。

她回到宿舍，从抽屉里先拿出五元钱，后来想了想又拿出两元还有二斤粮票便出去了。她把七元钱和二斤粮票交到他手上。

他就拿过钱和粮票，红着脸说：那我就不打扰了，钱和粮票我会还你的。

他还没说完，她已经头也不回地走了。

回到宿舍，别人问她那个男人是谁时，她毫不犹豫地说：一个下乡插队时的老乡。

没过多久，他寄来了一封信，信里一个字也没写，只来了七元钱和二斤粮票。她松了口气，为终于了断了一件大事，她为了何二宝这种明智的做法，而暗暗地感谢他。

从此，她和何二宝便失去了联系。

偶尔的时候，她会想起曾经有过的插队日子，一想起这些，就想起何二宝，没有何二宝就没有自己的今天。想到这，她有些不安，但很快就过去了。

七

他们这批工农兵大学生，入学的时候，都是二十多岁的人了，有的年龄更大一些。他们都到了谈恋爱的时候。

大三那年刚开始，他们便风风火火地谈起了恋爱。因为年龄关系，校方也是睁只眼闭只眼的。

唯有李红梅她们宿舍的几个女生，虽有一些男生在追求她们，她们却没有和那些男生建立爱情关系的迹象。她们议论最多的仍是她们的章老师。李红梅心里最清楚不过了，不仅自己在暗恋章老师，她们也在打着章老师的主意。无形中，李红梅就有了种危机感，同时，她和章老师的关系又让她感到自豪。章老师和她单独相处时，那眼神还有所有的行为，包括关掉大灯，只开台灯；别的女生敲门，他不愿别人打扰，等等，这一切足以说明章老师对她是有意的。夜晚躺在床上，想起这些，李红梅竟又红了脸，心脏跳动的频率自然也加快了。

那时，虽然恢复了高考，因为大学的条件有限，高考学生又多，录取的学生自然很少，物以稀为贵。李红梅这拨最后一批工农兵大学生夹杂在那些高考入学的学生中间，地位虽有些不伦不类，但在人前人后仍没影响他们的大学生身份。他们佩戴着校徽走在外面都会引来许多人的羡慕。在李红梅的心目中，何二宝和章老师，简直不可相提并论。她插队的时候，何二宝对她来说是她心目中的灯塔，现在章老师又成为她心目中一盏闪亮的明灯，生活中的偶像。

在她又一次悄无声息地出现在章老师宿舍时，章老师似乎已经等她很久了，宿舍的大灯亮着，同时台灯也亮着。她一进门，章老师随手就关掉了大灯。房间里一下子暗了下来，两人坐在半明半暗中。为了说话方便，章老师还和她一起肩并肩地坐在了床上，刚开始，李红梅说起了班里哪个女生和某个男生恋爱了，哪个男生又和某个女生结束了恋爱关系。

这时章老师就侧过头，盯着她的眼睛问：那你为什么不恋爱呢？她就红了脸，低下头，小女孩似的摆弄自己的手指。偶尔抬眼时，她看到了章老师镜片后射过来的目光，虽然章老师的目光隔着镜片，但她仍能感受到章老师的目光如炬，火辣辣地烧着她。她的呼吸就急促起来，浑身的血液也快速滚动起来。

正在这时，筒子楼突然停电。这种停电现象以前也经常发生，故障的原因是，不知哪个房间里用了电炉子，保险丝被烧断了。突然而至的黑暗，使两个人的谈话中断了。李红梅甚至忘记了刚才说了一句什么话，此时很静，她只听到自己急促的呼吸声，还有章老师同样的呼吸声。她不知道自己下一步该干什么，只短短的一瞬，对她来说仿佛过了一个世纪那么漫长。

就在这时，坐在她身边的章老师突然抱住了她，由于两人的重心发生了转移，两人一下子就倒在了床上。接下来的一切，两人都失去了理智，在这些过程当中，李红梅觉得自己被潮水一样的晕眩淹没了。

当灯再一次亮的时候，清醒过来的李红梅才发现自己和章老师两人已经赤身裸体地躺在了床上，他们的衣服零乱地丢在了地上，还有章老师那副眼镜也很不斯文地躺在了衣服上。她还看见，章老师的头发已经被汗水浸湿了，自己也仿佛被水淹过了一样。

章老师见她用目光望着自己，便俯过身来，再一次拥住了她，并俯在她的耳边温存地说：红梅，我爱你，等你一毕业，咱们就结婚。

这是李红梅第一次听到男人对自己说温存的话，她突然感动地哭了。章老师一边轻轻地抚摸着她，一边吻着她，她想起了何二宝，何二宝拥抱过她，也吻过她，可是这种拥抱和吻是有多么大的差异呀。这是一个知识分子的拥抱和吻，处处显得那么有教养和温存，何二宝做这一切时，仿佛在下死力气地锄地。

很快，她就用热烈的亲吻和拥抱回敬了章老师，渐渐两人的身体又热了起来，两人又云雨了一回。这一次和刚才那一次有了明显的不同，他们都有精力去体味对方的一切，以及自己的感受。这期间，章老师的门有一次被敲响，两人都没有停下来，当那敲门声响过一会儿之后，李红梅在章老师的身下幸福得叫出了声。

他们起床之后，章老师并没有让李红梅马上离开，而是在脸盆里倒上热水，让李红梅仔细地洗过了。他还告诉李红梅，这事完了之后，不要沾冷水，还要多喝些热汤，这是中医理论说过的。这时，章老师又恢复了中医理论老师的样子。

忙完这些，章老师又用电炉子为两人煮了半锅热汤。李红梅发现章老师的床单被自己的一朵鲜血染红了，她二话不说，拿起床单到洗漱间去洗那个染有自己血迹的床单了。以前也有不少女生，包括李红梅自己曾为章老师洗过衣服床单什么的。李红梅做这一切时，轻车熟路。现在的心情却大相径庭了，她怀着巨大的幸福揉洗着章老师的床单，当然，她是用章老师暖瓶里的热水洗的床单。

她又喝完了章老师为她熬的汤，才离开章老师的宿舍。当她躺在床上，听着同宿舍的女伴们议论章老师时，她蒙着被子偷偷地笑出了声。笑过了，她听着那些同学喋喋不休的议论，她竟有些同情那些害单相思的女生了。

就这样，李红梅一边想着章老师是自己的人了，一边想着有一天她当众宣布自己和章老师结婚的消息时，语惊四座的样子，渐渐地，她进入了甜美的梦乡。

八

从此以后，李红梅出入章老师宿舍的次数更加频繁了。每天晚饭后，李红梅和其他学生一样，夹着书本走进教室去晚自习，或者去图书馆。她有时并没有走进教室或图书馆，只是虚晃一下，便走进了章老师的筒子楼，然后他们双双躺倒在床上，初尝禁果的男女，乐此不疲。有时两人正朝气蓬勃地在床上云雨，这时响起了敲门声，还有一个女生的叫门声。两人只能暂时停下一会儿，待敲门声消失，两人又一次进入状态。

有一次，当两人平息下来的时候，李红梅就问：我不会怀孕吧？

章老师就胸有成竹地笑一笑说：别忘了咱们都是学医的，怎么会呢？

李红梅没有了后顾之忧，胆子就更大了，身体也敢放开了。

不久，关于李红梅和章老师恋爱的消息很快就传开了。同宿舍的女伴们首先表现的是吃惊，她们不相信章老师会和李红梅好上了。李红梅在同学中学习成绩平平，除脸蛋和身材不错外，其他的并没有什么可取的地方。为什么章老师偏偏和李红梅好上了呢？同学们不解的同时，又有了一种被欺骗的感觉，还有的就是一种失落。

女伴们和李红梅的关系一下子就冷了，寝室里再也没有人提章老师的名字了。章老师在班级里上《中医理论》时，那些女同学，再也不两眼放光，积极抢答问题了。章老师的威信似乎一下子在女生中降低了许多。但章老师毕竟是她们的班主任，她们并不想得罪章老师，因为在毕业分配时，章老师的意见还将起着举足轻重的作用。

李红梅不在乎女伴们对她的态度，有的人甚至在私下里说，李红梅是为了将来毕业分配留在省城里才和章老师好上的。她听了这些消息，只是一笑置之。她更加全身放松地出入章老师的宿舍。她不再担心谁会来打扰她了，她和章老师一次次地恩爱。然后，章老师用电炉子煮一些滋补的汤。宿舍楼里，因章老师频繁地使用电炉子，保险丝一次次被烧断。章老师就甩着一头的汗水，一次次跑到一楼去换保险丝。

两人都没有想到的事终于发生了，李红梅怀孕了。李红梅在怀孕四十五天后才发现自己怀孕了，她和章老师都是学医的也没有帮上他们什么忙，章老师事后分析是记错了李红梅的排卵期。女大学生和老师有了孩子，这在什么时候，都是一条不光彩的新闻。章老师和李红梅为了让自己光彩下去，还是决定把孩子做掉。医学院附属医院里有章老师的同学，同学肯帮这个忙，于是，李红梅就在附属医院做了一次人流，没想到的是，手术很不成功。章老师同学太想帮这个忙了，结果适得其反，在给李红梅刮宫时，却把子宫刮漏了，而造成了大出血。

因此，李红梅在医院里躺了三天。学医的李红梅自然知道子宫被刮漏的后果将会是终身不孕。因此，出院后的李红梅脸色苍白，情绪自然也是郁郁寡欢。

章老师知道这是自己对不住李红梅，他把李红梅接出院后，就安排在自己的宿舍里，一边给李红梅熬鸡汤，一边泪流满面地说：红梅，我一定娶你，不能生育也没什么，咱们要相爱一辈子。

李红梅还能说什么呢，她只能默默地流泪。

李红梅流产的事，不知在哪个环节还是走漏了风声，纸里终归是包不住火的，不仅学生们知道了，校方也知道了。虽说那时大学校园要比社会上开放些，但男女的事还是看得很重。在系主任郑重地和章老师、李红梅谈过话之后，还是分别给两人一次警告处分。

受了处分的李红梅，在女同学中，一下子又不那么孤独了，不仅同宿舍的人安慰她，就是其他宿舍的女生也来安慰她，合伙凑钱给她买来了慰问品。李红梅并没因此受到感动，她脸色苍白地面对着这些曾经孤立过自己的同学说：我一毕业就和他结婚。他自然指的是章老师。

终于毕业了，由于章老师的努力，再加上两人的关系都已人尽皆知了，坏事变好事，李红梅就被分在医学院的附属医院。

毕业不久，章老师和李红梅就结婚了。新房就是章老师那间单身宿舍，在当时能有一间宿舍做新房已经不错了。

两人并没有举行什么仪式，只是章老师的同学、同事，还有李红梅那些留在省城里的同学聚在学院的餐厅里热闹了一次。给他们处分的系主任也到场了，他一边安慰两人一边说：没事，你们又不是乱来，这不是结婚了嘛。只是你们当时不该走火。

章老师和李红梅也没把那件事放在心上，两人毕竟结婚了，没有什么见不得人的。因此，两人那天的情绪还算高涨，不断地给老师、同学、同事敬酒，一边听着花好月圆的话。

李红梅终于和章老师结婚，又顺利地留在了省城，她也算心满意足了。想起当初，她要是和何二宝有了什么，现在生活在靠山屯，那样的日子她现在连想都不敢想。

李红梅高高兴兴地开始了自己的新生活。

九

章老师和李红梅在当时人们的眼里是多么幸福般配的一对儿呀。一个是学校的老师，另一个是医生，他们都是名副其实的知识分子。就是那栋筒子楼，也给他们的生活增添了许多滋味。

每天下班的时候，筒子楼的走廊里，是一派生机勃勃的生活景象，因炒菜而炝出的各种油烟味，为他们的生活增添了一道独特的风景。留在省城里的大学生，差不多都是在这种条件下生活着，他们已经心满意足了。这时，已到了二十世纪八十年代初，一切都在有序发展着。

李红梅和章老师的生活早已平静下来，他们的新婚蜜月早在他们结婚前就已经完成了，他们现在和所有新婚夫妇一样，过着白手起家的日子。

下班之后，两人吃过饭，心情好，又赶上天气好的话，他们会走出筒子楼到外面散散步，或者坐在树荫下看一看身边走过的那些遛弯的人。

刚开始也并没什么，后来李红梅就关注起那些年轻孕妇了。她们挺着肚子在自己面前走过，她的心里就空空落落的。她何尝不希望自己生个孩子呢，可是她知道自己已经失去了这样的权利。她只能羡慕地看着别人挺着日渐隆起的肚子在她面前走过。她的心里就痒痒的。章老师的目光有时也去追寻这些孕妇的背影，他还当着她面感叹道：怀孕的女人是最幸福和值得骄傲的。

她听了他的话，心里就有了气，他们在结婚前偷尝禁果时，他就信誓旦旦地说自己是学医的，不会出现差错。可结果却酿成了大错。一想起这些，她心里就有气。听他这么说，她就没好气地说：要不是你的错，我现在说不定孩子都生下来了。

章老师就没有什么好说的了，一副无滋无味的样子。

转眼间是春夏秋冬一个轮回，日子就在这种不经意间流逝了，昔日那些挺着肚子怀孕的女人，孩子早就生下来了，夫妇在散步时，已经堂而皇之地把他们的孩子抱了出来，孩子们非常健康的样子，有的还咿咿呀呀地学语。李红梅走过他们身边时，总是忍不住多看这些孩子几眼，或者俯下身逗一逗这些可爱的孩子，当离开这些孩子时，不免空空落落的。一晃自己也是二十八九岁的人了，章老师也已三十出头了，这种毫无变化、水波不兴的日子，使她寂寞，让她冷清。

和他们共同住在筒子楼里的一些年轻老师或者学校里的员工，已经有人辞去了公职，下海做起了生意。

刚开始李红梅觉得这些人的举动简直有些不可思议，这样的想法和章老师不谋而合。章老师认为，当老师是世界上最稳定的职业，有一份固定的收入，风吹不到，雨淋不着，这样的职业到哪里去找呢？

可随着时间的变化，那些下海办公司或者跳到其他公司打工的人，陆陆续续地都搬离了筒子楼，有的是自己买了房子，有的是公司分给了他们房子。

毫无变化的是章老师和李红梅他们这些人。李红梅就开始抱怨，抱怨医学院还不给章老师分房子。在这几年当中，学院里盖了几栋楼，那些楼都用在了教学上，或者做了学生宿舍。恢复高考以后，学院每年都在扩大招生，原来的教学设施早就跟不上形势的需要了。也盖了一两栋教职员工的宿舍楼，但都被那些教授分走了。

章老师现在只是一名讲师。他也是工农兵学员出身，这样的身份让他尴尬，有一阵嚷嚷着工农兵大学生的学历不承认了。他和李红梅共同复习，又考了一次，总算过关了，但他们的学历，仍值得怀疑。先是别人开始瞧不起工农兵大学生；后来，渐渐地，他们自己也开始怀疑自己了，讲起自己的身份，自己都感到脸红。

如果这么论资排辈的话，再有十年的时间，章老师也分不上房子，那样的话，他们只能住在烟熏火燎的筒子楼里。这样的处境让他们感到难堪。

当大家过着一样的生活时，便觉得命运是公平的，没有什么。就像李红梅当初插队，后来又上大学，最后住进筒子楼里，她甚至觉得自己已经很幸运了，所以她感到满足了。现在一不留神，自己的生活却被别人落下了，她的心境便可想而知了。

她在附属医院外科当医生，处境也并不妙，直到现在，她的身份还只是名助理医师，别说大手术，就像阑尾这样的小手术都轮不到她，她只能给别人当助手，别人做完手术，自己缝合一下，或者查查病房什么的。

医院已经改革了，每个人的收入和自己的职称以及做了多少手术挂钩。这样一来，李红梅的收入就和那些主治医生拉开了距离。那些主治医生，有时一个月能拿到近千元，而她呢，除了有些夜班补助之外，就剩下那点死工资了，加在一起也就是几百元。

这样的日子让她心里失去了平衡。改善家里的生活状态，看来指望章老师也是没什么希望的。无奈之余，她只能远远地羡慕别人。

不经意间，李红梅的生活又一次悄悄地发生了变化。

附属医院外科，住进来一位处长。处长姓王，他不是一般的处长，而是卫生厅主管医疗器械的处长。省里所有医院配备什么样的医疗器械，都要经过王处长亲自批示，因此，王处长住在附属医院里就得到了贵宾一样的待遇。

王处长要把自己的阑尾割掉，因此住进了附属医院。经过一番全面检查后，王处长身体还有些许的炎症，为了安全，为了对王处长的身体负责，王处长还要在医院里静养一段时间，然后才能手术。

李红梅随着主治医生对王处长查了几次房，也给王处长量过几次血压和体温什么的。王处长对李红梅似乎很友好，总是没话找话地和李红梅说上几句不咸不淡的话。

李红梅每次出现在病房时，总是穿着白大褂，戴着口罩，人自然就显得很平静。王处长就说：李医生，你的眼睛真漂亮。

李红梅已经好久没有听到这样的话了，这话让她心里热了一次。她用眼睛冲王处长笑了笑。

王处长四十多岁的样子，保养得很好，人也就白白净净的。在医院里说话的口气也温和，很平易近人的样子。

王处长有很多朋友，从住进医院开始，来看望他的人从没断过，鲜花摆满了房间，还有那些营养品都堆成小山了。

李红梅却没见王处长的夫人出现过，从那一刻开始，她开始留意起王处长了。

十

王处长似乎也特别留意李红梅，李红梅主要负责查房工作，测测体温、量量血压什么的，她每次出入王处长病房时，王处长的一双目光，都随着李红梅的身影转来转去。后来王处长对李红梅说：是你那双眼睛勾引我的。王处长因受到医院特殊照顾，单独住在一个病房里，这就给王处长和李红梅提供了独处的机会。

王处长在李红梅查房时，先是像领导似的问这问那。刚开始，李红梅的回答很简单，因为王处长是医院上级机关的领导，王处长住在这里，医院领导都亲自跑到病房来看过他，因此，李红梅不能不对王处长关爱有加，查完房的李红梅自然也要和王处长说上一些关心的话，例如，饭菜合不合口，还有没有什么要求等。王处长就一边点头，一边微笑，他的目光一直盯着李红梅口罩上方那双比较漂亮的眼睛。渐渐，王处长和李红梅熟了起来。有一次他对她说：李医生，把你的口罩摘下来吧，我又不是传染病人。

王处长的话虽说得很温和，但仍有领导命令的口吻。戴口罩一是为了卫生，二也是医院的规定。见王处长半开玩笑这么说，李红梅一边笑着一边摘下了口罩。王处长终于见到了李红梅的庐山真面目，就感叹地说：李医生，你长得这么漂亮，却天天戴着口罩，真是委屈你了。

李红梅听了王处长的恭维话，脸立马红了。她垂着眼睛，温婉地说：王处长你真会说话。王处长一边打着哈哈，一边问一些李红梅的个人情况，比如，老家是哪里的呀，爱人是干什么工作的呀，等等。当王处长得知李红梅的爱人就是医学院的老师时，免不了又说了几句恭维话。李红梅并没有真心高兴起来，此时，她已经不再感到章老师有什么好的了。他们现在还住在筒子楼里，这么多年了，章老师到现在只不过熬成个讲师。许多人下海挣钱，要么走仕途，活得都比他们滋润，她心里的章老师已经不是以前的章老师了。

细心的王处长似乎已经察觉到了李红梅心里想的是什么。这个话题就不再往下说了，而是问起了她的孩子，李红梅只能黯然地摇头了。王处长的目光似乎亮了一下，很自然地说到了自己，夫人几年前已经病逝了，现在他自己带着上中学的儿子生活。说到难处，王处长就一遍遍地感叹生活。

几次之后，他们之间的话越来越多了。有时李红梅为了和王处长说话，把查王处长的病房放在最后一个，她进门之后，自然就把口罩摘下来了，然后心情放松地和王处长说话。她当时并没有多想，王处长毕竟是上级机关举足轻重的领导，她能认识王处长，自然没有什么坏处。

在聊天中，她无意间就说到了自己在医院里的处境，因为她是工农兵大学生，不被重视，到现在，别说大手术，就是一般的小手术都轮不到她来做。王处长听了，就一副同情的样子，想了想，很快说：我的手术由你来做吧，我相信你。

李红梅不相信地望着王处长，惊喜之后，她又摇摇头说：谢谢王处长的好心了，这事不是我能做主的。

王处长就很有领导气派地摆摆手道：这事由我跟你们领导说。

果然，在手术前，王处长向科主任提出了自己的想法，说是想法，其实是命令。他们惊讶、不解，他们还没有见过一个病人心甘情愿地让一个毫无手术经验的医生为自己做手术，但他们还是同意了王处长的要求。像王处长这样重要的病人，一般都是由科主任主刀的，虽是一个小手术，但体现了对王处长这样病人的重视。

手术那天，科主任还是到场了。因为有了王处长的鼓励和器重，再加上她一直不服气那些被重用的医生，她要做出个样子给众人看，因此，她那天的手术准备得很充分，手术就获得了成功。

王处长回到病房后，很虚弱地对李红梅说：你的手术做得不错嘛，这么快就完了。

李红梅感激地冲王处长笑了笑。她的笑是真心实意的。为了自己的成功，她差点感动得流出了眼泪。

在随后的日子里，李红梅对王处长进行了无微不至的关怀。此时，王处长在她的心里已经超出了病人这个概念，她甚至把他当成了贵人，而且还不是一般意义上的贵人。

有了这种心理，她对王处长的关怀就多了许多内容。她经常走进王处长的病房，一边坐在床边陪王处长聊天，一边把水果剥开送到王处长的嘴里。有时还搀着王处长在房间里走上几个来回，其实王处长已经不用人搀扶就能很好地走路了。

一次，王处长躺在床上，冲动地捉住了李红梅的手，很温情地说：小李呀，你真是个好女人。

不知何时，王处长已经改变了对李红梅的称谓。

她听了他的话，脸又一次红了，而且还热辣辣地有些发烧。王处长的手又细又软，还带着温热，她没有动。她的脑子里快速地闪过当年她和何二宝坐在火炉前，何二宝捉住她手的情形。她的身体里的什么地方热了一下，喉头也哽了一下，她许久没有这种感觉了。

她和章老师之间的生活已经毫无新意可言了，下班以后，她总是要在烟熏火燎的楼道里做饭，然后无滋无味地和章老师吃饭，章老师在学校里的处境让他的心情很不好，他不断地唉声叹气，接下来闷闷不乐地看书，甚至都很少陪她说话，仿佛他们之间的话，在结婚之前已经说完了。

就是他们夫妻之间的生活，也是好久才有一次，做起来，也是毫无激情可言。李红梅就在这种疲疲沓沓的日子中生活着。

不知为什么，王处长握住了她的手，在那一瞬间，她心里涌动起了对生活的憧憬。她甚至联想到了王处长的年龄，他和她相差十五岁。她的脸一直那么红着。

她自己也说不清王处长是何时松开了她的手，后来王处长又说了些什么，她一直惶惑着。

两天以后，王处长出院了。她自然要为王处长送行，当然还有科里、院里的领导。王处长不失身份又很得体地拍了拍李红梅的肩膀说：李医生，你是我的恩人哪。

领导们微笑着望着眼前的一幕，有的医生脸上的表情颇有嫉妒和失意的意味。

王处长又说：李医生，以后欢迎你到我家做客，我还要单独感谢你才是。

李红梅不知说什么好，只是红着脸笑着。一群人前呼后拥地把王处长送上车，又一直目送着拉着王处长的轿车驶远，最后在视线里消失。

王处长出院，李红梅不知为什么，心里一下子空落起来。

十一

自从李红梅给卫生厅的王处长做了阑尾切除手术，她在医院里的地位发生了微妙的变化，首先科主任的态度发生了明显的转变，科主任对李红梅的态度明显好了起来。李红梅的工作也不再是简单地查房，一些病人会诊时，科主任也会叫上李红梅，甚至还征求李红梅的一些看法。

就是医院领导，偶尔到科里转一转，见到李红梅也主动地和她说一些无关紧要的话，微笑握手，这是以前从来没有过的。

王处长果然说到做到，出院没几日，在一天上班时间里，主动把电话打到了外科，找到了李红梅。王处长先说了一番感激的话，然后就提出请李红梅吃晚饭。李红梅不知为什么，竟毫不犹豫地答应了，在这之前，她就料到王处长会给她打这样的电话。

果然在下班时分，王处长的车子已经停在了医院门口，李红梅在众人羡慕的目光中上了王处长的轿车，一直远去。

那天晚上王处长很奢侈地宴请了李红梅，席间王处长先是说了许多感激的话，王处长这么抬举李红梅，她真的不知该说什么。从头到尾她的脸一直那么红着，那天晚上她破天荒地喝了几杯红酒，在微醉中，她也说了许多话，先是说王处长年轻有为（其实王处长已经不年轻了），还说以后多靠王处长关照之类的话。王处长真心地夸了李红梅年轻漂亮，是个称职的医生，又温柔体贴，肯定是个好妻子，李红梅的脸早就红了。在酒精的作用下，她的脸一直火辣辣的。

那天晚上，两人说了许多话，王处长又一次说到了自己的处境，爱人去世得早，现在独自一人照看着上中学的孩子等，最后还求救似的对李红梅说：李医生，你以后留意一下，有合适的女性帮忙介绍一下。说完盯着李红梅已有些蒙眬的眼睛说：找你这样的就行。

这种明显的暗示，或者称为欣赏，李红梅真的不知道说什么好了，只是她的脸上又多了一层红晕。两人细声慢气地说了很久，最后王处长才叫司机把车开过来，王处长和李红梅坐在后座，王处长让司机一直把李红梅送到她居住的筒子楼前。在这期间，王处长又一次握住了李红梅的手，和在医院那次一样，李红梅也没有表示反对，就那么一直让王处长握着自己的手。直到李红梅下车，王处长才松开李红梅的手。直到李红梅走进楼道，王处长才让司机把车开走。不知是紧张还是别的缘故，李红梅下车的时候，连声招呼也没有和王处长打。

医学院附属医院条件并不令人满意，主要是一些医疗器械的配备上，那时，所有的医院医疗器械，尤其是高尖端的器械都明显短缺。现在所有的人都知道李红梅和王处长的关系非同一般。医院要配备这些器械，都要由王处长亲自批示才行。

一天，院长把李红梅叫到了自己的办公室。这是以前从来没有过的。院长把一份申请配备医疗器械的报告递到了李红梅的手上，并用商量的口气，要求李红梅去找一次王处长，希望能得到王处长的支持。

王处长能否支持李红梅心里也没数，但这毕竟是院长亲自找到李红梅，这足以让李红梅受宠若惊了。李红梅作为一个女人，凭着和王处长的接触，她能感受到王处长对自己的意思，那是一个男人对一个女人的意思。

院长又亲自把自己的车派了出来，让李红梅去卫生厅找王处长。这是李红梅第一次走进王处长的办公室，王处长不在，正在会议室里开会，一个办事员问清了李红梅的姓名后，便进去通报了。王处长很快便从会议室里出来了。对李红梅的到来，他似乎并没有感到吃惊，他就那么一直微笑着冲着李红梅，亲自为李红梅倒上了茶。李红梅很没经验又很忸怩地把自己的来意说了，并把院长的请示放在了王处长的案头，王处长的目光只在那份报告上停留了一眼，便说：这种进口的 CT 机，咱们全省只有两台。

接着王处长便把话题转移到了别处，询问李红梅最近工作情况，又说了会儿闲话。转眼就到了中午吃饭的时间，王处长留李红梅吃饭，李红梅觉得办事没什么希望了，就提出要走，在王处长的极力挽留下，李红梅还是留下了。吃饭就在机关的小餐厅，虽说简单，但也不失一种格调。整个席间王处长没说一句关于配备器械的话，只是说到了吃，他说自己这几年学会了做菜的手艺，比有些厨师做得还好。李红梅就夸奖王处长。王处长就说：过几天，到我家坐坐，我烧几样拿手的菜让你尝尝。

李红梅就笑着答应了。

直到吃完饭，王处长送李红梅走时才说：那就给你们一台 CT 机吧。告诉你们院长，明天就到我这儿来办手续。

这种结果是李红梅没有想到的。

又是不久，王处长终于兑现了自己的诺言，CT 机被医院拉了回来。李红梅给王处长打了一个电话，她说了一大堆感激的话，王处长只在电话里笑了笑，没说什么，最后话锋一转，又提出了上次说过的要亲手烧菜给李红梅尝尝的话题，并问李红梅晚上是否有时间。李红梅很爽快地就答应了。

这是李红梅第一次走进王处长的家，三室一厅的房子，装潢得也比较讲究，虽说这个家没有女主人了，但看起来还算整洁。李红梅一走进这个房间，便真心地表扬王处长的居住环境，她又想到了自己住着的筒子楼，心里不免有些失落。王处长在厨房里忙着，李红梅没事可干便也走进厨房给王处长打下手，两人说说笑笑，一家人似的很快就做好了一桌饭菜。两人吃饭的时候，李红梅才知道，王处长的儿子平时住校，直到周末才回来。李红梅参观王处长儿子房间时，看到了王处长儿子的照片，那是一个挺文静的男孩。

席间，两人又喝了些“干红”酒，李红梅表扬了王处长的手艺，王处长的手艺果然不错。两人吃完饭后，李红梅主动帮王处长收拾卫生。

然后两人一边看电视一边聊天，灯是落地灯，很柔和，两人就在这片很温馨的气氛里说话。直到这时，李红梅还在羡慕王处长居住的环境，她想：自己什么时候有这样一套房子，也就心满意足了。

就在这时，王处长又拉住了她的手，她仍没有拒绝，也不好拒绝，最后两人就凑在了一起，先是双双地倒在了沙发上，最后，王处长把她抱了起来走进了卧室。这时，李红梅的大脑有些乱，她知道下一步意味着什么，但她没有挣扎，她自己也说不清为什么这么心甘情愿地顺从。

接下来，所有的事情都不可避免地发生了。

十二

从此以后，李红梅和王处长的关系一下子变得说不清了。有时是王处长打电话约她，更多的时候，是她主动走进王处长的家门。三间房子的空间，大多的时间里，只有他们两个人，这里的一切，都让李红梅流连忘返。从筒子楼到这里，仿佛从地狱到了天堂。

李红梅在一个周末，见到了王处长的儿子，那是一个很懂礼貌，又很多愁善感的中学生，他望着李红梅的目光一点也没有恶意，甚至他的目光中还流露出了些许的温暖和敬意。

看到王处长的儿子，李红梅又想到了那次怀孕，是那次怀孕，彻底粉碎了她做母亲的梦想。随着年龄的变化，她的这份梦想与日俱增，但又在现实面前被击得粉碎，她的心情便在现实与梦想之间煎熬着。

她在王处长的家里，那颗落寞孤独的心灵竟找到了一丝抚慰。在这段时间里，她差不多成了这里半个主人，她承担起了王处长的不少家务。现在他们不再去外面吃饭了，由李红梅做饭，甚至，王处长换下来的衣服，她也要抽空洗出来，包括王处长儿子周末回来的换洗衣服什么的。她做这一切时，竟由衷地有了一种幸福感，这种感觉在她心里荡漾着。

章老师似乎并没有留意李红梅这段时间的变化。很长时间了，两人的关系就是那么不冷不热的，在医学院的那份失意，影响了章老师的家庭生活，他经常把这份失意带回来，使他们之间变得冷清起来。

最近章老师正带着几个研究生在搞一个课题，据说这个有关中医的课题要是能攻下来，就会在全国的医学界得个什么奖，那样的话，章老师的地位将在学院里发生根本的变化，对评职称、分房子都有许多好处。因此，章老师一门心思都扑在了课题上，早出晚归的，有时夜里也不回来。

章老师对待李红梅的这种态度，给李红梅和王处长的约会带来了很大的空间。她的心里甚至没有做过更多的过渡，也没有更多的自责，她觉得没有什么对不住章老师的。她现在才清醒地意识到，她理想中的男人，原来并不是章老师那样的人。

她和王处长的关系，早就引起了医院上下的重视，科主任和院领导对李红梅的态度发生了巨大的变化。因为李红梅和王处长的关系，给医院带来了许多好处，一些先进的医疗器械源源不断地配给了医院，还有一些及时的经费，这对医学院附属医院来说，以前是从来没有过的。他们自然明白，这一切都是因为李红梅和王处长的关系。但大家都不把这层关系说破，都暧昧地关注着李红梅的一举一动。现在李红梅已经是外科的主治医生了，经常组织一些不大不小的手术，手术自然也都算成功，李红梅就博得了一片掌声。

李红梅自然知道这一切变化都是因为王处长，现在王处长对她很好。王处长比她年长十几岁，她在王处长这里寻找到了父亲一样的关怀，以及爱人的热烈，因为这些，李红梅从肉体到精神也发生了明显的变化，她变得更加年轻漂亮了，会经常哼着歌走进外科，这在以前是不可想象的。

那天，她和王处长躺在床上，她枕着王处长的手臂，幸福的潮水并没有退去，她吻着王处长带着咸味的前胸，气喘着说：你真好。

王处长也正在用爱抚的目光望着她，王处长就说：咱们结婚吧。

这是王处长从始至终第一次做这么重大的许诺，在那一瞬间，她激动得流下了泪水。她一把抱住王处长幸福地啜泣着。

其实她早就想走进王处长这样的家庭了。王处长该有的什么都有了。她是个不能生育的人，而王处长这样的年纪，还有儿子，因此，王处长不会看重她是否能生育。在这之前，她也曾有过离开章老师的打算，可茫茫人海，她到哪里去找一个更适合自己的人呢？在女人的行列里，她已经不年轻了，她知道，自己到目前为止还算有几分姿色，那是因为她没生育过，体形没变，但她已经不能算年轻了。和王处长这样的男人比，她还算年轻的。因此，她在王处长这里找到了自我，找到了那份感觉。

她无法拒绝王处长对她的要求，那一次，她把头埋在王处长的臂弯里，含着幸福的泪水答应了王处长。

在离婚之前她要做好铺垫，毕竟在这之前她还没有和章老师有本质的冲突。从那以后，她经常夜不归宿，她一下班就一头扎在王处长这里。

偶尔，她走回筒子楼，回到她曾生活过的那间小屋时，竟有了一种陌生感。

章老师见到她没有更多的话，只是说：你现在值夜班越来越多了，要注意身体才是呀。

章老师依旧为他的课题忙碌着，那课题究竟攻克到什么程度了，她没问过，他也没说过。她见自己的铺垫没有得到什么效果，在这之前她已经做好了和王处长再婚的准备工作，该换的家具都换了，房子也装修过了。做这一切时，王处长出手很大方，那一次，她无意中看到了王处长那几张写着儿子名字的存折，使她大吃一惊，写在王处长儿子名下的那些数字，她以前想都没敢想过。万般无奈下，她只好把自己离婚的想法提出来了，出乎她的意料，章老师一点也没有感到吃惊，他只是怔怔地望着她，半晌才说：这么多年委屈你了，是我对不住你，什么时候去离，我听你的。

章老师的态度使她伤心、难过，她原以为章老师会哀求她，甚至会痛哭流涕，没想到章老师竟这么平静。是章老师这份平静让她感到失落，仿佛是章老师早就等着这一天了。她就在这份失意的心情下，很顺利地离婚了。

一周后，她和王处长的婚礼在隆重热闹中完成了。王处长有许多朋友，还有那些下属单位的领导，都异常重视地前来祝贺了。送来的礼品和现金又让她大吃一惊，仅这一次婚礼的收入，就够他们生活十年八年的了。她为能找到王处长这样的人而感到十二分的庆幸，一个并不年轻的女人还能得到什么呢？她这么问着自己。

十三

自此，李红梅过上了一种平稳安逸，甚至让人嫉妒的生活。因为，她此时是名正言顺的王处长的夫人了，不久，她便被医院提拔为外科的副主任。在单位她也算个有头脸的人物了。

又过了不久，章老师的课题在艰苦卓绝的情况下终于获得了成功，被权威界评定为科技进步二等奖。章老师自然也受到了表彰，并被医院破格升为教授，自此，搬出了筒子楼，住上了单元房。李红梅又听说，章老师再婚，和他结婚的就是一同攻克课题的一位女研究生。那位女研究生李红梅见过，长得算不上好看，但比她年轻。

直到这时，李红梅似乎才明白，当初她和章老师提出分手时，章老师那么心平气和，原来章老师似乎也早就有了自己的意中人。想到这，李红梅心里又不平起来，她甚至有些恨这位前夫了。当她想着自己眼前的生活时，她又平静了下来。她和王处长现在过着无忧无虑的生活，除他们现在居住的处级房子外，王处长又在外面买了一套房子，房主自然写着儿子的名字。她和王处长结婚后，完全明白了王处长这番苦心。王处长所有钱物都是下属单位送来的，这些钱财自然不好写自己的名字，当然，也不能写她的名字，只有写他们儿子的名字最安全。王处长的儿子已经开始叫她“妈”了。这是一个巨大的转变，她知道自己这辈子是无法再生育了，能不劳而获地有个儿子，她感到心满意足，她在体会着做母亲的滋味。

家里的情况也发生了一系列的变化，他们婚后不久，就请了个保姆，专门给他们做饭、洗衣、打扫卫生。现在她和王处长一门心思地享受生活，王处长和她相比年龄大了一些，但身体还算健壮，她仍不时地为王处长开回一些补脑、补肾的药来。她觉得，作为一个男人，这两样东西，一个都不能少。

正当李红梅精心为自己设计未来生活时，王处长那里却出现了岔子。一封检举信寄到上级部门，王处长被隔离审查了，没多久，王处长的案子便水落石出，王处长因受贿罪被判处无期徒刑。同时还牵连了不少干部，他们都轻重不等地被判了刑。王处长的家产，也就是他们共同的家产被查封、没收，当然，还有那些写着儿子姓名存起来的钱。

一夜之间，李红梅又过起了贫民生活。因为王处长的案子，不久，她又降为普通医生，一下子又无所事事起来。

那一阵子，是她最消极也最痛苦的日子。她本想让自己生活得好一些，没想到的是，她又回到了起点，甚至连起点都不如。她又想起了章老师，如果不离婚的话，她现在也是教授夫人了。那样的日子虽赶不上和王处长在一起时那么风光、轻松，但足以让人感到踏实了。她现在有些后悔当初和章老师离婚了。

现在她虽然没有和王处长离婚，但现在王处长是被判无期徒刑的犯人，他们的婚姻已经名存实亡了。

就在这时，她接到了一个她做梦也没有想到的电话。电话是何二宝打来的。何二宝在电话里说要见见她，并说好在下班的时候，他在她单位门口等她。她没想到何二宝这时会突然出现在她的生活里。他们毕竟曾经有过那么一段，何二宝说来看看她，她便没有拒绝。

下班的时候，她差不多把何二宝忘记了，没有在单位门口过多停留，直接向公共汽车站走去。这时一辆轿车尾随着她，并不停地按喇叭，直到她回头，看见了何二宝，确切地说是二十年后的何二宝，她才停住脚。何二宝还冲她微笑。

她不知道何二宝哪里来的轿车，也不知道何二宝要把她拉到什么地方去，她坐在车里只感到何二宝变了，何二宝现在浑身上下的每个细胞都油光闪亮。在很短的时间内，何二宝车上的两部手机接二连三地响起，他甚至都没时间和她说句完整的话。后来，何二宝把手机都关掉了。车子最后停在一片开发区，这是片著名的开发区，何二宝没下车，指着那些正热火朝天的施工现场说：这都是我的人。

何二宝的口气和气势早已是今非昔比了。接下来何二宝奢华地宴请了李红梅，就他们两个人，吃了足足有两千多元的饭菜。何二宝消费不用现金，而是“牡丹卡”，这是李红梅从来没有过的。

何二宝对李红梅这二十年的经历了如指掌，什么时候结婚，什么时候离婚，王处长什么时候出事，直到这时，何二宝才成功地出现在李红梅面前。

李红梅对何二宝这二十年的变化可以说是一无所知。后来何二宝告诉她，自从知青返城后，不久，他便不当支书了，而是成立了一个包工队，到县里承包工程，后来就越干越大，他现在已经是一家建筑公司的总经理了。

那天，何二宝莫名其妙地喝了许多酒，后来大着舌头说到现在他还没有结婚，但身边并不缺女人，还有女人甘愿为他生了三个孩子，最后他就湿润着眼睛说：这么多年了，我没忘记你呀，做梦都梦见你。

酒后的醉话，深深地打动了李红梅。这毕竟是她的初恋，那时因为何二宝的与众不同她爱上了何二宝，后来是何二宝改变了她的命运，如果没有何二宝，她今天是个什么样子还不知道呢。那些和她一起插队的知青战友，现在已经有许多人下岗失业了。

二十年后，她和何二宝重逢，她又一次被何二宝征服了。那一瞬间，她想到了轮回和缘分等等说不清的人生命题，现在，她只能认命了。

那天晚上，何二宝把她带回了自己的住处，那是一栋别墅，坐落在著名的住宅区里。这里住的都是有头有脸的人物。

这一切，又让李红梅感到震惊了。

那一晚，在女人面前已经不再陌生和紧张的何二宝，一把抱住了李红梅。李红梅这个年龄这种经历的女人也已不再矜持。她在明亮的灯光下褪去了自己的衣服。何二宝就那么不错眼珠地望着横陈在自己床上的李红梅，半晌，他才慌乱地脱掉衣服。当他们平静下来的时候，何二宝突然哭了。他赤身裸体地跪在床上，泪流满面地冲李红梅说：二十年哪，你让我整整想了二十年，脸红了二十年。

李红梅不解地望着他，他就又说：最后一次我去看你，你借给了我七元钱和二斤粮票。我为这，脸红了二十年，我被一个初恋的女人甩了二十年，我等了二十年，哦哦，哈哈……

那天晚上，何二宝不知是激动还是悲伤地诉说着这二十年的等待经历。

十四

何二宝的出现给李红梅的生活似乎又带来了新的转机。

李红梅搬进何二宝的那栋别墅里去住了。何二宝把房产证改成了李红梅的名字，但他却没有提出和李红梅结婚的事。李红梅暗示过何二宝，她随时都可以和王处长办理离婚手续。何二宝像没听见一样。

何二宝和她在一起时，一遍遍提起二十年前的冬天，他们在桥下雪地里的初恋，还有火炉前的谈话。

他似乎一直沉浸在二十年前对李红梅的恋爱中，而对眼前现实中的李红梅并没有过多的热情。又一次酒后，他抱着李红梅说：你是谁呀？

李红梅打开灯，吃惊地望着他。

他似乎清醒了一些，望着李红梅说：李红梅，你不是二十年前的李红梅了。我今天得到你了，也就那么一回事。

听了何二宝的话，李红梅哭了。

李红梅已经辞去了医院的工作。何二宝定期或不定期地来别墅里，留住一宿，走时留给她一些钱，这些钱足够她花一阵子了。

然后何二宝就走了，有时好长一段也不回来一趟。

李红梅就寂寞地想：我这算什么，是何二宝包的二奶？有这么大岁数的二奶吗？是何二宝的老婆？

可何二宝从没说过娶她。

她想这些时，脑袋挺累的，后来就不想了。管他算自己的什么呢，日子不还得一天天地过。

于是，她慵懒地倚在阳台上，期待何二宝走进别墅，走向自己。

一个女人的风景

结　果

艾莉局长的最终结果是，回到了家里。握手送走司机小吴后，她靠在门上，看着眼前从办公室收拾回来的两兜自己的零碎东西，她才意识到，她再也不是局长了。从此以后，她是一个退休女人，和别的人退休之后没有什么两样。

她呆呆地站在地上，一时没有回过神来，身体像弹簧，一点一点地松弛下来，人就有些软，直到这时，她才意识到，自己已经是五十五岁的女人了。她站在镜子前看到了鬓边的几缕白发，她的心颤了颤。她听见小吴启动汽车的声音，那辆跟随她几年的局长专车就要离开她家的楼下了，她不由自主地走到阳台上，看见曾经属于自己的那辆专车，一溜烟地消失在她的视线里。

前局长艾莉知道，那辆车不会在自己家楼下停留了，它已经属于新任局长了。她站在窗前，脑子有些空，无依无靠的，这么多年，她还是第一次有这种感觉。她立在那里不知过了多久，发现脸上有凉凉的东西在爬，她伸手一摸，是泪。她悄然长叹一声，走过一间又一间房门，她居住的是典型的局长住宅，四室两厅，还有两间宽大的卫生间，只有这个家还真实地存在着。她从来没有感受到，原来自己住的房屋会有这么大，大得她心里有些发空，她坐在客厅的沙发上，呆定地打量着属于自己的家。

以前这里是最热闹的，不论是节假日，还是晚上，客人总是络绎不绝，送走了一拨又来了一拨，应接不暇的样子。还有家里那部电话，也是铃声不断。那时她的情绪是饱满的，心里也是满满的，送走最后一拨客人，来不及想什么，往床上一躺，一觉就到天明了。有时，小吴都在楼下按喇叭了，她才慌慌地起床，然后上车，直奔机关。到了机关，离上班还有一定的时间，她要在食堂里吃早餐，她一走进食堂那间包厢，小菜呀、主食什么的，都已经摆好了。

这些年来，艾莉一直一个人生活，食堂便成了她的另外一个家，一日三餐都在食堂吃。食堂的师傅们已经知道他们艾莉局长的口味了，每日三餐总是会让她吃得很合口味。那时艾局长很忙，机关食堂就成了她唯一的选择，这样一来，艾莉局长总是早来晚走的，停车场上每天第一个迎来的准是艾局长的车，最后一个离开的一准也是。艾莉局长给人的印象便是局机关就是她的家了。

此时的艾莉被宣布退休了，她退得很正常，离开机关这天，她已经五十五岁零三天了，五十五岁那天，她被宣布退休的，女干部五十五岁退休，这是国家人事制度规定的，任何人都一样。又用了三天时间和新任局长交接了工作，最后她是笑着离开局机关的。新任局长一直把她送到楼下，车早在那里等着了，新局长还亲自为她打开了车门，并把手放在车门上方，样子谦恭又周到。在关门的那一瞬间，新局长笑着说：艾局长，请您走好。

新局长就是以前的关副局长，年龄和自己差不多，因为是男性，他还可以干上几年。她也是微笑着冲新局长挥手告别的。当车驶出停车场的一刹那，她回了一次头，看见新局长仍站在那里微笑着冲她招手，她也微笑着。那时，她并没有意识到退休的真正含义，仿佛她又一次外出开会，心情轻松地和送行的人微笑告别。

直到这时，她才意识到，那个工作了三十几年的机关，已经和她没有任何关系了。就是以后领取每个月的退休金，也是到银行里去领了。

新局长最后告别的话又在她耳边响起：艾局长，请您走好。以前她无数次地听到过下属们重复着这样的话，此时，这样的一句话，却别有一番滋味在心头了。

原局长艾莉坐在自家的客厅里，看着眼前空荡荡的沙发和空荡荡的一切，她恍然在梦里，一时不知身在何处。她感到孤独、冷清，这是从来没有过的一种感觉。

五十五岁的原局长艾莉，开始思考自己未来的生活了。她知道，又一种属于自己的生活开始了，五十五岁零三天的自己，身体尚属健康，头脑清晰，思维敏捷，她还要健康地生活下去。在以后空寂的生活里，她想到了未来，也想到了从前。想起从前，往事仿佛就是几个月前，或是几年前发生的，沉寂下来的艾莉，开始盘点自己大半生所走过的岁月。往事如烟似雾，竟有了一种白云苍狗的味道。

开　始

艾莉高中毕业那一年，正赶上知识青年上山下乡的运动刚开始不久，如果她当时上山下乡了，就是人们后来所说的老三届那一拨。艾莉当时做好了上山下乡的准备，那时的上山下乡是响应毛主席老人家的号召，广阔天地大有作为。青年学生们争抢下乡成为一种时尚，然而艾莉却没能下乡。事情的起因是毕业那一年，解放军英模报告团在学校作的那场演讲报告。

那一年，著名的珍宝岛反击战刚刚结束，每一次战役都会涌现出一批英雄。任大友就是其中的一名英雄，时年二十几岁，生得浓眉大眼，孔武有力，演讲起来也铿锵有声。虽然他坐在轮椅上，却丝毫没有影响他的英雄形象。那一次，英模事迹报告团在艾莉的学校演讲收到了良好的效果，结果是掌声不断，口号声不断，演讲人的声音曾多次被狂热的掌声和口号声淹没。尤其是当任大友演讲时，他讲到自己的腰椎被敌人的子弹射中，他在雪地上一边爬行前进，一边向敌人射击，鲜血染红了身下的白雪，一米、两米……他最后爬出去一百多米，直到因流血过多昏倒在雪地里。据战友们讲，他昏过去后，枪筒仍是热的，滚烫的枪筒把身下的冰雪都烤化了，他昏倒前的姿势仍是射击的样子。

坐在台下的艾莉眼圈红了，最后两行因激动而流下的纯真的泪水模糊了她的视线，她和所有的师生一样为英雄的壮举拍红了手掌，喊哑了喉咙。任大友的英雄事迹令她印象深刻，从那以后，任大友的英雄形象在她的脑海里挥之不去。虽然任大友是坐在轮椅上演讲的，但在她的心里，任大友比站着的人还要高大伟岸。

那些日子，她睁眼闭眼的都是任大友的光辉形象。她再也忘不掉英雄任大友了。那一段日子里，同学们在一起议论最多的就是解放军的英雄们，班里有几个男生咬破中指给校长写了血书要求参军。也有不少女同学偷偷地给英雄们写信，敬佩、仰慕的心情溢于言表。在那些英雄中，任大友给艾莉的印象最深，她也给任大友写了一封抒发自己情感的信，信当然是偷偷写的，为了表示自己真诚的爱慕，她还在信里夹了一张两寸照片，那是为毕业证准备的照片。信发出去了，她激动的心情才稍稍平静了一些，但任大友的名字和形象已深深印刻在她的心里了。

有时在晚上睡觉前，任大友的形象会突然在眼前跳出来，让她浮想联翩，久久不能入睡。偶尔，她还梦见过任大友几次，他坐在轮椅上，胸前戴着大红花冲她微笑，还冲她招手。有几次，她在睡梦中醒来，仍然止不住脸热心跳。她企盼任大友能给自己回信，那样她就是世界上最幸福的人，可她也知道，像她这样爱慕英雄的人也一定很多，那么多人给任大友写信，他回复得过来吗？这么一想之后，她就冷静下来，心里会疼一下，又疼一下，失落的泪水便一点一滴地落在了枕边，等待她的是在甜蜜的期盼中的又一夜失眠。

终于在毕业前夕，她接到了任大友的回信，这是她期盼多时的，也是梦寐以求的，英雄任大友真的回信了。当她拿到那封信的一瞬，她不敢相信这一切会是真的，她咬了一下自己的舌头，疼得她差点叫了起来，她才相信这一切是真的。她跑到操场上一处没人的地方，才打开英雄的来信。英雄任大友这封信是这样写的：

艾莉同学你好：

你的来信及照片都收到了，这一阵子到处做演讲报告，很忙，信迟复了，请原谅。

首先感谢你的信任，从信中可以看到你是一个心地善良的姑娘，我愿意和你这样的女孩打交道。希望我们能建立起革命的友谊，有空到我们伤残军人疗养院来玩吧。

此致

革命的军礼！

任大友

短短的一封信，艾莉一连看了十几遍，她都可以背下来了。最后她的目光盯在信中那一句话上，“我愿意和你这样的女孩打交道，希望我们能建立起革命的友谊”。喜欢？友谊？这一切都是真的，艾莉真的不敢相信眼前的一切，英雄任大友在这封信里竟说喜欢她，而且希望和她建立起革命的友谊，这一切都意味着什么，这让二十岁的艾莉不能不浮想联翩，思绪难平，于是她脸热心跳地失眠了。

那几天，艾莉就是在这种焦灼的甜蜜中过来的。她首先想到的是给英雄任大友回信，可一提起笔来，又不知说什么，胡言乱语地写了几页纸后她又不满意，几把就撕掉了。艾莉如坐针毡，茶不思饭不想，睁眼闭眼的都是英雄任大友的影子。虽然她只见过一次任大友，而且他当时还端坐在主席台上，但这一切已经足够了，他已经融入她的血液中了。

一个星期天的早晨，一个大胆的计划一下子就在她的脑海中产生了，她要到伤残军人疗养院去看望任大友。这个想法一冒出，她就再也控制不住自己了，坐几路公交车去的已经记不清了，总之，换了几次车，又走了几次冤枉路，最后她终于找到了伤残军人疗养院。

这家疗养院坐落在市郊的一座山上，青松翠柏，环境优雅。当她被人领到任大友的房间时，她一眼就看到了任大友，任大友仍穿着没有领章和帽徽的军装，正坐在轮椅上看报纸。她见到任大友那一刻，心脏几乎停止了跳动，她口干舌燥，最后那几步，她都不知道自己是怎么走到任大友面前的。

任大友显然发现了来人，他把报纸从眼前挪开，目光落在她的脸上，他先是怔了一下，马上他就叫出了她的名字：你是艾莉吧？

她没想到她只给他写过一封信，寄了那张两寸照片，刚一见面任大友就叫出了她的名字，她一时不知如何是好，差点晕倒在任大友的面前，她有了一种要哭的感觉。

任大友毕竟是见多识广、经过生死考验过的人，忙说：艾莉同学，你坐呀。她不安地坐在了任大友的床旁，那上面铺着雪白的床单，白得耀眼，这一点她记忆深刻。她呆定地望着英雄任大友，这就是她朝思暮想的英雄任大友，她不知说什么好。

任大友淡淡地笑一笑，唇红齿白的，他拿起床头柜上的一个苹果，很快就削好了，任大友举着苹果说：艾莉同学，吃个苹果吧。

她接过了苹果，没有吃，她已经忘记吃了。眼泪终于不可遏止地流了下来。任大友从脸盆架上拿过毛巾，递到她手上说：来，擦擦脸，英雄流血不流泪。

她听了他的话，更加控制不住自己，涕泪滂沱，仿佛他是她寻找的失散多年的亲人，终于相见了，再也控制不住多年压抑的情感了。

任大友最后伸出了手，抓住了艾莉的手安慰道：艾莉，你真是一个善良的女孩儿，我没有看错。

事后，艾莉回想起来，他的大手温暖而有力，长久弥坚地在她纤细的内心里挥之不去。

那次见面，她从始至终没有说过几句话，大部分时候都是他问她答，他说：快毕业了吧？

她点点头。

他又问：你今年多大了？

她答：二十了。

他说：二十了？二十了好啊。

他又说：我二十五了。

她望着他的浓眉大眼，感觉和那天在主席台上做报告时的样子一点也不一样。

后来他又说了什么，她一点也不记得了，她只感到温暖，真的很温暖。

再后来，疗养院的一位女护工推着英雄任大友去吃午饭了。女护工很漂亮，穿着疗养院统一的白大褂，走路一飘一飘的，人就显得很轻盈。她站在台阶上，漂亮的女护工把任大友推走，仿佛是别人把任大友给夺走了。那时她暗想，自己要是那名女护工该多好啊。当她看不见女护工和任大友时，才一步步地向疗养院门外走去。就在她踏出疗养院大门时，心里那个想法也成熟了，她咆哮着在心里说：任大友是我的，我要嫁给他！

这么想过了，她竟被自己的想法吓了一跳。

成人仪式

那些日子，任大友在艾莉的心中成为唯一。从台上到台下，艾莉已经完全了解了英雄任大友。台上做报告时的任大友是她心里的灯塔，然而生活中的任大友就像邻家的哥哥一样。一份崇敬，一份亲昵。疗养院一见，艾莉觉得英雄任大友并不是高不可攀的，她从任大友的目光中感受到了任大友对自己的亲近和渴望，那是一个男人欣赏女人的目光，这一点让艾莉充满了自信。在这之前，她是连想都不敢想的。正因为如此，艾莉在那一闪念中下决心要嫁给任大友，她的想法一跳出，她自己都打了一个激灵。

二十岁的艾莉有着许多的冲动，许多冲动的想法和二十岁青春的幻想结合在了一处，于是就有了一种一往无前的味道。勇敢而又善良的艾莉决心已下，似乎是十头牛的力量也拉不回来了。

有了成功见过英雄任大友的经验，她的信心大大增强了，在毕业前的那一段时间里，伤残军人疗养院成了她经常光顾的场所。任大友一见到她，双眼里便跳出一种晶亮的东西，他从始至终对她都是微笑着欢迎的，她在他的目光中感受到了力量，她也直视着他的目光，脸是热的，心是跳的。她在心里一遍又一遍地说：我要嫁给你，我一定要嫁给你。但她嘴上没有说出来，因为还没有那样的机会，但她能从他的目光中看到自己的秘密似乎已经被他破解了，他一直那么期待着、微笑着面对她的到来。

那些日子，她一天见不到任大友仿佛就缺少了什么似的，她会百无聊赖，吃不好睡不着，满脑子里想的都是任大友。好在那一阵子马上就要毕业了，上学也没什么正经事，大家都在写决心书，有的要求下乡，到最艰苦的地方去；有的要去参军，到前线部队去。学校里一派群情激昂的样子。她在这种气氛中很容易一次次地往返于伤残军人疗养院，只要一看到任大友，她的心里就踏实了，一副幸福得没有边际的样子。

一次，她却扑了个空。任大友这些英雄们出去做报告了，还没有回来。她只能在疗养院的门外等。这时，天又下起了雨，刚开始一丝一缕的，她躲到一棵树下，后来那雨就大了起来，还夹杂着狂风，很快她就被淋湿了。风和雨让她颤抖不止，这时任大友还没有回来，不知为什么，她觉得有些委屈，她就哭了，一边哭，一边在心里喊：任大友，你怎么还不回来呀？最后，内心的呼唤竟变成了嘶喊。

不知过了多久，任大友回来了，大轿车开进了院里，那些伤残英雄被护理员用轮椅推了出来。她看到了任大友，他仍然坐在轮椅上，胸前还戴着大红花，他似乎仍沉浸在英模报告中。他的身后是那位漂亮的女护工，推着他向宿舍走去。她再也控制不住自己了，浑身上下水淋淋地向任大友的宿舍跑去，临走进宿舍前，她差点和迎面走出来的漂亮女护工撞上，她连看一眼女护工的时间都没有了，一头撞进任大友的宿舍，任大友看见她的那一瞬也愣了一下。她立在那里，身上还往下滴着水，水把地面都洇湿了，她喘着气，眼泪仍含在眼里，任大友惊怔地望着她一时不知说什么好。

她再也控制不住自己了，嘶声喊了一句：任大友，我要嫁给你。

任大友在惊讶过后，向她伸出了一只手，他的手刚握住她冰冷湿润的手，她似乎已经没有力气支撑自己的身体了，她一下子把自己投入到了任大友那宽大、温暖、有力的怀抱中。

接下来，她在任大友的怀里已经是泣不成声了。刚开始任大友有些惊慌，有些手足无措，待他明白过来的时候，就用力把她抱在怀里，又用那只英雄的大手一遍遍揉搓着她被雨水淋湿的头发。他再也控制不住自己，竟哽咽着哭了起来。待一切平息后，她红着眼睛盯着任大友说：我真的要嫁给你！

他也泪眼蒙眬地望着她，喃喃道：你真的愿意和我建立革命家庭？

她咬着嘴唇，毫不犹豫地点点头，说：我愿意。

他抹了一把脸上的泪水，冷静了一下说：我是个伤残军人，腰椎受伤了，医生说我这辈子怕是离不开轮椅了。

说到这里，任大友还拍了拍身下坐着的轮椅扶手。

她也抹一把泪说：那我也愿意。

他说：真的?!

她没有说话，又一次用力点点头，汹涌的泪水又一次不可遏止地涌了出来。

这次，他又伸出有力的大手，一把把她拉到怀里，这时两人都感受到对方身体的颤抖不止。

在这里有必要交代一下英雄任大友的身世了。任大友十八岁入伍，今年已经二十五岁了。在珍宝岛自卫反击战打响前夕，他光荣加入了中国共产党，又于火线上在排长牺牲的情况下，代理排长指挥战斗，从而在火线上被正式任命为排长。在担任排长两天后的又一次战斗中光荣负伤。他成了一名英雄的伤残军人。任大友出生在农民家庭，三代受穷，在他家三代的历史中，任大友是最有出息的。

任大友也是善良、勇敢、勤劳的，他在众多的女孩子的来信中，慧眼识珠地看中了艾莉，他相信艾莉也是善良的，那些女孩子的信也是很狂热的，任大友非常清醒，随着时间的流逝，那些女孩子的狂热会烟消云散的。二十五岁的任大友是个非常实际的人，他如今虽然是个英雄，但是身残了，没有多少人会真心实意地愿意嫁给他。他现在只是一个伤残军人，以后他还要生活，当初给艾莉回信时，他有着一定的功利性。没想到第一次见到艾莉他就验证了自己在信中对她的感觉。那一刻，他心底里便滋生了一些新的奢望，他一方面希望能和艾莉有个结果，另一方面又担心自己伤残的身体，配不上艾莉。这些天，他也一直在矛盾、困惑着。

让他没有想到的是，那句话终于在艾莉嘴里说出来了，而且又说得那么坚定不移。他悬着的一颗心放下了。那一刻，他感动万分，他一时竟不敢相信这一切会是真的，当他把艾莉实实在在抱在怀里时，他才真正地感受到眼前的一切并非虚幻。

在以后的日子里，艾莉和任大友俨然是以一对恋人的身份出现在一些场合了。那一阵艾莉三天两头地来到疗养院，只要她一出现，便大张旗鼓地推着轮椅上的任大友在疗养院的房前屋后走一走。太阳照在他们的身上就别有一番景致了。那些伤残的战友用羡慕的目光望着他们，两人都是一脸的骄傲，神采飞扬的样子。有战友路过见到他们时，就说：大友，你小子行呀，女朋友都找到了。

任大友不说什么，坐在轮椅上只是笑，艾莉把幸福挂在脸上，用微笑和甜蜜的表情来回答别人的问候。

渐渐地，关于任大友找到女朋友的新闻便在疗养院传开了。疗养院的领导很重视，首先找到任大友来核实这一消息的真伪，得到的答案是肯定的。最后他们又找来艾莉，很热情地端茶倒水之后，很郑重地问：艾莉小同志，你真的是在和任大友交朋友？

艾莉认真地点了点头。

领导又问：你想好了，真的要嫁给他？

艾莉又一次认真地点了头。

领导喝口茶，揉了一次眼睛，待确信这并不是幻觉时，更加深入地问：你为什么要嫁给任大友啊？

艾莉一下子红了脸，盯着领导的眼睛说：因为他是英雄，为国家流血立功。

领导长吁了一口气，看了好一会儿艾莉，又吁了口长气，然后抓过艾莉的手摇晃着说：谢谢你小同志，感谢你对我们英雄的爱。

艾莉又一次脸红了。

伤残军人疗养院的领导，又把这一情况汇报给了本地的民政局领导，因为疗养院归民政局领导，这些战争中的英雄们已经退役了，伤残军人以后的安置自然是归民政部门负责。他们现在住在疗养院是暂时的一种办法，因为他们还要到工矿、企业、学校等单位去演讲，另外这些伤残军人中有些人的身体恢复得还不好，需要进一步调养，等一切都平息了之后，才能有进一步的安置。有青年女性爱上这些伤残军人，民政局的领导是举双手赞成的，无形中艾莉分担了他们一部分照顾伤残军人的责任。同时，这样的行为在社会上宣传出去，一定会带来很好的正面影响；如果所有的伤残军人都能成家立业，那民政局以后的工作就很好开展了。

民政局的领导在高兴之余，对这件事也是很慎重的。他们找来了艾莉，当艾莉出现在他们面前时，他们没料到艾莉竟是这么年轻漂亮。

领导先表扬了一通艾莉，领导握着艾莉的手说：艾莉小同志，感谢你对英雄的这份革命感情，你带了一个好头，真的谢谢你了。

艾莉长这么大还从来没有经历过这么庄重的场合，民政局的领导全部出场了，在一个宽大的会议室里接见艾莉。艾莉不仅羞红了脸，浑身紧张得都出汗了。她低着头，羞怯地立在那里，手里一遍遍地捏摸着自己的衣角。

民政局的领导在见过艾莉后，突发奇想地要把艾莉树为典型，因为这完全是个正面教材，可以让更多的人理解、爱护这些英雄的伤残复转军人。正当民政局的人从居委会到学校搜集、整理艾莉的材料时，艾莉的家里却发生了不大不小的变故。

艾莉的父母差不多是最后知道艾莉和任大友恋爱消息的人。关于任大友的英雄事迹，艾莉的父母从报纸和电台中早就听说过了，可让女儿嫁给一个伤残的复转军人，父母说什么都是想不通。

父亲艾师傅说：艾莉呀你可想好了，咱们家你是老大，一家人还都指望你呢。

艾莉在家是老大，下面还有两个弟弟，一个在上小学，一个在上初中。父母都是一般工人，没经过什么大事，这件事一出，对他们来说，已经是天大的事了。

艾莉在家里就没有了腼腆的样子，她直视着父亲，理直气壮地说：我早就想好了。

母亲也说：有手有脚的男人你不喜欢，你为啥喜欢那个伤残人呢？

艾莉说：有手有脚的不是英雄，我喜欢英雄，喜欢任大友。

父亲和母亲就没有话说了，他们干瞪着眼看着艾莉，最后母亲一拍大腿说：这事我看不成，不成就是不成。

父亲坐在桌前闷头抽着烟，半晌又说：艾莉呀，你想过没有，你和他结婚，你可要侍候他一辈子。

艾莉说：侍候一辈子我也愿意。

老实巴交的父亲还能说什么呢，母亲也只能在一旁抹眼泪。

民政局的领导研究决定，要把即将毕业的艾莉招到民政局机关来上班。他们经过走访学校得知，艾莉在这之前已经写好了下乡的请战书，学校也对艾莉的下乡做出了安排。这时学校的学生已经毕业在即，就等着敲锣打鼓欢送这批应届毕业生下乡插队去了。

民政局领导做出如此决定是有考虑的，不能让艾莉下乡，她下乡了，英雄谁来照顾？这是其一。另外，他们已决定树立艾莉为典型了，就更不能让她走。让艾莉到民政局机关工作，既方便宣传，又能让人们感受到民政工作的重要性。

于是艾莉便到民政局机关来上班了，对这一安排，她没有提出任何异议，只要能让她和英雄任大友生活在一起，她什么条件都能接受。她在这之前曾担心过，万一自己下乡了，任大友怎么办？但她只是担心，事实上还没有成为现实时，她的命运就发生了改变。

就在她到民政局报到没几天后，他们那一届毕业生就敲锣打鼓地被送下乡了。她去为同学们送行，看着那些兴高采烈的同学们，在鲜花和彩带的簇拥下奔赴远方的身影，她的心里多少有些遗憾。她有些羡慕那些同学到农村的广阔天地里去战天斗地。

梦想和真实

艾莉自从来到民政局机关，所有的人便都知道她已经是英雄任大友的未婚妻了。她在机关里出入，人们都用一种她说不清楚但有些异样的目光望着她。年长一些人的目光就复杂一些，其中有惊讶、问询、羡慕抑或是嫉妒等，总之，这让阅历不深的艾莉是说不清楚的。

从学校到机关，从形式到内容是完全不一样的，她觉得这一切都是新鲜的，包括望着她的那些目光。既然她不能完全理解，她就不予理睬了，全身心地投入到她和任大友的恋爱中去了。人们经常可以看到艾莉年轻美丽的身影在机关的楼道里跳来闪去。

艾莉的父母也没料到事情的结局会是这样，老实巴交的父母做梦也没有想到，他们的女儿会到局机关工作，在机关工作那就意味着女儿已经是国家干部身份了。当了一辈子工人的父母对干部充满了敬畏。父母双双在轻工局下属的一家工厂工作，他们还没有机会踏进过机关半步，就是厂部他们也没有进去过几次。局机关干部，他们也只能在每年一次的春节前远远地望上几眼，那是机关干部来厂里检查工作也兼顾慰问职工。国家干部，在他们的心目中举足轻重。

当然他们明白这一切都是缘于什么，没有英雄任大友，他们的女儿无论如何是不能留在机关工作的。他们的女儿会和大多数孩子一样打起背包，在鲜花和锣鼓声中被送到乡下去。眼前的一切，让这对善良的夫妻一时不知是对还是错，他们举棋不定，一时拿不准主意。他们晚上躺在床上，就有了如下的对话——

艾师傅说：她妈，咱家小莉如今是国家的人了，咱家三代了还没出过一个当官的呢。

艾师傅把干部理解成了“官”，在那个年代是很普遍的。

母亲说：她爸，你说这事是好还是坏呢？

艾师傅就叹口气，爬起来点了支烟，深深重重地吸着。艾师傅一辈子没动过什么脑筋，他遇到费思量的事儿时，便觉得比山高比海深。这回，他真的要好好琢磨琢磨了。

母亲就又说：咱家艾莉，嫁给那样一个人，以后能行吗？

艾师傅叹口气，一支烟吸完也没想出这件事情的轻重，他把烟蒂扔在地上，又用一口痰把它覆盖了，翻身躺在床上，长出一口气说：事情都这样了，也就这样吧。

艾师傅想不透也就不再想了，浑身一放松就很快睡着了。

母亲却睡不着，女儿毕竟是自己亲生的，一把屎一把尿地拉扯大不容易，眼见得女儿花一般地长大了，就要被人摘走了，摘她的不是别人，而是任大友。如果任大友是个正常人的话，摘了也就摘了，女儿大了总要是别人的人了，这千年万年的规律她是懂的。可他任大友却不是一般的人，他虽然是英雄，却是坐着轮椅的瘫子，就是英雄也掩盖不了这个事实。女儿就要和这样一个人生活了，做母亲的能不左右为难，思量再三吗？

不管父母如何思量，事实正势如破竹地向前发展着。

艾莉和任大友的恋爱故事，一时间全社会都知道了。报社记者、电台记者蜂拥着来到机关采访艾莉，不厌其烦地挖掘她爱上英雄的思想根源，以及动机。艾莉说了一遍又一遍，到最后她也弄不清楚为什么会爱上英雄任大友了。当然这一切都是民政局领导安排的，他们要趁热打铁，让全社会都来关心爱护伤残军人，并支持他们的民政工作。

那些日子，报纸上、电台里到处都在说艾莉和任大友感人至深的爱情故事。经过记者们的描绘，艾莉和任大友从相识到交往复杂而又曲折，艾莉看到报纸上的文章，简直不相信这就是自己的故事。

在民政局领导的关心爱护下，英雄任大友和艾莉的婚礼如期举行了。主持婚礼的就是民政局的李局长，一个老头，长得有些微胖，有些谢顶。艾莉父母也被隆重地邀请参加了，任大友的父母因路途遥远，不能及时赶到，疗养院的领导就代表男方的家长了。

这是一场革命化的婚礼，李局长当主持人，参加婚礼的人有民政局全体干部，还有社会各界的代表人物，当然新闻媒体也少不了。婚礼的仪式上还安排新郎新娘讲话。

英雄任大友被人推到前台时，激动得已经是热泪盈眶了，他左抹一把泪水，右抹一把泪水，哽着声音说：我们的血没有白流，战友们的血没有白流，感谢毛主席，感谢党。说到这里，他把目光对准台下的艾莉，又用手指着艾莉说：更要感谢我的妻子艾莉姑娘对我的信任，我决不辜负组织的信任，建立好革命小家庭，支持社会主义建设。

任大友的发言赢得了热烈的掌声，轮到艾莉上台发言时，她脑子里想好的话一句也说不出来了，她有生以来还是第一次面对这么多人讲话，最后她只憋出一句话：感谢党，感谢毛主席，我要照顾好英雄，请同志们看我的实际行动吧。

刚走出高中校门的艾莉，一着急把写在决心书的话想起来了，好在不论她说什么，台下都是雷鸣般的掌声。

当主持人李局长又热情地请艾莉的父母到台上讲话时，两位老人脸红脖子粗地就是不肯上台，任人怎么搀请，他们的双脚都不肯向前迈出一步。最后记者七言八语地问艾莉父母这样那样的问题时，艾莉的父亲一边用袖子擦着脸上的汗，一边说：嫁鸡随鸡，嫁狗随狗。问到母亲时，母亲躲不过也只说了句：嫁出去的姑娘，泼出去的水。

艾莉父母的回答，一点儿也没有影响英雄任大友和艾莉高尚的婚礼。就连中央人民广播电台都转播了当地电台的新闻稿件，不仅全市人民知道了任大友和艾莉的革命爱情，就连全国人民也都知道了。

在这种东风的吹拂下，又有几个伤残军人开始恋爱了。甘愿嫁给英雄的有教师，有即将毕业的学生，当然也有工人。一时间，关于英雄们的种种爱情故事有多种版本，方兴未艾地在社会上流传。

民政局早就在机关宿舍里安排了一间房作为任大友和艾莉的新房。当婚礼结束后，两人单独面对时，任大友用有力的臂膀把艾莉拥到自己的怀里，喃喃地说：你真的嫁给我了，这是真的吗？

任大友感到不真实，艾莉同样感到不真实，她望着近在咫尺的英雄那张英俊的脸，浑身颤抖不止。她流下了激动的泪水，任大友用一双英雄的手为她擦去眼泪。

他们的婚姻生活真正地开始了。

结了婚的任大友便离开了伤残军人疗养院，由民政局出面安置在一家残疾人工作的小厂里，现在的任大友完全是社会中的一员了。每天他摇着轮椅去厂子里上班，刚开始艾莉不放心任大友独自上下班，每天早晨都是她骑着自行车护送着进厂。一直到厂里的门卫走出来，热情地把任大友接过去，她才放心地离开。下班的时候，她又来到任大友的工厂门口，一直等任大友出来，他们才双双地往家里走去。

后来，任大友执意不让艾莉送了，但艾莉不放心，表面上没去送，但也偷偷地跟过几回。当她看到任大友过沟沟坎坎遇到困难时，总会有人上前帮上一把，艾莉总算舒了口气，以后她也就不再接送任大友上下班了。

那些日子，艾莉过得充实而又忙碌，下班后她都要先去菜市场买菜，然后回到家里生火做饭。饭做得差不多时，任大友摇着轮椅回来了，任大友并不忙着进屋，而是坐在轮椅上看艾莉忙活。他们住的是平房，做饭在露天里，做饭的地方只搭了一个简易的棚子，有时赶上刮风下雨的天气，艾莉就会很辛苦。

有时一顿饭做下来，艾莉的手都冻僵了，拿不住筷子，任大友就伸出那双英雄的大手紧紧地把她的小手握住，又揉又搓的，弄得艾莉怪痒痒的，然后她就咯咯地笑。任大友不笑，一脸真诚地对着艾莉说：真是难为你了。

居家过日子，对艾莉来说真是勉为其难了，她刚刚高中毕业，就结了婚。穷人的孩子早当家，她在家里是老大，平时除了照看弟弟外，有时也帮着母亲做饭，可那只是一时的，她并没觉得有什么；而眼前的任大友却帮不上她什么忙，只能她帮助他。吃完饭后，她还要烧水帮他洗脸洗脚，再半推半抱地把他服侍上床。他坐了一天的轮椅，好人都受不了，何况他腰椎以下都是瘫的。上了床的任大友便瘫在床上，成了一堆泥，过好久才能恢复过来。这时的天已经晚了，艾莉忙完屋里屋外，已经脱衣上床了。上了床的艾莉又要帮助任大友把衣服脱下去，当两人静静躺在床上时，这方天地才真正属于他们了。

任大友一如既往地用有力的臂膀搂紧艾莉单薄的身体，艾莉温柔地把身体靠在任大友的怀里。任大友那双英雄的手在她的身体上下缓慢又抒情地走过，刚开始艾莉还有些不好意思，不仅羞红了脸，身子还躲来躲去。渐渐地，她在任大友的爱抚下体会到了一种从来没有过的快感，况且，在她的意识里已经明白自己已和任大友结婚了，他是她的男人，她是他的女人，任大友把所有对艾莉的爱意只能体现在那双手上。

有时任大友的手在艾莉青春的身体上游走累了，便停在那儿，只用臂膀用力地抱紧她，气喘着说：艾莉，我对不住你。

艾莉在黑暗中就很惊讶地看着他。

他说：我受伤了，做不成男人了。

她仍不解地望着他，半晌才说：你现在不就是男人吗？

任大友摇摇头，在黑暗中叹了口气，抱着艾莉的臂膀也慢慢地松了下来。

艾莉真的觉得没有什么，这一切挺好的。她才二十岁，对男女的事情她并不懂，她认为两人结婚就是生活在一起，男人对她的爱抚，这也是她结婚后才领略到的。她觉得除了任大友伤残外，其他的并没有什么。伤残的任大友她是知道的，如果他不伤残，不是英雄，她说不定就不会认识他，不认识他又怎么能嫁给他呢？那时的艾莉躺在任大友的臂弯里，满足而又幸福，很快就甜甜地睡着了。任大友却无法入睡，他在暗夜里长时间地望着睡梦中的艾莉，悄然流下两行泪水。

民政局经常安排一些演讲活动，这次做报告时，不是任大友一个人了，艾莉也坐在了主席台上。报告的内容不是单纯的英雄事迹了，而是着重讲两个人的爱情神话，谈他们的爱情经历，以及婚后的幸福生活。他们的报告时常被台下雷鸣般的掌声打断，艾莉也成了甘于奉献的新一代女性代表。

艾莉不仅成了民政局机关里的先进人物，她还被市妇联树立为典型，号召全市的妇女学习艾莉的奉献精神。不久，艾莉就入党了。她因为任大友也成了英雄一样的人物。她不论走到哪里，都有人认识她，在她背后指点着说：这就是那个艾莉。口气中满含了敬意。那些日子，艾莉是骄傲的。她从内心里感激任大友，因为这一切都是任大友带给她的，没有任大友就没有她的今天。

那些下乡插队或去兵团的同学，不时地也有信来，他们从开始的谈理想，到抱怨那里的艰苦。他们在信中无一例外地都在羡慕艾莉，羡慕她在机关的工作，风吹不到雨淋不着，每个月还有工资。下乡的那些同学，已从火热跌到现实，他们开始怀念城市的生活了。

后来又发展到有人偷偷地从农村跑回来，赖在城里不想回去，最后还是被劝说回去。他们这回走时，已经不是满怀豪情了，而是鼻涕一把泪一把，他们留恋城里的一切。

艾莉当初没能到广阔天地里练红心的一丝遗憾早就没有踪影了。她真心实意地感激任大友，如果没有任大友，她现在肯定和那些同学们一样在农村里吃苦受累。她对眼前的一切感到满足而又踏实，她加倍地对任大友好，把自己平时能想到的种种好处，都通过实际行动落实在照顾任大友的生活中。

艾莉越是对任大友好，任大友就越觉得对不住艾莉。

任大友经常把艾莉搂在怀里一遍遍地说：你真是个好人，这辈子和你生活在一起，是我上辈子修来的福分。

这时的艾莉就说：大友，别这么说，照顾你是我的责任。和你结婚前，我都对领导表态了，我要一生一世地照顾你。

任大友搂着艾莉的手臂就用了些力气，他在心里唏嘘感叹了一番。

日子过得很平静，也很快。因为艾莉的特殊身份，她年年被局机关树为典型，最后她终于成为局机关一个部门的处长。这一年她才二十七岁，也就是她结婚七年后，她走上了领导岗位。任大友早就是残疾人小厂的厂长了，他的手下领导着几十人，比在部队当排长领导的人还多。两人都走上了领导的工作岗位，两人在家里议论最多的就是国家的命运和单位的工作，于是他们的话题就多了起来。

两人的关系一直保持着他们新婚时的样子，每天晚上躺在床上的时候，任大友死死地把艾莉搂在怀里，用那双男人的大手，从上到下地把她的身体抚摸了一遍又一遍，她的身体在他的触碰下先是凉的，后来热了，是那种来势汹涌的热，他气喘着，她也气喘着。那双男人的手终于疲累了，慢慢地在她身体的某个部位上停滞不前了，她知道一切即将结束，但身体仍然热着，无着无落的样子。过了一刻，又过了一刻，她的身体才渐渐平静下来。

他就在她的身边睡去了，她却睡不着，睁着眼睛望着黑暗的夜，体内有种东西在窜来窜去。这种生活她已经过了七年，刚开始她真的不觉得有什么，随着年龄的增长，心底里的那份渴望像小树一样一点点长大，最后竟蓬勃起来，变成了一棵参天大树，想压住都不可能。

在这七年的时间里，经历了太多的事，老局长被赶下台了，走马灯似的又上来好几任局长，可不管谁当局长，她都是局机关的典型，也是社会的典型，如今她又走上了领导的岗位。原来下乡的那些同学不断地有消息传来，有的熬不住，回城又没有希望，就在农村结婚了，生了孩子后就真的在那里扎了根。有的病退回来，有的被城里的单位招工回来，不管回来的还是没回来的，他们大都结了婚，很快就有了孩子。

上高中，还有刚结婚那会儿，她对生孩子的认识是，只要两个人生活在一起就会有孩子。当然，她也是后来才明白，两人生活在一起并不那么简单。有一次，她在书店里偷偷买回一本《新婚手册》，才真正明白男人和女人到底是怎么一回事。明白了之后，她内心里就有了一种明确的渴望，可那份渴望又找不到真正达到的通道，她便焦灼而又难过。

每天晚上入睡前，她总是怀着很矛盾的心情躺在任大友的身边，她一方面渴望任大友的抚摸，另一方面又怕他的抚摸，他的爱抚总会唤起她更强烈的渴望，然而那种渴望又不能淋漓尽致地达到宣泄的程度，所以她又惧怕他的抚慰。后来有许多次，她把他安顿在床上，自己却坐在小桌前一遍遍地看从单位里带回的材料。

任大友见她在忙工作，也不好说什么，只一遍遍地说：时候不早了，早点休息吧。

她就说：快了，就来。

她说这话时身子动也没动，眼皮却早就打起了架。坚持了一会儿，又坚持了一会儿，她听到任大友已经睡着了，才悄悄地躺到床上，用被子紧紧地把自己裹了起来。

第二天，当他们睁开眼睛看到对方时，新的一天又开始了，一切都是按部就班，一切又都是新的。

不久，“文革”就结束了，那些下乡的知青们，又一股脑儿地回到了城里，有的拖儿带女；就是没有拖儿带女的，也是满身疲倦的样子。接下来，他们在城里开始了工作和生活。

有几次，他们这些老同学又聚在一起，就有了许多感慨。无一例外地，他们都羡慕艾莉当时的英明选择，艾莉似乎和以前并没有什么两样，还是那么白净，年轻漂亮，只不过比以前更成熟了。再看看那些下过乡的同学，老了，黑了，倦了。他们在广阔天地里奋斗了那么久，转了一圈又回来了，一切又都重新开始了。他们的起点很低，没有更多的奢求，只想找一份能养家糊口的工作就心满意足了。

艾莉现在已经是机关的处长了，是中层干部，人前人后的也算是个人物了。“文革”结束后，机关又恢复了正常的工作和秩序，老局长又出任局长。有许多在“文革”期间上上下下的领导，又纷纷地被打压下去，那些受迫害的领导又重新回到工作岗位。机关人事又一次彻底洗了一次牌。艾莉因为是典型，是人们学习的样板，不论怎么洗牌，她还是她，她仍然是机关的处长。这一年她三十岁，经过机关人事变动后，她这才发现，自己是机关里最年轻的中层干部。

进入二十世纪八十年代，一切都在日新月异地变化着，这个城市和整个中国一样，十天一个小变化，一个月就是一次大变化。在这种变化中，任大友那个残疾人小厂也发生了变化。这个小厂是区办的小厂，生产各种包装箱，以前他们生产的包装箱供给区里的一些工厂和商店用，现在人们一夜之间都注重起包装来了，那些印刷精美的包装一下子走进了人们的生活。

任大友这个残疾人小厂做的那些包装箱已经落伍了，色彩款式陈旧单一，已经没人要了。残疾人小厂一下子面临着生存的危机，一连三个月都发不出工资了。任大友一下子似乎就老了，他从来没有感受到肩上有这么大的压力。

艾莉在机关生活得很正常，可以用舒心来形容，他们属于国家公务员编制，只要有人纳税，他们就能正常生活。然而企业不行，所有的企业都要自己求发展。

那些日子，任大友忧心如焚，他是一厂之长，他又是英雄，他不甘心小厂在他手里就这么黄了。在那段时间里，艾莉也感受到了任大友情绪上的变化。任大友已经没有心思和艾莉温存了，他躺在床上彻夜难眠，苦思冥想着把自己的企业带出困境的办法。有时艾莉都一觉醒了，发现任大友还睁着眼睛在想事，便劝道：大友，没什么大不了的。厂子黄了，还有我呢，我能养活你。

任大友听了艾莉的话很感动，他抓过她露在被子外面的手，用劲地握了握。可任大友毕竟是任大友，在他人生的经历中，他还没有服过输，他也想过自己一走了之，自己毕竟是英雄，这个厂子黄了，他要求组织再给自己换一份工作就是了，可他不忍心看着那几十名残疾人下岗，他们都是自己家庭中的顶梁柱。

英雄任大友终于为自己的小厂找到出路了，那就是和别的工厂一起整合，更换原有的设备，这样才能生产出符合潮流的包装产品来。那些日子，任大友摇着轮椅满世界去寻找合作伙伴。虽然很辛苦，但他毕竟看到了希望。每天晚上，艾莉看到任大友疲惫的样子总是很心疼，任大友却乐观地说：快了，快了，面包会有的，牛奶也会有的。

那天早晨和每一天的早晨并没有什么不同，艾莉和任大友一起出门，这已经成了他们的生活习惯。他们在家门口分手，她去机关上班，他去为了小厂的生计忙碌。她望着他摇着轮椅向前走去，她突然又追上他，让他停下来，因为她发现他的头上又生出了两根白发。她不忍心看着还不到四十岁的他就有了白发，她蹲在他的面前，很认真地把那两根白发拔了下来。

他冲她笑笑说：艾莉，你放心，我还没有到老的时候呢。

她也冲他笑一笑，他摇着轮椅匆匆地走了，今天有一个很重要的谈判等着他，一家企业同意收购他们的小厂，如果成功的话，那家企业出资改造他们的小厂。这样的谈判已经谈了几次了，进展都还顺利。他今天又兴冲冲地去准备和那家企业落实一些细节问题。

艾莉是到单位不久，接到小厂打来的电话的，那人只在电话里说他们的厂长出事了，现在正在医院里抢救。当她匆忙而慌乱地赶到医院时，医生告诉她，任大友已经抢救不过来了。

就在她和任大友分手不久，任大友去那家企业谈判的路上，路过一个铁道口，他的轮椅不知怎么就卡在了铁轨的缝隙里，怎么也出不来了。这时，正好有一列火车呼啸着开了过来，周围看到的人想去救他已经来不及了，这就是任大友的结果。

那一刻，她听了医生的话，似乎没有反应过来，当她冲到任大友的身边，掀开盖在他身上的白床单时，才真正地明白这一切都是真的。

任大友一下子就离她而去了，他们在一起生活了十几年，风风雨雨之后，任大友就在她的生活里消失了。从那场英模事迹报告会，到任大友走进她的生活，这么多年他们从来没有分开过，这人却说没就没了。她扑在任大友已经没有了温度的身体上放声大哭起来。

任大友离去了许久，他头上的那两根白头发仍在她的脑海里挥之不去。有时，在她思念任大友时，他的面孔在她的印象里模糊了，而那两根白发仍清晰地在她眼前浮现着。

又是开始

这样的变故，可以说是对艾莉的又一次洗礼。从内心里说，艾莉并没有不能自拔，相反，她很快就从失去任大友的噩梦中清醒了过来。在这十几年的时间里，她从单纯到成熟的过程中，已经看清了自己，也认清了生活。当初她爱上任大友，那时的她单纯，带着强烈的时代色彩，和属于他们那一代人的理想梦幻。随着时间的流逝，她的梦想时期已经过去，剩下的就是眼前的现实生活。她嫁给任大友，只是承担了照料他生活的责任，他们名义是夫妻，这么多年的相处使当年的崇敬已一丝一缕地远去了，呈现在她眼前的只是现实生活。她对任大友没有抱怨，只是承受。既然，她当初选择了这样的生活，她就不可能反悔。何况该得到的也已经得到了，在任大友没有出事前，她已经做好了陪伴任大友一起到老的心理准备。那份理想式的爱情早就不存在了，剩下的只是亲情和友情，还有的就是道义。

现在任大友突然离她而去，在最初的几天悲伤中，她很快就清醒了过来。清醒过来的艾莉，发现原本属于自己的那条羊肠小路，一下子就变宽了，且灯火通明。她意识到，自己刚刚三十出头，属于自己未来的路还很长，也很美好。在嫁给任大友的十几年时间里，她几乎和任大友绑在了一起，不仅生活上她要照料他，精神上也完全被他捆绑住了。因为她是一位英雄的妻子，走到哪里她都要以一个英雄妻子的身份出现，仿佛伤残的不是任大友，而是她自己。

放松下来的艾莉，一时觉得天高地阔起来，有一种想飞想奔跑的感觉。以前，她穿着很朴素，生怕有人说三道四，主要是她没有那份心情。每天下了班就往家奔，她怕任大友回来没人照顾，那时她所有的心思都被任大友一个拴住了。二十世纪八十年代初，社会变化日新月异，各种服装品牌也纷纷进入内地。年轻的艾莉也加入到了这样的行列中，于是人们发现艾莉变了，一下子年轻起来，人也漂亮了许多。

艾莉虽然三十多岁了，但她毕竟没有生育过，打扮起来的艾莉完全是副姑娘的身材。那天在机关的楼道里，李局长看着她都惊愕地摘下了眼镜，揉了两遍眼睛才说：艾莉呀，你还这么年轻呀。

在李局长之前，这样的话她已经听了许多了，她只能冲李局长笑一笑。这么多年了，她每向前走一步，李局长差不多都是她成长的见证人，从她的婚礼到任大友的葬礼，都是李局长一手主持的。她的形象还从来没有在李局长面前如此灿烂过。艾莉在经历了这么多后，她又重新找到了自信。

艾莉的变化给身边的人也带来了许多憧憬，于是有热心人开始为艾莉张罗起婚事来了，这也是艾莉所关心的。刚开始有人为她介绍下海经商的老板，还有大学老师等。艾莉都一一见了，但她并不满意。毕竟自己都三十多岁了，介绍的对方年龄都在四十多岁，四十多岁的男人的经历都不可能太简单，有的带着孩子，有的已经离过几次婚了。经验告诉艾莉，这些男人都是靠不住的，重要的是她见了他们没有一点感觉。

有一天，李局长一个电话把艾莉叫到自己的办公室。李局长很热情，又是倒茶，又是让座的，她不解地望着李局长。李局长就笑呵呵地说：小艾呀，咱们今天不说公事，咱们说点私事。

艾莉意识到李局长所说的私事指的是什么了。

果然，李局长要做她的媒人了。李局长要介绍的这个人她也认识，是市里的组织部长，姓周。周部长五十多岁了，在“文革时期”被扫地出门时，前妻和他离了婚，几年前周部长又官复原职，仍然没有找到合适的人再婚。以前艾莉到市里开会或办事时，见过周部长，人挺随和，见人总是笑眯眯的。周部长当然也认识艾莉，每次见到艾莉都热情地打招呼，还问一些生活的事情，每次他总是说：你是英雄的妻子，有什么困难提出来，组织出面帮你解决。

当然，她没有提过任何困难，每次和周部长见面也都会寒暄几句。她对周部长的印象很好，觉得周部长是个可亲可敬的领导。

李局长后来透露，这件事是周部长主动提出来的，让老局长给问问，行呢就接触一下，不行就当没这回事。

艾莉没想到周部长会主动提出向她求婚，这是她做梦也没有想到的。她一时不知如何回答，就紧张又兴奋地坐在那里。

李局长也不着急的样子，不慌不忙地说：我知道这是你的终身大事，得考虑一下，想法成熟了就给我一个回话。

她从李局长办公室里出来，恍恍惚惚的总是走神，干什么都不能集中精神。她现在已经不是二十岁的艾莉了，一拍脑门就可以决定自己的终身大事，现在她要好好想一想了。四十岁左右的男人她见了一大把，没有发现一个中意的，也就是说没有一个适合自己的。到底想要什么样的男人，她一时也说不清楚，就是觉得不合适。她知道自己这辈子就得在机关干下去了，十几年的机关生活，她早就习惯了。稳定，太平，是她目前唯一的想法，她现在仍是机关中最年轻的处长之一，论起资历来她也是最老的了。在机关工作唯一进步的标志就是往前进一步，她一个女同志在这方面有一定的弱点，当个中层领导还可以，再往前走一走就有些难了。但她又不甘心这一辈子就一直当个处长，临到退休弄个副局级巡视员什么的，直到这时，艾莉才明白自己心底里是希望进步的。以前的进步是用自己的婚姻换来的，如果当初不嫁给任大友，就不可能有她的今天，那些下乡又返城的同学，如今生活得都不太好。他们都在为了工作、子女、房子奋斗着，挣扎在生活的最底层。当然，她嫁给任大友前是没有任何功利的动机，只不过阴差阳错，让她走上了一条原来连想都没想过的路。这条路说不上有多成功，但稳定、安逸，许多人都在羡慕着她，这一点她是知道的。

周部长一下子出现在了她的生活中，她不能不好好想一想。周部长是市里的领导，不仅是组织部长，还是市委常委，对她的进步肯定会有帮助。另外，她已打听到，周部长有两个孩子，一儿一女，女儿给了前妻，已经工作了；儿子正在上大学，只有周末的时候才回一次家。这样的家庭，这样的背景，她是满意的。剩下来的就是周部长这个人了，虽然五十多岁了，看上去身体还算结实，每次见面他都是西装革履的，很利落。据她所知，周部长还是“文革”前的大学生，学中文的，这么想过后，艾莉发现周部长是目前的最佳人选。她知道，一旦答应和周部长往来，只许成功，不能失败，要是不成功，这事传出去会给自己以后的生活带来许多影响。艾莉此时已经是深谙机关之道了。

艾莉权衡了几天之后，终于下决心给李局长一个答复——同意和周部长往来一段时间。

第一次和周部长见面是在李局长的陪同下进行的。就他们三个人，在一家饭店的包间里吃了一顿便饭。周部长仍那么微笑着，和蔼可亲的样子。李局长就说：老周，人我给你带来了，以后可没我什么事了，你们处好了找我，处不好可别找哟！

李局长打着哈哈，周部长就笑，艾莉低着头，脸有些红，挺羞怯的样子。周部长在席间也没说什么，一直和李局长谈工作上的事。要告辞时，周部长才说：小艾呀，我送你吧，我的车就在外面。

艾莉只能让周部长送一送了，两人在车上也没多说什么。她到了家门口，就低头下了车，周部长也下了车，两人站在灯影里，艾莉一直低着头。周部长就说：你回去吧，改日我约你。

艾莉点点头，转身走了。周部长拉开车门坐在车上，一直望着艾莉的身影消失，他才冲司机挥了挥手，车便向前驶去。

第一次和周部长在这种场合下见面，刚开始她还觉得有些紧张，周部长毕竟是市委常委，她是局里的一个中层领导，级别差距大得很。在这种心理驱使下，她有些拘束，也有些不安。后来，她无意中和周部长的目光对视在一起，那是一双男人望女人的目光，和以往她见周部长时望着她的目光是截然不同的，她在周部长的目光中，感受到了自己的尊严，她的腰板一点点地挺了起来。

后来，她坐到周部长的车里，周部长就在她的身边，虽然周部长没说什么话，可能是因为有司机在场，但她一直感受到周部长对她的关注。两人虽然没有话，但她的内心活动却很丰富，一点也不觉得沉闷。此时她意识到，周部长也是个男人，五十多岁成熟的男人。除了任大友以外，她还从来没有和一位异性这么近距离地接触过，那种意识慢慢地涌到她的胸口，又涌到脸上。当车停下后，她几乎是捂着脸跑到暗影里去了，周部长又说了什么，她一个字也没听清，只是胡乱地点了点头。

那一晚上，她几乎一夜也没有睡踏实，睁眼闭眼的都是她和周部长会面时的情景，周部长那双男人味很浓的眼神，顽强地在她的回忆里呈现着。她翻来覆去，辗转反侧，她又想到了当初见到任大友时的那种感觉，她说不清自己是不是真正喜欢上了周部长。

这件事没过两天后，她在快下班时突然接到了周部长的电话，周部长说：是小艾吗？她一下子就听出了周部长的声音，身体里的血液呼啦一下就集中在了她的脑子里，她一时不知自己身在何处。周部长说：我是老周啊。她“哦”了一声，周部长就又说：一会儿让我司机去接你，你在门口等着就行。

下班的时候，她有些迫不及待地收拾完自己的东西，从机关大楼里走了出来，她一眼就看到周部长的车停在机关院外的一片树荫里。她记不清自己是怎么走过去的，她拉开车门时，周部长在冲她笑。周部长见她坐在自己的身边，也不多说什么，只冲司机说了声：走吧。

司机便开着车往前驶去。

艾莉没问去哪里，也不需要问。两人都沉默着，她时刻感受到他在她身边的存在。没多久，车便驶进了一片家属区，这片家属区和他们局机关的家属区不同，这里都是二层小楼，有很多树，环境幽雅。最后，车停在一个楼门前，周部长就说：下车。

她随周部长下来，周部长在前面走，她在后面跟着。在一个楼门前，周部长停下来，用钥匙打开门，然后冲她笑着说：这就是我家，进来吧。

她走进去，这是一套五室一厅的房子，在这之前她还从来没见过这么大的房子，宽敞明亮，她有些错愕，心想：周部长就一个人，原来住着这么大的房子。

周部长就说：随便坐，咱们到家了。

周部长的话似乎让她感受到他已经把自己当成了家人。周部长为她沏了杯茶，在这当口，她才认真地打量了一下这套房子，有些凌乱，好多东西就堆在房间的一角，似乎从来没人整理过。

周部长就说：你看我这里乱的，家里没个女人就是不行。

然后又很男人地望着她，她又红了脸，心口乱七八糟地还跳了几下。

周部长靠在沙发上，放松了自己说：你看我都五十多岁了，你也老大不小了，咱们都是过来人，就别走那些弯弯路了，你觉得我老周这个人怎么样啊？

周部长单刀直入，目光灼灼地望着她，她没想到周部长会这么说，一下子就把她逼到了墙角，她一时不知说什么好。

周部长见状就舒缓了语气道：咱们早就认识了，我这个人呢你也应该有所了解，就是这么一个人。

说完这话，周部长突然忸怩起来，把自己的双手交叉在一起，把骨关节捏得“嘎嘎”地响。半晌，周部长又说了句：屋里没个女人就是不行，你看这里乱的。

她抬头瞟了周部长一眼，发现他眼圈有些红了，她猜想周部长一定又想到了离他而去的前妻。她的心动了一下，接着周部长的目光就和她的目光碰到了一起，她慌乱地躲开了。

周部长锲而不舍地问：小艾呀，你看我老周这个……行不行啊？

周部长这么问，她就不能不回答了，她低着头，红了脸道：周部长，我怕我自己不行。

周部长笑了，他从对面的沙发走过来，一下子坐在她的身边，还用一只手搭在她的肩上，一边笑一边说：小艾，你是可以的，别忘了，是我在追求你呀！

说完，搂着她的手臂就用了些力气。刚开始她的身体还有些发僵，当两人的身体挨在一起时，她就松弛了下来。周部长附在她的耳边又说：以后在家里，你叫我老周就行。

她瞟了他一眼，脸又一次红了。

其实在她和周部长来往前，就已经考察好了，既然答应见面，她就没有了退路，至于过程会是个什么样子，她说不清楚，但也没料到会是今天这个样子。在这种情况下，她顺着周部长臂膀的力量靠在他的怀里，周部长也把脸贴了过来，他先是在她的脸上吻了几下，后来就是她的唇了。起初，她还有些躲闪，后来就闭上眼睛一味地承受了。

两人温存了一会儿，周部长似乎很满意。他走到窗旁打开窗子，冲楼下的司机说了句什么，不一会儿，司机就送来了两盒快餐，然后就退了出去。

周部长就说：小艾，随便吃点吧。

接下来两个人就吃饭，艾莉问：你一个人就是这么对付的？

周部长一边吃一边答：习惯了，这样多省事。

她在心里就叹了口气道：以后就好了。

她听到自己的心里话时也被吓了一跳。

周部长吃完饭，拍拍手说：一会儿让司机送你回去，我还要看文件，这两天市里有个会。等开完会，我再让司机去接你。

她下了楼，他在二楼的窗前挥手向她告别。车都驶出去很远了，她仍能看到周部长立在窗前的身影。

几天之后，她都下班回到家了，正准备做饭，突然电话响了，她刚

“喂”了一声，电话里便响起了好听的男声：我是老周啊，司机去接你了。

说完便挂了电话，完全是一副领导的口气。艾莉还没回过神来，就听见楼下的汽车喇叭响。

当她又一次走进这个门时，发现周部长系着围裙正在厨房里忙活，餐桌上已经摆好了几个菜。她有些感动，站在厨房门口说：周部长，让我来吧。

周部长说：就好，就好。

那天晚上，她吃着周部长做的饭菜，觉得味道非同寻常。那天，她和周部长都喝了点酒。周部长的话很多，从他大学毕业说起，直到娶妻生子，“文革”来了，他进了牛棚，妻子怕受牵连和他离了婚等。在这个过程中，周部长的眼圈红了好几次。

她就劝慰道：一切都会好的，牛奶会有的，面包也会有的。她说完这句话，才想起这是任大友说得最多的一句话。任大友头上的那两根白发又一次出现在她的眼前。

吃完饭，她系上围裙去厨房收拾碗筷，周部长就靠在门框上望着她，那样子慈祥而又幸福，他忍不住喃喃地说：有个女人真好。

她在收拾到接近尾声时，周部长走过来，从后面抱住了她，嘴里仍喃喃地说：有个女人真好。

她闭上眼睛，靠在了他的身上。

接下来，在周部长身体力量的驱使下，她闭着眼随他向门口移去，当他把她压在床上时，她才睁开眼睛，发现这是他的卧室。她没有推拒，也不想推拒。当他为她脱去衣服，那双手在她身上游走时，她的嗓子里发出了轻微的吟哦声。她好久没有体会男人的爱抚了，当他进入的时候，她忍不住尖叫了一声，接下来就有一种汹涌的东西包围了她。这是她第一次真正领略到男人的味道，她幻想过无数次，却仍然发现和实际完全不一样。和任大友生活了十几年，他们只是名义上的夫妻，现在是周部长，这个老周让她体会到了男人和女人是怎么一回事。

当周部长发现她还是个处女时，身体颤抖着又一次把她抱在怀里，哽着声音说：小艾，小艾，以后我要对你好，我要是对不住你，天打五雷轰，你以后可别离开我老周啊——

周部长说到这里已经泣不成声了，她的眼角也早就湿了，一摸才觉出是泪。她躺在那里，直到这时才觉得自己已经换了一个人。

半晌，又是半晌，他喃喃地说：咱们结婚吧。

她在他的臂弯里点了点头，泪水又一次涌了出来。

又一种风景

艾莉和周部长婚后，两人都感到很快乐，很幸福。

她下班后的第一件事就是急着回家，婚后她住进了市委家属院周部长那套房子里。她站在宽大明亮的窗前等待着周部长回来，一看见周部长的专车缓缓地停在楼下，她的心便快速跳了起来，看着周部长一直走进楼门，她仍立在那里，一副脸热心跳的样子。

周部长换上拖鞋，放下公文包，走到她后面把她抱住，她把整个身体顺在他的怀里，闭上眼睛。此时，她浑身上下的每一个细胞都沉浸在快乐里。周部长年龄虽然大了一些，但她在他身上体会到了作为一个女人真正的快乐，这是任大友无法给予她的。她和周部长结婚后，她的身心都进入到另外一种境界。

周部长对她也是痴迷留恋，只要一下班，他就会准时让司机把车开到办公楼下，以前他养成的下班后还要在办公室里看文件的习惯也改了。晚上和艾莉温存之后，他倚在床上，一边听着艾莉的鼻息声，一边看文件，那是美妙无比的时刻。婚后，他才感到这是个家了，家经过女人的一双手，一切都变得井井有条，再也看不到一丝杂乱，况且还有这么个年轻漂亮的女人陪着，周部长已经幸福无比了。他经常把艾莉抱在怀里，眯着眼睛说：真好，有你真好。这辈子就是现在死也值了。

每次听到他这样说，她便回身用手把他的嘴捂上，娇嗔道：要死咱们就一起死。

老周又一次感动了，眼睛有些湿。自从和艾莉结婚后，他发现自己比以前脆弱了。他以前蹲“牛棚”时没有掉过眼泪，前妻和他离婚也没流过眼泪。他现在在幸福面前反而脆弱了。

身心的变化使艾莉刻骨铭心，在机关里，她也感受到了这种变化。所有的人都对她亲热起来，李局长在他们婚后不久就退休了，新局长是另外一个局调来的，姓王。王局长似乎对艾莉更是格外关心和器重，经常嘘寒问暖的。

有一次王局长似乎在不经意间到了艾莉的办公室，艾莉忙站起来说：局长，您有事？

王局长就说：没事没事，就是来看看。然后他挥手让艾莉坐下，自己站在艾莉面前，仿佛艾莉是局长，他是处长。

王局长就说：艾莉呀，周部长那人好啊！作风正派，我到咱们局来工作，就是周部长找我谈的话，我发现周部长这人有水平。

艾莉不说什么，只是淡淡地笑一笑。这些日子，这种话她听得太多了。

王局长背着手在艾莉面前踱了几步又说：艾莉呀，你也是咱们局的老人了，当处长也这么长时间了，这事我心里有数，你放心。

王局长说完走到门口，想起来什么似的又补充了一句：给周部长问好，过几天我一定登门拜访他。

艾莉把王局长送走，心里说平静也平静；说不平静，倒也是起起伏伏的。从种种迹象来看她有升迁的可能，论年龄，她在机关的处长当中算是年轻的；论资历，她也算是老的。如果自己不是个女人，肯定会和其他处长一样，想方设法去争取一下。他们局从创建到现在，还没有出现过一位女局长。她是综合处的处长，就是机关的后勤部门，在十几个处室中显得并不那么重要。有升迁可能的都是那些要害部门的处长、主任什么的。在嫁给周部长前，她对于自己的职务不是没想过，而是觉得离自己比较遥远，所以就很少想起。

自从嫁给周部长后，她在人前人后不断听到对自己有利的消息。朱副局长下半年就要退了，关于谁接班的问题，机关上下早就议论开了，说什么的都有，但艾莉的呼声是最高的。

艾莉明白这一切都得益于什么，她的地位似乎成了机关的焦点，到处都能听到她要接朱副局长班的消息。有人说她是第三梯队的代表人物，接朱副局长的班那是板上钉钉的事。她从人们的眼光中，也能看出一些苗头来。最近，每天早晨上班，她都搭周部长的车来，这是周部长提出来的，从市委家属院到局里要绕个弯儿才到周部长要上班的市委。刚开始，她坐在周部长的车里很不踏实，曾小声地跟周部长说：老周，这样怕影响不好吧。

周部长就说：不就是绕几步路嘛！

回到家里，两人躺在床上，艾莉还在担心，周部长就又说：别说用车送送你，只要你快乐，让我干什么都行，我这个部长还有几年干头？

艾莉想想也是，车是小问题，什么都是小问题，只有他们的幸福才是最大的问题。

从那以后，艾莉就心安理得地坐周部长的专车了。这样一来，她也不用起那么早了，可以在床上和周部长多待一会儿，也少了挤公交车的劳顿，艾莉一下子松弛了下来。

每天早晨，周部长的专车都要理直气壮地在机关大院里停一下，艾莉从车里走出来，她刚把车门关上，车便一溜烟地跑了。看得机关的人一愣一愣的，然后人们就羡慕地望着艾莉，并亲切地和她打着招呼。艾莉从人们的目光中看到了他们对她的热情和羡慕，那份感觉很美好，这是她以前从来没有体验过的。

晚上下班时，遇到刮风下雨，周部长的专车也会不失时机地出现在机关大院里，有时周部长遇到开会或加班什么的，也会让司机来接艾莉。艾莉已经习惯别人的目光和这样一种生活了。

艾莉在人生的旅途中，仿佛在爬一座山，她终于爬到了一定的高度，再回头看风景时，又是另外一种样子了。

下半年终于到了，朱副局长如期地退休了，民政局便空出一个副局长的位子。

在家里的时候，周部长谈过朱副局长退休的事，他是在不经意间轻描淡写地说的。他说：这两天你们局那个老朱就要退了，过两天我安排个人去和他谈话。

她说：这事我听说了。

他又说：有人建议这个位子让文化局的一个处长去接班，我没同意，民政局也该自己培养干部了。

她听他的话，便明白了三分，虽然都是夫妻了，有些话还是不能说得太透。

果然，在中层干部谁接这个副局长班的民意测验中，艾莉得票最高。接下来，在王局长主持的局党委会上，关于让艾莉接副局长班的报告递交给了市委组织部。

没多久，周部长晚上回到家里，轻描淡写地冲艾莉说：你们局的那个报告批了，明天秦副部长找你谈话。

周部长说得平平淡淡，她听到这一消息虽说是意料之中，却也是心潮难平。那一夜，她激动得几乎一夜没睡。从处长到副局长简直就是横在她面前的一座山，当处长这么多年了，她终于翻过了这座山。她躺在周部长的身边，从来没有感受到这么踏实幸福过。她爬起来，在熟睡的周部长脸上温存地亲了几下。她想起这么多年走过的路，又一次流下了两行热泪。

艾莉终于是副局长了。她走马上任后最大的变化就是副局长都配上了专车，她从此不再搭周部长的专车了，她拥有了自己的专车。每天早晨，她家楼下停着两部专车，一辆是“红旗”，一辆是“桑塔纳”，“红旗”是周部长的，“桑塔纳”是她的。每天两人一同从楼门里走出来，钻进各自的专车，车便前后脚地出发了。

他们这一对夫妻组合，赢得了所有人的羡慕，艾莉在卫生间里曾听机关同事议论道：你看人家艾局长这对老夫少妻，那才叫福分。

另一个说：人家是人家，你能比吗？

……

艾莉当上副局长后不久，她和周部长坐在客厅里有一搭无一搭地看着电视，周部长突然说：咱们市属局副局长以上的花名册我都看了，你是咱们市最年轻的副局长。

艾莉说：是吗？

周部长说：你要努力，以后还是有机会的。

艾莉望了一眼周部长，周部长伸个懒腰说：我老喽，以后就靠你了。

艾莉娇嗔地打了周部长一拳道：谁说的，我可没发现你老。

说完，两人就拥在了一起。艾莉觉得对自己来说生活真是太圆满了，她感受到前所未有的幸福。

幸福的终点

幸福的生活总是相似的，不幸的事情只是另外一个故事的开始。

沉浸在幸福生活中的艾莉和老周，他们真的是太需要幸福一下了，两个经过生活磨难的人终于走到了一起，于是不论生活上还是事业上都碰撞出了耀眼的幸福火花。然而不幸又一次降临到他们的生活中。

那是一个幸福而又普通的晚上，老周有应酬，艾莉早早地下班回家等着老周。她先是看电视，从这个频道调到那个频道，只要老周不在家的日子里，再好的电视节目她也会觉得索然无味，她一心一意地在等着老周。后来她等得有些急了，就去洗澡，等她走出来时已经快九点了。她想老周该回来了，以前老周总能在九点钟以前赶回家，别人就跟老周开玩笑说：老周一准儿又惦记家里的小夫人了。老周也不说什么，笑一笑叫上自己的司机走了。

果然，九点没到艾莉就听见了楼下的汽车响，然后是停车关门的声音，片刻老周就进屋了。喝了几杯酒满面红光的老周有些兴奋，放下包就过来吻艾莉，艾莉推了他一把道：还不快去洗一洗。

老周就脱衣服进了卫生间，艾莉关了电视，铺床，拧开床头灯，做睡前的准备。里面的水流停了下来，艾莉习惯地推开卫生间的门，她要为老周涂浴液，这是他们生活中的一个细节。两个人都在家时，他们会一起洗，然后把浓浓的爱意涂抹在对方的身上。

艾莉今晚帮老周涂抹了一番后，就转身出来了，她躺在床上，手里翻着一张报纸。她在等老周香喷喷地钻过来，然后热烈地把她拥住。卫生间的花洒还在喷着水，艾莉躺在床上已经把报纸全都看完了，仍不见老周出来，她放下报纸走到门口喊了一声：老周，你洗起来没完了？

里面没有回答，只有流水的声音。她推开了门，结果就看到老周坐在墙边，手向前伸着，似乎他很累了，需要坐在那里歇一会儿。艾莉大叫一声，扑了进去。

老周被送到医院，经过两个多小时的抢救，医生无奈地宣布，老周已经死亡了。死亡的原因是心肌梗塞。老周就这么去了。

艾莉痴痴呆呆了好几天，这一切太突然了，太不幸了，她的幸福生活刚刚开始，老周怎么说没就没了呢？她不相信这一切会是真的，她怀疑自己在做梦，梦醒了，一切都会过去，生活又会是原来的样子。那些天，她都是在痴痴呆呆中过来的，一直到为老周开追悼会，老周的骨灰盒安放在墓地中，大家劝她离开时，她才清醒过来，她知道从此老周不会再回来了，将永远地留在这片墓地中了，这时，她才“哇”的一声痛哭起来。此时不到四十岁的艾莉又将重新开始她的一切。

艾莉似乎又回到了从前，这是她的感觉，真实的她永远不会回到从前了。她现在还是第一副局长，仍是全市最年轻的副局长，并且是为数不多的女副局长，就凭这些她就足以让人羡慕了。

周部长死后，她又搬回到了局机关那套房子里，那是她当处长时住的房子。老周一死，她没有理由再住在市委大院的宿舍了，况且自己守着那么大的房子，睹物思人，她受不了，所以她主动搬回到原来住的地方。任大友以前和她在这里一起生活过，她搬回来住到这里，看到熟悉又陌生的一切，她不能不想起以前的生活和任大友。和老周生活在一起时，幸福的感觉已经渐渐冲淡了她对任大友悲伤的记忆，偶尔会想起来，一想起任大友，就会想起那两根飘忽不定的白发，那两根白发似乎象征了什么。现在她不仅想起了任大友，想起他时，她又会开始思念老周，两个男人便不断交替着在她的眼前闪现。

夜晚，艾莉躺在床上，两个男人的身影又出现了，一会儿是浓眉大眼的任大友，一会儿是慈眉善目的老周，她不知自己是睡着还是醒着。半年之后，她仍没从这种似真似幻中醒过来，她整日恍恍惚惚的，有时晚上下班，她坐在自己的专车里，看着车窗外的风景，会突然说：错了。司机就一愣，把车停在路边。这车是送她回局里那个家的，市委老周那套房子她早就退给市委了。她正走神时，突然发现这车不是开往市委家属院的，车停了，她才醒悟过来，冲司机挥挥手，车又一次启动了，前方就是局机关的宿舍楼。

艾莉本来水水灵灵的一个少妇，眼见着一天天委顿下去。众人都看在眼里，王局长曾说：艾局长呀，事情都过去了，人死不能复生，一切还得向前看。

老周生前对王局长也算是有恩，王局长一直记念着，这种记念此刻转化成了对艾莉的关心。

在老周的追悼会上，有许多人都真诚地哭了，当然也包括王局长。那些现在担任着局长、副局长的人，都曾或多或少地受到过老周的恩惠，因为他们的任命，是需要经过组织部考察这一关的。组织部门的考察，对一个干部的升迁很重要，这些局长、副局长都是经过老周考察的，任命前还亲自谈过话，可以说是老周在第一时间里把这一喜讯告诉这些局长、副局长的。在他们的心里，老周是他们的恩人。

局长关心艾莉理所应当，下属们见了他们的艾副局长也会真真假假地说：艾局长，节哀呀，身体要紧。

艾局长就冲说话的下属点点头，认真地看对方一眼，似乎是要把说这话的人牢牢地记住。在众人都在关心艾莉的时候，有一个人一直在暗中关注着艾莉，他就是综合处的处长李伟。

李伟到机关工作已经七八年了，他是大学毕业分到局里的，在艾莉当处长时他是副处长，可以说是艾莉的得力助手。李伟已经不年轻了，只比艾莉小三岁，三十多岁的男人了不知为什么一直没有结婚，仍形单影只地晃荡。两人在综合处时，艾莉以一个处长和大姐的身份，曾关心过李伟的感情生活，在李伟多次谈恋爱未果的情况下，也为他介绍过两个女朋友，最后也都不了了之。

艾莉曾语重心长地跟李伟说：小李呀，对女同志别太挑剔了，感情是相处出来的，真不知你要找个什么样的。

李伟不说什么，只是笑一笑说：姐，你就别管我了，我心里有数。

在私下里，李伟一直称艾莉为“姐”，这足以表明两人的私人关系是不错的，已经超出了上下级和同志间的感情。

两人在一个处时经常一起谈工作，谈工作之余也免不了谈一些私人问题。那时任大友还没有出事，但是艾莉的生活状态曾让李伟担忧过，私下里李伟不止一次地对艾莉说：姐，你真不容易，真不知道你这么些年是怎么过来的。

艾莉就抿着嘴笑一笑，说：这不挺好吗，你别光操心我的事，你也该关心一下自己了。

李伟也是笑一笑，躲开艾莉的目光，说：姐，我心里有数。

后来，艾莉当上了副局长，李伟任综合处处长，两人的接触就没以前那么多了，艾莉又投入到了幸福生活中，她和李伟交流的机会就很少了。因工作问题，两人谈话时，李伟已经不叫她“姐”了，而是直接称呼她“艾副局长”。和别人一样，她也没太留意这一变化。

此时的艾莉仍没能从丧失老周的悲哀中走出来，李伟就在这时走进了她的生活。

那天是傍晚时分，艾莉正坐在家里的客厅发呆，她失去老周后几乎天天如此。忘记了时间，忘记了饥饱，每天早晨司机接她去上班，她就在单位食堂吃上一口，中午自然也是吃食堂，至于吃的什么，放下碗也就忘记了。晚上回到家里，她没有食欲，也就懒得给自己做饭了。每当这时，她就想起老周在时，两人的那些甜蜜时光。

这天，她又在哀伤中呆坐，突然响起了敲门声。她没问来人是谁，便去开门。站在门口的是李伟，他手里端着一碗冒着热气的面条。李伟就住在她家的楼上，她住的是一层，当初单位分房时，任大友还在，她为了任大友进出方便，就选择了一层。

她看见李伟有些吃惊，但还是把他让了进来。李伟把那碗面放在茶几上，又过去把灯打开。强烈的灯光让她感到有些不适应，但她并没说什么，看看李伟，又看一眼放在茶几上的那碗面。

李伟说：你该吃点东西了，你都多少天晚上不吃东西了。

李伟因为住在她的楼上，对她家的动静应该说是了如指掌。

她突然捂住脸，泪水再也控制不住地从她的指缝间流了出来。半晌，她哽着声音说：谢谢你李伟，我真的受不了了，我觉得失去老周后，生活一点儿意思也没有了。

李伟从沙发那头坐过来，靠近她一些，突然下决心似的叫了一声：姐，你别这么苦自己。人已经死了，你也该为自己着想啊！

他在这时候又称她“姐”了，这让她有些感动，她红着眼睛冲他看了半天。

李伟不看她，看着茶几上的那碗面说：姐，你知道别人都怎么在背后议论你吗？

她说：我不管别人。

李伟说：别人都在议论，你要是再这样天天不在工作状态上，上级就会免你的职了。

她听了这话吃惊不小，身在机关这么多年，她太清楚机关上的那些事了。她二十岁进机关，一步步走到现在，太不容易了，她已经失去了老周，她不能再失去现在的自己了。李伟这句话一下子击中了她的要害。

她望着李伟，一副欲哭无泪的样子，喃喃地说：李伟，这些我懂，可我就是迈不过这个坎儿。

李伟望着她，呼吸突然变得急促起来，他一把抓住她的手，急迫地说：姐，让我帮你迈过这个坎儿。

他抓住了她的手，她心里一紧，但并没有抽回自己的手，而让他就那么握着，她的心里很无助，她太需要找一个肩头靠一靠了。

李伟又说：姐，你知道吗？我喜欢你，从我进机关那天就喜欢你。

她惊愕地睁大了眼睛，不错眼珠地望着他。

李伟用一种一不做二不休的样子道：以前我一直不敢对你说，你和任大友生活时我没机会说，后来任大友去了，我想说，但后来你又找了周部长，这辈子我以为再也没有机会了……你知道我为什么看不上别的女人吗？因为我心里一直装的是你。

她呆呆地望着他，一下子觉得眼前的李伟变得陌生起来。她不敢相信这就是那个共事多年的李伟。

李伟用力握住了她的手，他的眼里已经含了泪水，说到动情处，声音哽咽起来：姐，你不能再这样下去了，我看你这样，心里难受。

他突然用力把她拉到自己的怀里，她没有推开他，也没有力气去推他了。她脆弱的心理太需要男人温暖的怀抱了，她感受到了一丝安全。

不知是李伟的真情打动了她，还是眼前的现实让她重新又振作了起来。清醒过来的艾莉，已经意识到自己的状态直接影响到了工作，机关上下已经对她议论纷纷了。她现在想起来都有些后怕，自己这样再往前走一阵，说不定真的会被免职。

她从内心里感谢李伟，如果不是李伟，说不定她现在拥有的一切也将会失去。

那天李伟表白完自己积压内心多年的心事后，两人的关系一下子就微妙起来。他们在机关见面时，往往都是她在强调工作上的事，他拿着本子低头记录，嘴里不停地说着：艾局长，我明白，这事我一定处理好。行，你放心，我马上去办。

当两人的目光相遇时，却又都倏地逃开了。她看见他的目光，就又有了脸热心跳的感觉。

每当晚上天黑透了，各家都在看电视时，李伟会悄悄地从楼上溜下来，轻轻地敲几下艾莉的房门，她似乎早就等在门里。门打开，他一头钻进来，一下子把她抱在怀里，她就会在他的怀里轻吟起来。

老周让她认识了什么是男人，不论是生理上还是精神上，她便开始依赖男人了。她是一个正常的女人，在没有男人的日子里，她渴望男人，李伟就是她需要的男人。以前她对李伟只是同事的感情，或者比同事更进一步，有些亲昵、信任，她承认李伟是个不错的小伙子，聪明、能干，会体贴人，可她从没往那方面考虑过，可能是因为有任大友；任大友去了后，她刚从无助中回过神来，就又有了老周。现在不一样了，她从心理和生理上都接纳了李伟。

当两人在床上平静下来后，李伟仍用力地抱着她，痴痴地说：嫁给我吧，姐。

她一时无语。

在她和李伟有了这种关系后，她也曾想过和李伟的将来。但很快就被她否定了，首先他比自己小三岁，按理说这也不是最重要的，重要的是她现在是局长，他是自己的下属，如果那样的话，别人会怎么说，一定会猜测她在利用职权玩弄小伙子的感情。这也不是最主要的，自从和老周生活了两年后，她已经习惯了那种很优越的生活，眼前的李伟能给予她吗？答案是否定的，在她的心里，隐隐地有一种感受，以后再谈婚论嫁，对方一定要有老周那样的条件，无形中她给自己定了一个标尺。她和李伟现在的关系，只能理解为她需要。但在内心里，她也真的喜欢李伟。他年轻，又有才气，身体很好，就是在生理上她也在李伟那儿得到的要比老周多得多。

每到夜深人静的时候，她多么希望李伟不离开，一直留在她身边，陪她到天明呀。李伟又何尝不想呢？他只能睡上一会儿就起身，临走时他一遍遍恋恋不舍地亲吻着她。但她明白，不能留他在这里过夜。左邻右舍住的都是机关里的人，如果被人发现局长和自己的手下偷情，她还能在机关里干下去吗？让她嫁给他，自己又不甘心，李伟在她眼里不是理想中的丈夫。她在心里曾这样给自己划了个底线，再差也要找一位和自己的职位相当的男人。

王局长等热心人都说要再帮她介绍合适的人，老周那样的人再也没有了，就是和她职务差不多的也没有合适的。那些男局长们，夫人的身体都很好，而且生活得也都很幸福。王局长就开玩笑地感叹：小艾，你真是高处不胜寒呢。她听了这话，只能在心里苦笑了。

艾莉在和李伟的关系中，深深地陷入到了一种矛盾、困惑中。一方面，她不论从感情上和心理上都离不开李伟，然而在现实中，她又无法接纳李伟，这就影响了李伟在她心中的地位。

李伟暗恋了她这么多年，在她最需要支持和慰藉时，他及时地出现在她的生活里，可以说，在那种特定时期，是他拯救了艾莉。他爱她无怨无悔，在她面前他默默地承受着，爱一个人就是牺牲和奉献。他真的希望能和她有个结果，他每次和艾莉这么偷偷地约会，总有一种委屈的感觉。当他从她的温床上，半夜三更地被她唤醒，让他离开时，他总是不情愿，但又不想违背她的意愿，他总是以一个男人的忍耐默默地承受着。

他曾无数次在她最快乐的时候对她说：姐，咱们结婚吧。我是爱你的，从进机关的那一天开始。咱们干吗总是这么偷偷摸摸的呢？

她刚开始不答，只用叹气来回答他，后来她终于说话了。在昏暗的床头灯下，她不望他的目光，而是望着灯影喃喃道：李伟，你觉得咱们结婚，可能吗？

说完，就把手插到他浓密的头发里，一下下轻揉着。

李伟刚开始有些不解地望着她，他真的不明白，他们有什么不可能的。按照他的理解，爱情是可以超越一切的。在接下来的日子里，他痴痴地等待着，等待她来消除他们之间的距离。

这一年的年底，局机关的班子进行了一次调整，王局长被交流到其他局当局长去了。局长的位置被空了出来，很快现任组织部长找艾莉谈了一次话，当她接到组织部谈话的通知时，她意识到这个局长的位置非她莫属了。

现任组织部长艾莉认识，老周当部长时他当副市长，婚礼和葬礼他都参加了，按老周的话说：小郭是我一手栽培的。

郭部长对老部长的夫人很热情，已经超出了上下级的关系，他一直称她为“嫂子”。

郭部长就说：嫂子，咱也不是外人，有话直说，组织决定让你担任局长这一职务。理由有三：一、你是全市最年轻的副局长，又是女性，机关干部改革要作表率；二、你的工作有目共睹，这就不多说了；三、你是老部长的夫人，这么多年你也挺不容易的，从感情角度说，我也该推荐你。

一提起老周，艾莉的眼圈就红了。

郭部长又和艾莉说了些家常话，最后一直把她送到停车场。车开出去很远了，郭部长还在冲她招手。

艾莉就出任局长了。很快，她的宿舍就搬到了局长楼里，这是标准的四室一厅。当她站在新居里，环顾四周时，她又想到了老周生前住过的那套市委的房子。她依稀地又看到了以前生活的影子。

当局长之后，果然忙了起来，开会、看文件，一天忙到晚。这套四室一厅的房子，她只能在晚上躺一会儿，早晨一睁开眼睛，司机就把她接走了。直到深夜，她才摸黑回到这个“家”。自从搬到局长楼后，她好长时间没有见到李伟了，不像以前他们楼上楼下地住着，见面也方便。不知为什么，自当上局长后，男女方面的事情她一下子就看淡了。她在心里说：自己已经是局长了，要找男人就找一个门当户对的，偷鸡摸狗的事千万不能干了，让人知道，这个局长还怎么当啊。

李伟是在星期六的傍晚敲响她的门的。她中午参加了一个活动，刚进家门不久，她正伏在茶几上看一篇明天会议上的讲话稿。这时李伟敲门了。她拉开门的时候，看见李伟的一瞬，有些犹豫，不知是让他进来好还是把他关在门外。李伟一闪身进来了，他径直坐到沙发上，她立在门口，想了想，把屋里的灯都打开了。突然而至的光明让李伟有些无措，但他还是立起来，一把抱住她说：姐，好久没见了，想死我了。

她从他的怀里挣脱出来，理理头发认真地说：李伟，你以后就不要来了。

李伟错愕地望着她，一时不知说什么好。

她平静地说：这个楼里住的都是领导，你来这里，让别人传出去，我这个局长还怎么干？

李伟明白了，他的脸红一阵白一阵，最后咽了口唾沫艰难地说：明白了。

他说完走了出去，拉开门时回过头来说：艾局长，再见了。

随后是一声“砰”的关门声。

她的心随之关上了。她怔了一会儿，心想：他以后真的不会来了。想完，心里就有了一种异样的感觉，说不清是留恋还是失落。她还没醒过神来时，电话响了，她整理了一下思路，向电话机走去，她又是局长了。

不久，她听机关的人说，李伟又谈恋爱了。

她听到这个消息时，发了一会儿呆。

又不久，李伟结婚了。她没有参加他的婚礼，那天她去参加了一个剪彩仪式，就让自己的司机给李伟送去了一份红包。

后来，她只在办公室里见过李伟几次，谈的都是工作上的事情。李伟在她面前也摆正了自己的位置，他就是个处长而已，他面对的是艾局长。

很多人都关心着艾莉的感情问题，组织部郭部长还有市委副书记都热心地帮她张罗过，介绍的对象大都是已经退休多年、丧偶的老局长或人大副主任什么的，最终她也没挑到合适的，这事也就罢了。在她当局长的日子里，她也真的没有闲心去想自己的私人问题了。

又是结果

艾局长退了，她已经不是局长了，只能称她为前局长。

前局长艾莉，面对自己空荡荡的家和空荡荡的生活时，她要好好想一想了，想一想曾经有过的经历，还有以后的事。

母亲，活着真好

一

公元 1960 年那个冬天，雪下了一场又一场，寒冷与饥饿同时侵袭着这座城市。

文师傅一家早就揭不开锅了，锅底仍然烧着柴火，很旺地燃着，半锅水沸滚着，蒸腾起丝丝缕缕的白气。大林那一年十岁，大秀八岁。两个人眼巴巴地望着清汤寡水的锅，一团一缕的雾气笼罩在他们的头上。先是大林的肚子咕咕噜噜地响了一阵，大秀的肚子仿佛受到了传染，也没命地响了起来，于是，两人就拼命地嗅着蒸气，蒸气淡得没有一丝荤腥，两个孩子就挺悲凉的样子。

母亲淑贞正望着窗外茫茫的雪地在发呆，该想的法都想过了，能吃的都已经吃了，真的没什么再能吃了。母亲淑贞只能冲着外面的雪地发呆了，她是个女人，见不得孩子饥饿的模样，她心疼，疼得发紧。

那一年的冬天，不仅文师傅一家在忍饥受饿，全国的老百姓都在忍受着饥饿的煎熬。文师傅一家面对着一锅白开水的日子也就不足为奇了，文师傅一家和许多家庭一样，他们脑子里只剩下了一个念头，那就是饿。

文师傅袖着手很惶惑地在屋里走，他这种走法是和厂长老苏学来的。老苏遇到头疼的事时，也是这么走。老苏在厂里总是说一不二，样子就很权威，于是许多工人都崇敬老苏的一举一动。文师傅在这个饥寒交迫的冬天，无意地学着厂长老苏的样子在屋里走来走去。文师傅走了一趟，又走了一趟，功夫不负有心人，他终于找到了寻找吃食的办法，他想起了城外的西大河。夏天的时候，他偶尔能在那里抓到一两条鱼，既然河里有鱼，那就是文师傅一家的希望。想到这儿文师傅有些兴奋，他紧了紧腰带，冲淑贞说：我出去一趟。

淑贞对文师傅的话已经感到麻木了，一个冬天他已经无数次地说过这样的话了，大部分时候，他都会空手而归。淑贞脑子里像外面的雪地一样，空荡一片。

文师傅走过灶台时，想喊上大林和自己去做伴，但他看见大林贪恋地正一口又一口地嗅着蒸气，他就没忍心叫上大林。走出门口那一刻，他听见大秀有气无力地冲他说：爸，饿，饿。

他回头望了眼大秀，大秀透过蒸气正眼巴巴地望着他。他心里悲壮地说：孩子，你们等着吧，晚上让你们喝鱼汤。

结果是一家人晚上没能喝到鱼汤，第二天也没能喝上鱼汤，文师傅出事了。他掉进了冰窟窿。文师傅赶到西大河时，人们在冰面上留下了数不清的冰窟窿，许多人已先文师傅一步来到了西大河，他们的目的是一样的，那就是抓鱼。冰面上的冰窟窿比水里的鱼还多，很多人一无所获，垂着头袖着手走了，整个河面上仍留下几个坚定不移的人在冰窟窿面前守株待兔，文师傅别无选择地也只能在那里守株待兔了。他蹲在寒风刺骨的冰面上，望着冰窟窿里缓缓流动的清水，连鱼的影子也没有，他也短暂地有过动摇的想法，可一想起大林和大秀笼罩在水雾里的两张小脸，他又打消了回去的念头。他在心里默默地祈祷着，希望有一条鲜活的鱼出现在他的面前，然后他奋不顾身地扑过去，晚上的时候，一家人就可以热热乎乎地喝鱼汤了。就在文师傅几乎绝望时，那条期盼的鱼终于出现了，文师傅顿时热血沸腾，他整个身体扑向了冰窟窿，鱼是被他抓到了，但他人也掉进了冰窟窿。如果正常的情况下也没什么，但他的双腿已经冻僵了，不听使唤了，直到第二天文师傅才在下游被人从另一个冰窟窿里捞了上来，手里仍死死抓着那一条尺把长的鱼。

淑贞得到这一消息时，顿时晕了过去。

大林和大秀奔向西大河时，看到了父亲僵硬的身体躺在岸边的雪地上，手里仍举着那条鱼。两个孩子瞪圆了眼睛，他们被眼前这一幕惊呆了。

直到他们喝完了父亲用生命换回的那条鱼做成的汤时，他们才哭出了声音。那一刻，他们才真切地意识到，父亲已经远离他们而去了。他们失去了父亲，但他们并没有清醒地意识到，今后的日子该怎么过。

二

屠宰场的杨师傅在危难之时，走进了他们的生活。

杨师傅绰号杨麻子，麻子的历史悠久。杨师傅三岁那一年出天花，便留下了这些麻子。杨师傅也曾有过光辉的历史，他参加过著名的抗美援朝战争。杨师傅只是连队的一个炊事员，打仗的事没轮上几回。只有一次，杨师傅挑着两水桶饭菜到阵地上给士兵们送午饭，半路上碰上了两个美国黑人伤兵，或者说是逃兵，一个伤在腿上，一个伤在胳膊上。其实他们伤得并不重，两个伤兵相扶相携地往后方撤离，或许是迷了路，他们撤到了志愿军的后方，就这样杨师傅和他们相遇了。这一相遇，他们都被对方吓着了，在一条小路上，三双目光交织在一起，他们一时竟都不知如何是好。杨师傅想到了跑，但他又想到，自己跑得再快，也跑不过美国兵的子弹，他们身上都背着枪。杨师傅不知道他们的枪里已经没有子弹了。求生的欲望，让杨师傅豪情万丈，从后腰里抽出菜刀，号叫着向两个美国兵砍去，两个美国兵还没有反应过来，他们的脑袋就开了花。

为此，杨师傅立了功，这也是他唯一立过的一次功。杨师傅复员的时候，被屠宰场的场长看上了，场长说：杨师傅连美国兵的脑壳都敢劈，整死几头牲畜算啥。于是，杨师傅就来到屠宰场上班了。

杨师傅整日杀猪宰羊的，近水楼台，总能得到一些牲畜们的下水，还有心呀肝呀肺什么的，提回家洗吧洗吧炖了吃了。杨师傅整日里满面红光，脸上的麻坑里都洋溢着下水的气味。

冬天，杨师傅的日子也很不好过，牲畜们似乎被他杀尽了，在那年冬天，有时十天半月的也捞不上来一头猪，眼见着杨师傅脸上的麻坑日渐委顿下去。但他的日子总能比别人好过一些。

他和文师傅一个胡同里住着，文师傅出事了，他首先想到了淑贞和两个无依无靠的孩子。淑贞可是这条胡同的美人，脸不管怎么风吹日晒，总是那么白净，头发又黑又亮，什么衣服穿在淑贞的身上都是那么好看。杨师傅经常望着淑贞的身影发呆，杨师傅那时还没有成亲，快四十岁的人了还一个人干熬着。不是杨师傅愿意这么熬着，是没有人愿意嫁给他，如果长得丑点儿有个好工作也好说，两下都占齐了，谁愿意嫁给一个整日里杀牲畜的人呢。

文师傅的死给他提供了这样一个机会。刚开始杨师傅并没有非分之想，他只出于对淑贞的怜惜，在一天夜晚，他用报纸包着一堆骨头，推开了淑贞的家门。在那一刻，这骨头对淑贞一家意味着一次难得的盛宴，骨头们被杨师傅当场砸碎了，然后放在一锅沸水里煮着。当香气在淑贞家弥漫开的时候，淑贞的眼泪流了下来。杨师傅看见淑贞的眼泪，自己的心里也挺不好受的，他吸溜着鼻子说：哭啥，不就是一堆骨头嘛。就是这些骨头救了淑贞和两个孩子的命。

走投无路的淑贞，她没有理由不接受杨师傅。在那几年的时间里，随处可以听到，一个光棍汉用两个馒头就换回一个饿得眼冒金星的大姑娘。脸黄点没什么，一身皮包骨头也没什么，将养一些时日，又是一个如花似玉的女人了。在那样的日子里，城里每天都有饿死的人，一张席子卷了，夜深人静的时候，被扔到荒郊野外，被饥饿的野狗、野猫疯扯了。每天都在死人，却听不到人们的哭声，人们已经没力气哭了，况且，谁又能保证，明天死的不是自己呢？家里死了一个人，就少了一个争嘴的，那时，人的心已经饿得麻木了。

杨师傅此时的行为，已经非常难得了，这让淑贞感激不尽。淑贞以前是熟悉杨师傅的，可她从没和杨师傅说过一句话，因为杨师傅的丑陋，更因为杨师傅的社会地位，他是一个杀牲畜的人。现在杨师傅在淑贞眼里，就是救星，是最亲、最爱的人。

杨师傅为了把更多的下水和骨头以及能吃进嘴里的东西一股脑儿都拿给淑贞一家，他的这种行为比以前大胆了许多，因此就得罪了屠宰场的场长。那时已经没有多少牲畜可杀了，偶尔有一两只牲畜被拉进屠宰场，也都非常珍贵，平时人们看不上的下水、骨头什么的，眼下也成了宝贝，也就是说，杨师傅已经没有更多的机会拿走这些东西了。杨师傅却大着胆子，不顾领导的监视把这些东西偷出来，结局便可想而知了。在这之前，杨师傅已经被列为副场长的候选人，也是因为在关键时候的这种举动，杨师傅最终没有当上副场长。

淑贞得到这一消息时，感动得哭了。由于杨师傅的接济，大林和大秀枯黄的面容已经得到了很大的改观，现在他们喝了下水汤已经睡下了。淑贞这一哭，反倒让杨师傅受不了了。他搓着大腿，满脸愧疚地说：你看，你看，这事整的。淑贞已不能控制自己了，她伏在了杨师傅的怀里，杨师傅顺理成章地把淑贞抱住了。接下来的事情就很通俗了。

那一晚，杨师傅离开的时候，淑贞蒙着被子哭了好久，她想起了尸骨未寒的文师傅。她是爱文师傅的，尤其是文师傅的死，他手里抓着的那条鱼一直在她眼前闪现。有好长一段时间，她和杨师傅做爱时，当快感即将来临时，她的眼前总是闪现出文师傅手里举着的那条鱼，这时她似乎听到文师傅在说：吃鱼吧，给孩子们熬鱼汤喝。高潮随即离她远去，任杨师傅怎么努力，她的身体总是一点点地凉下去。她觉得对不住杨师傅，每次做爱时，她都强迫自己不去想那条鱼，而是想那些可爱的下水，可是不管用，一到关键时候，那条鱼总是顽强地在她脑子里浮现出来。直到她和杨师傅共同生下小秀之后，那条鱼才彻底从她脑子里消失。

那年春天，淑贞和杨师傅去街道领了结婚证，杨师傅把淑贞和大林、大秀接到自己那两间小房里。

淑贞是个善良而又讲良心的女人，她一直都在想着杨师傅的种种好处，在关键时刻，要不是杨师傅出现，她们一家三口人，说不定就在那个冬天被饿死了。

三

过了一段时间以后，城市的居民又能在粮店里准时地领到口粮了，饥荒终于过去了。杨师傅和淑贞一家跟所有人一样，日子又恢复了正常。他们一家比常人能更多地吃到动物的下水，一家人的嘴上总是油光光的，打出的嗝也带着猪下水味。就在那一年小秀出生了。于是淑贞才彻底相信，自己已经真的嫁给了杨师傅，他们已经是一家人了。又是不久，小林也出生了，在户口本上，清楚地写着：文大林、文大秀、杨小秀、杨小林这四个孩子的名字。也就是告诉人们，家里的四个孩子，是同母异父，他们平分秋色，各占半壁江山。小秀和小林出生后，淑贞就暗下决心，再也不生了，一是生活拮据，同时，她也不想生更多的孩子，那样会打破文师傅和杨师傅在她心中的地位。

杨师傅心眼很好，在自己的孩子没有出生时，他对大林和大秀是十个心眼，现在小秀和小林出生后，对大林和大秀也是五个心眼，另五个心眼分给小秀和小林了。这就使得大秀和大林在早年丧父的情况下，并没有生活在阴影里，他们和正常的孩子一样，生活在阳光雨露中。如果事情没有变故的话，淑贞的家也会和其他家庭一样，过平常人的日子，生产快乐，也生产哀愁。

事情的变故，缘于杨师傅的身体。刚开始并没有注意，他的身体一直很强壮，有时一天晚上能和淑贞欢乐两次，而不影响他第二天把一头整猪放倒在案板上。后来就不行了，他经常停在淑贞的身体上喘，喉咙里跟拉风箱似的，浑身上下也跟水洗了似的。刚开始，淑贞以为杨师傅在她身上的事太贪了而亏空了身体，后来才发现根本不是那么回事，杨师傅的身体江河日下，拉风箱似的喘。后来，杨师傅都不能上班了，别说扛一头整猪，现在让他拿一条猪腿怕也力不从心了。

医院里去过的，结论是肺气肿，药也吃了，针也打了，就是不见效果。后来杨师傅只能回到家里趴在炕上，一口一口地捯着气。

有时一口气捯不上来，脸就被憋得青紫，夜晚的时候尤甚。淑贞经常被杨师傅捯气的声音惊醒，于是爱莫能助地说：老杨，难受你就叫一声吧。杨师傅不叫，绝望地说：牲畜们都来了，找我算账来了。

杨师傅想到了死亡，在死亡的前期他产生了幻觉，他整日里幻想着那些被他杀死的牲畜们血淋淋地站在他的面前，向他讨命，包括那两个被他砍死的美国兵。杨师傅这种幻觉使他彻底丧失了活下去的勇气，他坚定不移地认为，自己这是没有做好事，杀了太多的生命，遭到了报应。杨师傅这么一说，淑贞的眼泪便流了下来，她又想起杨师傅从屠宰场里偷偷拿回的那些牲畜们的下水。

人一绝望，死亡的速度便明显地加快了，在一天夜深人静的时候，杨师傅终于捯完了最后一口气，趴在炕上死了。杨师傅死的样子似乎很平静，死的时候，他还抓着淑贞的衣角，他把对生活的留恋都集中在了淑贞的衣角上。

面对杨师傅的死亡，淑贞已经有了明显的心理准备，她没有像文师傅死时那么惊惧，这回她沉稳了许多。送走杨师傅之后，她开始冷静地面对生活了。

四个孩子头挨头地摆在她的眼前，她不能不面对这样严峻而又现实的生活。

她一直没有工作，四个孩子也无法让她工作。在杨师傅拉着她的衣襟一角魂归西去的时候，她的心冷了，生活的重担，咣当一声压在了她的肩上，她无法逃避，为了四个孩子，就是当牛做马也认了。

那时，大林已经十六岁了，大秀也十四岁了。大林高中毕业那一年，上山下乡运动风风火火地开始了。

四

如果大林高中毕业就下乡，应该是后来人们所说的老三届那一拨。对大林的下乡，淑贞有了清醒的认识，杨师傅死后，养活四个孩子的重担都落在了她一个人的肩上。她一直没有工作，自然就没有固定收入，街道的领导显得很人道，给淑贞指出了一条生路，让她去拾废品。拾废品不用按时上下班，出去一天，怎么也能有所收获。于是淑贞就开始拾废品了。别看那时候日子都不好过，拾废品的人也并不多，况且也不是想拾就能拾的，需要街道出具证明，废品收购站才能收购你拾到的废品。在相当长的一段时间里，四个孩子并不知道母亲在拾破烂。

每天四个孩子上学去了，淑贞就把衣服换了，背着一个篓子上街去了，地界早就划分好了，她只能在自己所居的街道这一带活动。淑贞时间掌握得很准，等孩子们快回家时，她已经先孩子们一步回家了，从容地换好衣服，淑贞就又是淑贞了，她不想让自己的孩子知道自己在拾破烂。在孩子们回来前，她总是把自己洗了又洗，然后提上袋子，去菜站买一些论堆卖的菜，牲畜下水什么的，她隔三岔五地仍提回一些来。一家人的胃，被杨师傅培养得已很能接受下水了，时间一长不吃下水，一家人的胃就显得空落落的，淑贞为了不让孩子们委屈，她仍隔三岔五地提一些下水回来，学着杨师傅生前的样子，把下水洗净，然后放在锅里炖上一气。

小秀和小林那时还在上小学，不谙世故，父亲死了，他们觉得生活并没有太大的变化，因此，无忧无虑地该干什么还干什么。大林和大秀已经发现了母亲的变化。

一天，大林的学校提前放学，他看见了母亲。那天的淑贞收获颇丰，她背上的废品篓已经装满，怀里还抱着一堆废报纸，她正沉重地往废品收购站走，那一刻，她心里洋溢着丰收后的喜悦，她想卖完废品，就去买一些下水，晚饭一家人又会得以改善了。就在这时，大林发现了母亲。他刚开始并没敢确认那个弓着腰背着破烂篓的女人就是母亲，他只是觉得这个人的动作有几分熟悉，当他超过这个人时，回了一次头，结果就发现了母亲。那一刻，他睁大了眼睛，呆呆地望着母亲，淑贞也看见了大林，四目相视，两个人一时都不知如何是好。

还是母亲先反应过来，她有些羞愧地冲大林笑了笑，然后问：今天这么早就放学了？大林这时凄楚地叫了声：妈。他走上前不由分说接过母亲肩上的篓子，背在自己的肩上，头也不抬地往废品收购站走去，大林的眼泪一颗一颗地落在他的脚上。淑贞看在眼里，她一句话也没说，那一瞬，她才意识到，大林已经长大了。

那天晚饭，大林没有去吃那些下水，他只干咽了几口饭，便放下了碗。晚上，孩子们都睡了，淑贞也正准备躺下，大林走了进来。大林说：妈，我不想下乡，我要上班。淑贞也何尝不这么想呢，可留在城里又谈何容易呢。

大林又说：妈，我要工作，养活一家。

淑贞看着大林，眼泪流了下来，她不是难过，她是激动。儿子大了，可以为自己担忧解愁了。

那一夜，淑贞一夜没睡，她在想着大林的出路。文师傅在世的时候，是铸造厂的翻砂工，把一勺又一勺铁水倒在模子里，铁便变成了一块又一块有模有样的铸件。淑贞想来想去就想到了文师傅工作过的铸造厂。如果说淑贞还能和外界有瓜葛的话，也只能是文师傅生前工作过的厂子了。现在年呀节呀什么的，文师傅生前那些好友，偶尔还会到家里来坐一会儿，说上几句安慰的话，淑贞透过话语，依稀地还能感受到一些温暖和希望。

文师傅死的时候，厂长老苏来过，淑贞是认识厂长老苏的，老苏长了一副宽额大脸，头发向后梳着，说话的声音很高调。那时，老苏拉着她的手，说了一些安慰的话，那阵子，老苏说话的声音一点儿也不大，他的肚子也是空的。淑贞想到了厂长老苏，仿佛抓到了一棵救命草。

第二天，淑贞找到了厂长老苏。老苏的样子似乎和前几年变化不大，只是头发有些稀疏了，眼睛也有些浑浊。他见到淑贞那一刻，并没有马上认出淑贞，他愣在那里，很费劲地想着，记忆力似乎不如以前。后来淑贞才知道苏厂长的老婆中风后，瘫在床上已经有好几年了，日子过得一点也不好，苏厂长这几年老得就很快。

淑贞就说：苏厂长，我是文师傅家的淑贞呢。

这一句话提醒了苏厂长，他一拍脑门想起了淑贞，又是让座，又是倒茶的。苏厂长的目光停留在淑贞的腰身上，咂着嘴说：还是那么漂亮。淑贞脸一红，接下来就换上了一脸愁容。说到了自己的四个孩子，说到了眼下的处境，又说到了大林即将毕业，等等，老苏就咂嘴。淑贞说完了，老苏仍在咂嘴，他说这事不好整，文师傅都去世这么多年了，说接班也太晚了。

淑贞听了这话，泪又流下来。老苏就瞧着流泪的淑贞。淑贞流泪的样子很有女人味，生活的磨难没有让她这个美人坯子减去多少容颜，老苏望着眼前的淑贞心里就动了动。他终于伸出一双潮乎乎的手把淑贞的双手握了，淑贞感受到了老苏的一份真诚，她又看到了几分希望。

从那以后，淑贞隔三岔五地就去找老苏，老苏仍为难，但他答应想办法。每次他见到淑贞，总是热情地捉了淑贞的手，如果没人的时候，他握住淑贞手的时间会长一些。身为女人的淑贞感受到了老苏的心理变化，她去找老苏的次数多了，就影响了老苏的正常办公。在找老苏的过程中，不时有人敲门进来向老苏汇报这汇报那的，他们的谈话不得不中断。其实他们也没什么可谈的，该说的都说了，淑贞的要求简单而又明了，那就是希望大林来铸造厂上班。老苏的回答就是很难，上山下乡，是伟大领袖毛主席提出来的，全民都得响应，但也会有个别空子可钻，就看怎么钻了。淑贞在一次次绝望中，看到了希望。

那一次，淑贞找老苏时，老苏正在会议室里烟熏火燎地开会，淑贞没能和老苏谈成，但老苏告诉淑贞：下班后到我办公室里来吧。那天傍晚，淑贞意识到要有事情发生了，但她又不能对即将发生的事有丝毫的改变，她怀着一种极其复杂的心情于傍晚时分敲开了老苏的办公室。老苏果然如约地等在那里。

正如淑贞预料的那样，很快老苏就把她抱到了办公桌上，然后宽衣解带，该发生的事都发生了。完事之后，老苏很满足地坐在椅子上喝水，喘气，淑贞一边系扣子，一边坐在一旁哭泣。本来她是不想哭泣的，这种行为她甚至有许多自愿的成分，但是为了打动老苏，她还是哭泣了起来。这回老苏就斩钉截铁地说：钻空子的事我想好了，就这么办。

她不知老苏要怎么办，心里踏实了一些。她只有付出心里才会踏实。无奈的她只能走这一条路了。

从那以后，她隔三岔五地会在傍晚的时候敲开老苏的门，她每次来第一句话都是问：大林的事有进展了吗？但结果每次都会躺在老苏的办公桌上。她感觉到，那张桌子很硬，硌得她的腰都快断了，但她只能那么忍受着，任凭老苏在上面折腾。老苏的年龄毕竟大了，也折腾不出什么水平了，只一会儿，老苏就下去了，然后就气喘着说：大林的事快了，你再等一等。

母亲反常的举动，引起了大林的关注，他已经是年满十八的大小伙子了，有些事他虽不说什么，但还是隐约意识到了。他什么也不问，只用目光探询地望着母亲。淑贞不敢正视儿子的目光，低着头冲大林说：你的事快了。

老苏是个讲义气的人，他果然说到做到，他先是打通了上山下乡办公室的关系，又让淑贞在街道开了一张情况证明，在高中毕业前夕，大林如愿地到铸造厂上班了，理由是接班。

直到这时，淑贞才长吁一口气，为庆祝大林上班，淑贞又炖了一锅猪下水。不知为什么，她一口也吃不下去，仿佛有什么东西一直在心里堵着。大林也一口没吃，大林觉得有些沉重，甚至更复杂。淑贞一顿饭还没有吃完，便放下碗，刚开始，她一直在心里说服自己不要哭，可是眼泪就是不可控制地流出来，最后她干脆放声大哭了起来。

五

大林终于上班了，窘迫的家境得到了改善。虽说大林只是个学徒工，但毕竟每月还有十几元的收入。

淑贞不能让大林一个人养这个家，况且大林也没能力养这个家，她仍背着孩子去拾废品。在拾废品的事情上，她曾和大林有过一番对话。那是大林上班两个月后，两个月对大林来说似乎过了两年，大林比以前成熟多了，铁水烤得他的脸庞又黑又红，淑贞依稀地在大林的身上看到了文师傅的影子。这让她感到踏实，还有一种摸不到的幸福。

大林说：妈，你别再干那个了。

淑贞说：这个家不能苦你一个人。

大林说：我行，不抽烟不喝酒，钱都给你。

淑贞说：大林，你都上班了，也老大不小了，小秀、小林毕竟不姓文，你以后还要结婚过日子。

大林就不说话了，把头很深地勾下去。从那以后，大林每个月都如数地把工资交给母亲，淑贞每次都会从大林的工资里拿出两元塞给大林说：你也是个男人了，兜里不留两个怎么行。

大林在几天以后，又总是默不作声地把那零花钱塞给母亲。淑贞的心里就很沉重，大林越懂事她心里越沉重。

淑贞每个月不到万不得已并不动用大林的工资，她偷偷地把钱替大林攒起来。她早出晚归地去拾破烂。

终于，小秀和小林知道母亲拾破烂的事了，他们先是听同学说的，他们不信，以为是在侮辱他们，争吵着和同学打起来，直到有一天，他们发现了母亲穿着破衣烂衫，在街边的垃圾堆翻捡着，才相信这一切竟是真的。

那天晚上，小秀、小林的心情可想而知。他们觉得自己毫无颜面，同学的父母，不是党员就是干部，最差的也是工人，有几个人的父母是捡破烂的呢？他们青春年少的自尊心受到了空前绝后的打击。他们用绝食的行为对母亲无声地抗议着，他们一边流泪，一边别着头，不理母亲。母亲就小声地和他们说话，讲生活，讲工作的贵贱。

大林见小秀和小林这样，看不下去了，他放下饭碗，粗暴地把两个人拉到自己身边，每个人打了一个耳光，然后气汹汹地说：你们有能耐就去当厂长。

小秀和小林从那以后，不敢再抗议了。但他们在外面看见捡破烂的母亲，从不上前叫一声妈，甚至发现了母亲，他们都是远远地绕开。在同学面前，他们闭口否认那是自己的母亲。这样的情形，一直持续了很多年。

淑贞自然知道孩子们的心理，有时她望着孩子们的背影，那仓皇躲避的小小背影，她的眼泪止不住流出来，她用脏了的衣角去拭泪。

转眼，大秀也高中毕业了，大秀没有理由不下乡了，大秀不可避免地下乡去了。

大秀下乡的地点离家很远，在内蒙古一个叫乌拉普的地方。这是大秀第一次远离家门，淑贞自然牵肠挂肚。大秀下乡后不久，便给家里来了封信，她在信中告诉母亲，乌拉普距蒙古国边境才几十公里，那里的情况很紧张，半夜时分经常可以看到草原深处会莫名其妙地升起信号弹。他们这批知青，对外叫建设兵团，一手拿锄头，一手拿枪，时刻准备着。那时中苏关系很紧张，乌拉普那个地方距边境又那么近，战争态势又一触即发。

淑贞的心便提紧了，从那以后，她开始关注国际、国内的大事了。淑贞没读过书，不认识字，她一狠心，买了一个半导体收音机，整天她都会把半导体开着，收听国内外的一些大事。

仅有这些仍是不够，她在捡废品的过程中，把捡到的废报纸，她认为可能有重要大事的，抖干净，抚平，然后拿回来让大林读给自己听。大林刚开始还显得比较有耐心，逐条地念给她听，后来就烦了，不再读那些过时的新闻。她就求小秀，那时小秀已经读初中了，通常的字也认识了，正是想表现自己的年龄。每天晚上吃完饭之后，小秀都会字正腔圆地为母亲读上一阵报纸。母亲在新闻里，一会儿把心放下了，一会儿又把心抽紧了。她就在这紧紧松松中，提心吊胆地过着日子。

有时大秀时间长了不给家里写信，淑贞的心就悬了起来，她三催四促地让大林给大秀写信，她总是亲手把信扔在邮箱里，直到大秀来了信，她才长吁一口气。

逢到年啊节的，她对大秀的思念和挂记达到了顶峰。每次过年过节吃饭时，她总是在大秀在家时常坐饭桌的位置上摆一只空碗，把一些饭菜夹到那只空碗里，然后絮絮叨叨地说一些大秀在家时的种种好处。絮絮叨叨中，淑贞就动情了，眼泪就流了下来，弄得一家人都没心思吃饭，于是就不年不节的了。

以大林为首的三个孩子，都怕过节。

淑贞开始节衣缩食，她把钱攒下来，买一些吃食打成包寄给远在内蒙古的大秀。

大秀下乡后的第二个春节，千里迢迢地回来过了一次年，大秀在母亲眼里变了，变得高了、壮了，也黑了。母亲不认识似的摸着大秀的手，左看右看，恨不能把大秀看到眼里。那几天，是一家最热闹最幸福的时光。

晚上睡觉的时候，母亲把大秀的被子铺在自己的身边，她一遍遍地问东问西。大秀告诉母亲兵团战士如何在草原上开荒种麦子，又如何在夜晚身背钢枪顶风冒雪地巡逻，这一切大秀在信中都说过，已经不新鲜了，但还是听得母亲心里一跳一跳的。

那些日子，淑贞的觉睡得少，她总是数次醒来，然后披衣而坐，望着睡梦中的大秀，这么看，那么看，总也看不够的样子。

分别的日子终于到了，大秀还是离开了家，离开了这座城市，回到了乌拉普。那些日子淑贞就跟丢了魂似的，她喊每个孩子的名字，都会脱口而出喊大秀的名字。

淑贞从那以后学会了发呆，正干着一件事，她会突然停下来，冲着什么发呆片刻，然后自己问自己：大秀不知干啥呢？这么问完了她才清醒过来。

陆续地，开始有下乡的知青返城了。母亲似乎又看到了希望，她一次次让大林写信询问大秀什么时候才能返城。大秀的回信很让她摸不着头脑，大秀一会儿很乐观，一会儿又很悲凉。悲凉的时候大秀就说些豪言壮语，例如，扎根边疆志不移，广阔天地大有作为等。后来大秀才说了实话，他们这批知青很多，回城的名额很少，一般人是得不到这个名额的，那是有门路的人才能争取到名额的。

淑贞那些日子一趟趟跑街道办事处，询问下乡知青回城怎么办手续，一趟又一趟，最终也没获得什么新进展。

六

正当母亲淑贞一趟又一趟地为大秀回城寻找出路时，内蒙古乌拉普的大秀心里灰暗到了极点，眼看着一个又一个知青都回到了城市，她在心里暗算过，依照这样下去，她得最后一个回城，比她晚下乡的知青都走得差不多了，她仍遥遥地没有一丝指望。她清楚自己所处的位置，回乡的那些知青，大都有门有路的，就是没有直接的门路，也能七绕八绕地拉上一些关系，她不能指望一个拾垃圾的母亲，她只能自己拯救自己了。她没能想出更好的办法，横下心，只能扎根内蒙古了。于是，她和一位暗恋她多年的放牧能手结婚了。当地政府很重视也很支持大秀的选择，政府出面，很隆重地为大秀举行了婚礼，红花呀、锣鼓呀自然是少不了的。那新婚的晚上，豪放的牧民们拉着马头琴。琴声低沉悲缓，仿佛拉在大秀滴血的心上。

大秀结婚半年以后，她才写信把这一消息告诉了家里，当大林为母亲读完大秀的来信时，淑贞许久没有说话，她坚强地咬着嘴唇使自己的眼泪不流出来。

大林知道母亲心里不好受，装好大秀的信，蹭在一旁想自己的事去了。大林正面临着结婚，姑娘是返城知青，安排在他们铸造厂，给他当了一阵徒弟，于是两人就好上了。大林正在为自己的事发愁，想结婚又没房子，他正琢磨用什么办法，在厂区临时搭建的宿舍里占上一间。

小秀正面临着下乡，心态却和大秀当初下乡时大相径庭。小秀正在恋爱，恋人自然也将和她一同下乡，恋人的家庭条件很好，父亲在市政府工作。因此，小秀就显得无忧无虑。小秀在四个孩子中学习上应属最不用功的一个，但她却是四个孩子中最漂亮的。她继承了母亲淑贞所有的优点，并发扬光大。小秀号称是校花，有众多的男孩子向她大献殷勤，于是她看上了家庭条件好的一个男生谈起了恋爱。

亢奋的小秀对姐姐的做法简直是举双手赞成，她说：这有什么呀，哪里都能生根开花。

淑贞白了小秀一眼，小秀没把母亲的白眼放在眼里。没过几天高高兴兴地下乡去了，她把下乡这么重大的事当成了一次旅行，她甚至都没让家人送一送。小秀去的农村，离家并不远，坐车只需一个多小时，那里的农村又是这一带最富裕的地方。当然这都是爱着小秀那个男孩子父亲运作的结果。

小秀隔三岔五，出其不意地就会回到家里，住上个三日两日，然后嘻嘻哈哈地就走了，仿佛她仍在上学。淑贞对小秀的状态，也满意也不满意，满意的是，从小秀的情形上看，并不是去吃苦，而是去享受，这样一来她就不怎么为小秀操心了；不满意的是，小秀整天嘻嘻哈哈的样子，让她放心不下，在母亲的印象里，生活不应该是小秀这个样子，而应该是严谨、沉重的。

小秀下乡刚满一年，便名正言顺地返城了，恋人被父亲安置到区政府工作，一下子就进了机关，而且享受干部待遇，也就是那时经常所说的以工代干。不久，就真的当上了干部，不久又当上了科长。小秀则被安排到全市那家最大的百货商场当售货员。

母亲对小秀这一结果，终于松了一口气，她没有理由再为小秀担心什么了。孩子们回家时，她说得最多的就是小秀，她不停地说：你们看小秀，从没让我操心过。她这么说时，大林就羞愧地低下了头，小林正在读初中，他的前途未卜，看眼下的形势，他也无法超过姐姐小秀，也只能把头低下去。远在内蒙古的大秀听不到，但母亲让小林写了封信，把家里的近况和小秀个人的事情详细地对大秀说了。

不知为什么，自从大秀扎根边疆志不移之后，就很少给家里写信了，即便来上一封，也是三言两语的，语焉不详，仿佛她没什么可说的，或该说的都已经说过了。

大秀这一状况深深地引起了母亲的忧虑和牵挂。她决定去内蒙古乌拉普一趟，不亲眼看一看大秀的生活，她将寝食不安。经过一段时间的精心准备，出发前又让小林给大秀写了封信，于是就上路了。

先坐火车，再坐汽车，坐了汽车又坐汽车，三倒两转，昏天黑地，她足足在路上颠簸了一个多星期，才辗转着到了乌拉普。母亲的出现使大秀一家惊呆了，大秀做梦也没想到，母亲会千里迢迢地跑来。大秀在母亲到达之前，一直没有收到弟弟小林写的信，直到母亲在大秀家住了十几天，要走的头一天，那封信才落到大秀手中，从这封信辗转的天数来看，乌拉普是多么偏僻之地呀。

大秀家并不像人们想象的住的是蒙古包，他们也住土房，是干打垒做成的，这和内地的土坯房多少有些差别。蒙古包是有的，放牧季节，人们用马驮着，放牧到哪里，便在哪里住上一夜。不过这几年已经不时兴放牧了，牧场统统被翻耕种上了麦子，可惜麦子收获却很可怜，有时还抵不上种下去的种子多。大秀这些人的日子便可想而知了。但牛呀、羊呀的仍比内地的多，他们吃不上麦子，便吃奶砖，喝奶茶，但这些东西太金贵了，不是客人进门，他们是不会拿出这些东西的。

大秀用奶茶招待母亲，母亲喝了第一口奶茶便吐了出来，她不习惯那种味道。大秀没有办法，只能用玉米楂子招待母亲，建设兵团天天种麦子，却吃不到麦子，这些玉米楂还是从内地运来的，定量地供给这些种麦子的人。但是他们仍然相信，人定胜天，说不定哪一天，他们种下去的麦子，在秋天到来的时候，会一望无际，万顷麦田翻金海，这是他们的理想。

母亲捧着碗，喝着粥，眼泪就流了下来，她又想起了1960年那个难过的冬天。蒙古女婿显得很朴实，他操着生硬的汉语，一口口地叫妈。大秀的孩子出生了，奶水不够，几个月的孩子只能去喝奶茶。大秀瘦得皮包骨头，两眼灯笼似的。眼见着这一切，母亲的心都要碎了，她难过，伤心。她不顾蒙古女婿和大秀的留劝，毅然地告别了乌拉普，辗转着回到了城市。她一回到家，便一头扑倒在炕上，号啕大哭起来，哭得上气不接下气，为受苦的大秀，还有自己尚不懂事的外孙。母亲大病了一场。病愈后的母亲，头发一下子白了一半，脸上的纹路也深了许多。

从那以后，大秀长大秀短的又回到了嘴边。每次吃饭，只要一端起饭碗，她就开始叙说大秀，以及大秀的生活。然后她眼泪汪汪地冲大林和小秀说：你们要是还有良心，就从牙缝里挤出点寄给大秀，大秀的日子苦啊。说到这儿泪水就流了出来。几次三番地说罢之后，大林在自己准备结婚的费用中，拿出了五十元钱寄给大秀，小秀在商场里为大秀选购了一件削价的衣服寄给了大秀。小林还在上学，没有经济来源，只好作罢。

后来，每到吃饭的时候，三个孩子端着碗在饭里夹了些菜，他们都躲到一旁去吃了。淑贞泪眼蒙眬地正叙说大秀时，一抬眼见三个孩子都远离她而去，泪水更加汹涌地流了出来。她骂三个孩子没良心，没人味，忘了他们的妹妹和姐姐了。

母亲更频繁地走街串巷去拾垃圾废品，一分一毛的钱攒起来，于是，每隔一段日子，她便把三五元钱通过邮局寄给大秀。每次大秀来信都说：妈，钱就别寄了，我们现在挺好的，都习惯了……

小林每次读姐姐的来信时，母亲都泪水涟涟。

大林终于在厂院的临时住房里挤出了一间，高高兴兴地结婚了。他很少回来，因为他每次回来，母亲又是眼泪又是絮叨地说大秀，把几天积攒起来的好心情都破坏了。他的日子过得也紧巴，拿不出更多的钱资助大秀。

小秀也结婚了，小秀的婚礼比大林的高档了许多。是一辆上海轿车挤进胡同把小秀拉走的。小秀不住这种小房了，而是住进了楼房，和公公婆婆住在一户，小秀偶尔回来看望母亲，每次回来都是市府大院长长短短的，公公就住在市府大院里，她有千万条理由批判生她养她的大杂院。每次回来她总是说：妈，你别再捡破烂了，多丢人呢，以后我养你和小林。说是这么说，并没见她拿出一分一厘，只是在年呀节的给母亲捎来一条鱼、一盒月饼什么的。

母亲仍早出晚归地去拾破烂。

七

全国恢复高考的时候，小林正在读高一，一家人都说小林赶上了好时候，还有一年多时间，努力冲刺一下，说不定小林能成为一个大学生。小林也意识到自己的前途和命运真的和高考联系在一起了，这些年，他最担心的就是下乡，他怕像大姐一样，下了乡再也回不来了。后来不下乡了，可找一份好工作比登天还难，凭自己家的条件，他知道无论如何也是找不到工作的。于是小林就把宝押在了高考上，目前，他只有这么一条路可走了。

那些日子，小林总是早起晚睡的，在那些日日夜夜里，人们可以看到如下这些场景：天刚放亮小林就起床了，他夹着一本书，站在马路旁的路灯下面，身子靠在电线杆子上，过了一会儿，又过了一会儿，小林的头一点一点的，眼皮也在撕撕扯扯地打着架，一辆车驶过，或别的什么一声响，小林又激灵一下睁开眼睛。晚上的时候，小林伏在案前做习题，他时常痛苦地咬着笔头，一副愁眉不展的样子。眼皮自然也打架，然后他就走到外间，接一脸盆凉水把头扎进去，他一次次这么反复着。

母亲看到这样的场景，就很是不知如何是好，动作自然是小心翼翼的，她一次次轻手轻脚地出现在小林身旁，希望自己能帮小林做点什么。小林正为解不出题而焦灼着，见母亲这样，便没好气地说：妈，你别烦我了，你睡你的。

母亲就躺下了，睡是睡不着的，她一次次起身，望着小林伏案的身影，不知过了多久，小林啪嗒一声拉灭了灯，一切都进入黑暗。她谛听着小林真的熟睡过去，才长叹口气，僵硬的身体放得平展了一些，她想：高考的罪真不是人受的。

小林这样努力了一阵子，终于努出了毛病，他一看书就头晕，脸色也开始变得苍白。刚开始母亲以为他这是熬夜过头了，便强迫小林早些休息，有时天刚黑，小林在母亲的强迫下就躺下了。这样昏天黑地地睡了些日子仍不见好，且又有了些加重的迹象，现在不看书也头晕，整天昏昏沉沉的，人愈发苍白。小林的这一现象引起了一家人的高度重视，大林来了，小秀也来了，他们一起围着小林七嘴八舌地议论，议论的结果就是，赶快去医院瞧瞧，能治就早点治，千万别误了高考。

大林和小秀出完这主意后，他们就各自忙去了，他们有工作，有家，都挺不容易的。母亲理解孩子们忙的理由，小林在母亲的搀扶下去医院做了一次检查，检查结果很快就出来了，小林得的是缺铁性贫血。医生开了一堆药，又向母亲反复强调了营养的重要性。要营养就需要钱，什么蛋呀、鱼呀、奶呀，当时对母亲来说绝对是奢侈的东西，只有过年过节，一家人才偶尔吃上一次。

为小林看病就花去了一些钱，原计划这笔钱要寄给大秀的，现在小林需要就给小林先用了。母亲想到了大林和小秀，这时向他们伸手，他们是不会不管弟弟的。大林好不容易刚成了个家，老婆怀孕，马上就要生孩子了，孩子一生，就多一张嘴吃饭了，容易吗？真的不容易。小秀日子比别人过得好一些，她嫁给的是干部家庭，小秀出嫁那天，母亲就想好了，绝不扯小秀的后腿，让人干部家庭瞧不起。大秀更指望不上。母亲思前想后，决定一个人把困难来扛，这么多年都过来了，她已经习惯了。当大林和小秀来询问小林的病情时，她只是轻描淡写地说：你们弟弟没事，只是过度劳累了，吃两顿好的就没啥了。

大林和小秀得到了这样的答复后，都长出了一口气，来到小林面前说了一些关怀和鼓励的话，该忙啥又忙啥去了。

从那以后，每天早晨小林都是一个鸡蛋、一瓶奶，晚上还会烧上一条鱼。刚开始小林不吃，他都是高中生了，该懂的早就懂了，他知道，他们现在这个样子，是不可能这么消费的。他望着鸡蛋和奶，眼泪汪汪地说：妈，我不吃。母亲知道小林的心思，于是便说：傻孩子，吃点怕啥，等你考上大学了，不是要啥有啥了。那时一个大学生在母亲眼里一点也不比状元差。万般无奈的小林，只好默默地吃蛋、喝奶。

小林上学一走，母亲就犯难了，她知道，靠拾破烂已经不行了，孩子的病是长期的事，没有钱是万万不行的。她把家里家外都琢磨过了，没有一件值钱的东西，母亲攥着空拳屋里屋外地看了一遍又一遍，她抬起头就望到了天空，是个晴日，天空干净得没有一点内容。突然间，她想起了一家医院门口站着的那几个等着卖血的人。

母亲每天拾破烂都要路过那家医院的门前，那里总是站着几个卖血的男女。他们是来这座城市上访的，他们当初也是在这座城市生活的人，当初因为这样那样的原因被赶到了乡下，今天，他们又找了回来，希望得到拨乱反正。在上访的过程中没钱了，于是他们开始卖血。一想到这一点，母亲的心脏就快速地跳了起来，浑身的血液哗哗啦啦地流。她对于血并没有清醒的认识，她生养了四个孩子，每次生孩子时，她都会流很多血，这都是她亲眼所见的，结果，她还是她。母亲不怕流血，于是母亲义无反顾地来到了那家医院门口，站在了卖血者的队伍中。

那时的医院，采血量并不大，只有那些公费住院的人需要输血时才会想到鲜血；一般人住院，就是需要输血，也会输那种比较便宜的人造血浆。直到天快黑下来时，才轮到母亲，当母亲把早已准备好的手臂伸过去时，采血的护士看了她一眼，又看了她一眼，然后有些犹豫地说：你的身体行吗？

母亲为了证明自己的身体没问题，还很不合身份和年龄地在护士面前挥舞了几次手臂，护士为了稳重起见，也为了逃避责任，最后还是让母亲写了一份保证。母亲不识字，最后是护士代她写的，大意是，卖血是自愿的，后果自负。然后又按上了母亲鲜红的手印。血这回总算是卖了。

当母亲提着用卖血的钱换来的鱼和鸡蛋时，她自己都被自己的行为感动了。她这时似乎已经看到儿子考上了大学，一张张笑脸冲着她，那是一张张羡慕的面孔。

小林吃着母亲用鲜血换回的鸡蛋和鱼时，他真的难以下咽，哽着声音说：妈，这钱是从哪儿来的？

母亲故作轻松，又有些神秘地说：这你就别管了，吃你的吧。

母亲想了想，为了让小林心更安一些又补充道：这些年，咱家多少也有些积蓄。

母亲这么一说，小林果然吃得心安了许多。在这期间，母亲又卖了两次血，每次都少不了签字画押的。

经过一阵的治疗，又是营养的补充，小林头不那么晕了，脸色也不那么苍白了。每天的清晨和晚上，又能看到小林刻苦攻读的身影了。

小林是不晕了，这回轮到母亲头晕了，每次卖完血，母亲浑身出虚汗，腿脚都有劲用不上，脸色自然也是苍白的。她不能让小林看到这些，小林在家时，她就硬撑着自己，苍白的脸上挂着微笑；小林一离开家门，她便一头扑倒在炕上，昏昏沉沉地睡上一整天。有时她担心自己会昏昏沉沉地睡死过去，但每到小林快放学时，她都会爬起来，来到菜市场，买回一条活鱼，鱼在手里跳着，她的手在抖着。

一天天的，一日日的，终于等到了小林高考的日子。结果公榜的那一天，小林没能考上大学，只考上了一个师范学校，是中专。中专生在当时也很不容易了，但母亲还是后悔，她想自己再卖两次血就好了，让小林更好地补补身子，说不定就能考上大学了。母亲自责的心一直持续了好多年。

八

母亲说什么也没有想到大秀会突然回来，自从大秀结婚后，她便再也没有回来过。

母亲去过一次乌拉普，那也是几年前的事情了。大秀的突然出现，让母亲惊讶万分。她抖动着嘴唇，半晌才喊出一声：大秀——接着眼泪也随之流了下来。自从知道大秀的真实情况后，母亲没有一天不在为大秀担心叹气。有时在梦中，她都为大秀凄楚的处境难过得伤心落泪。

母亲显得很激动，这在预料之中，大秀却很冷静，沧桑写在脸上，一般的情形就很难让大秀落泪了。大秀随身带回了一个包，春、夏、秋、冬的衣服都在那个包里了，大秀把这些衣服倒腾出来的时候，母亲惊讶地问：你不回内蒙古了？大秀长出了一口气，又长出了一口气，说：不走了。

大秀的回来，使大林、小秀、小林几人凑在了一起，他们七嘴八舌地议论着大秀的举动。

大林的意见是，大秀的这种做法很不现实，大秀已经嫁到内蒙古了，就应该是内蒙古人了，没户口、没工作、没房子的，回来干什么，哪儿来还回哪儿去吧，这样省心、干净。

小秀的观点和大林的观点相差十万八千里，她现在已经是科长夫人了，丈夫半年前当上了科长，于是小秀说话办事和以前有了明显的变化，很官方，也很前卫的样子，什么困难在她眼里都是小事一桩。她现在已经是孩子的母亲了，她一边拍打着怀里的孩子，一边见多识广地说：姐，你回来就对了，那个内蒙古有什么可留恋的，就是要饭也不能回到那个地方去。人不能让尿憋死，姐别怕，到时候我帮你想办法。

小林没有发表意见，他现在还是个中专生，书本上的那点见识，还远没到他发表对生活认识的程度，有的只是孤独的思索，于是小林在大姐的问题上就只剩下了思索。

母亲倒不担心大秀的生存，其实她早就想好了，大不了让大秀和她一起去拾破烂，也能养活自己，她最担心的是内蒙古的女婿和两个孩子，于是母亲把自己的担忧提出来了。

大秀叹了口气，这是她进家门之后的第一次叹气，然后咬着牙说：走一步看一步吧，反正内蒙古我是不回去了。

母亲见大秀决心已定，也就不好再说什么了，只能在心里暗暗地为大秀叹气。于是大秀就暂时住了下来，小林平时住校，只有周末才回来住一个晚上。母亲还照例去拾破烂，她要供小林上学，也要养活自己。在小林考学之前，小秀曾信誓旦旦地说：要是小林能考上大学，他的学费我包了。结果小林只考上了中专，上学前，小秀只为小林买了一身衣服，学费的事就不提了。母亲想，不提就不提吧，嫁出去的姑娘，泼出去的水，都是人家的人了。拿钱养自己的弟弟，好说不好听。母亲不能让这些事连累了小秀的幸福生活。在这四个孩子中，母亲最不用操心的就是小秀，嫁给了一个干部家庭，女婿又当了科长，日子过得也算可以了。

大林的生活起点不高，这些年也没有上去，一家三口仍挤在那一间小房里，两人的工资勉强维持着一家的开销。

大秀住了几天，她并没有听从母亲的建议一起拾破烂，而是一连在外面跑了几天，终于在一天晚上，她躺在炕上冲母亲说：妈，我要办个服装摊。

她的想法吓了母亲一跳，能摆摊的，在母亲的眼里就是买卖人了，大秀从内蒙古回来，浑身上下的灰尘还没有洗净，一下子就要做买卖人，着实吓了母亲一跳。她爬起身来，分明看见大秀是睁着眼说这话的，她才确信大秀不是在说梦话。母亲沉思半晌，把该想到的困难都想到了，于是一一地说出来，例如资金、摊位、执照等。

大秀却铁齿钢牙地说：妈，你放心，我会想办法的。原来大秀和当年一同去内蒙古建设兵团的一名女同学重逢了，那位女同学现在就摆了一个摊，也在卖服装，且生意做得不错。大秀经过一番考察后，终于下定决心也要摆一个服装摊。大秀的想法得到了小秀的热烈赞成，她又发誓般地说：姐，办执照的事包在我身上了。她说这话是有把握的，丈夫在区里当着科长，管的就是个体户。小秀果然说到做到，没多长时间执照就办好了，大秀在同学那里进了一批服装，当然不是现金，同学很仗义地说：你啥时候卖完，啥时候给我钱。

大秀的生活就此掀开了崭新的一页。这以后她早出晚归，披星戴月，晚上回来的时候，有时母亲都睡下了，母亲总想问问大秀的情况，还没说上两句话，大秀的头一歪就睡着了。早晨，母亲睁开眼睛时，大秀的被窝已经空了。大秀在发着狠，母亲疼在心上。母亲知道什么是生活，生活本应该就是这个样子，可轮到让子女们承受时，她又不忍心了，她要亲眼看一看大秀一天的工作，否则她的心会一直悬着。

大秀的服装摊从开业到现在，她一次也没有去过，不是她不想去，是她插不上手，也帮不上忙。那天，她七找八找地找到了大秀的服装摊，那是一条服装街上一个很不起眼的服装摊位，大秀正忙着上货，大冷的天，大秀已经忙出了一头的汗水。母亲一连叫了大秀好几声，大秀才听到，见是母亲，就说：妈，你怎么来了？大秀的确连说话的工夫都没有，每个路过她摊前的顾客，她都要想办法让他们停下来认真地看一眼她摊位上的衣服。如果有个顾客停下来，甚至试一试衣服时，大秀的神情就仿佛是见到了救星，翻箱倒柜地为人家挑衣服，帮着人家试，往往折腾一番之后，客人还是摇着头走了。大秀折腾十次八次，也不一定能做成一宗买卖。偶尔有人买一件衣服，大秀和人讲起价来，总是让母亲惊心动魄，往往是大秀最后妥协，价格一落下来，母亲担心大秀为做成这宗买卖而亏了本，大秀便很便宜地把一件衣服卖了，又笑着脸把人家送走，直到这时，大秀才长吁一口气。母亲也长吁一口气，趁摊前人少，大秀冲母亲说：妈，你帮我看一下。说完便奔跑着向厕所跑去，不一会儿，又奔跑着回来，上气不接下气的样子，唯恐耽误了一宗生意。

中午大秀吃的是盒饭，送到摊前的那一种，大秀这顿饭吃得也很不痛快，总被来看衣服的客人打断，那顿饭大秀虽吃得狼吞虎咽，还是断断续续地吃了几十分钟，最后饭菜都结了冰碴。母亲看到大秀这样，实在看不下去了，背过身，抹着泪，心疼无比地向家里走去。

晚上，母亲破天荒地买回了一斤排骨，放在锅里炖了，夜深的时候，母亲一直坐在炕上等着大秀，直到大秀回来，她把一盆烀好的排骨放在大秀面前，大秀不解地望着母亲，母亲还没等说话，眼泪就流了下来。大秀触景生情，一下子扑在母亲怀里，娘俩痛痛快快地放声大哭了一回。

艰难的日子也是人过的，大秀咬着牙挺过了最艰难的创业时期，后来，大秀请了一个人做帮手，自己负责上货，有时大秀还要和人一起到广州、温州上货，一去就是好几天。终于，大秀有了一些积蓄，她在外面租了一间房，为了放货，有时自己也住在那里。

一天，大秀突然对母亲说：妈，我想把两个孩子接过来。母亲一下子就想到了远在内蒙古的那两个孩子，女儿过的日子她是看到了，两个外孙的日子她看不到，只能抽象地记挂着，她又想起了两个孩子小时候喝奶茶的情形。其实她早就想让大秀把两个孩子接过来，但考虑到大秀眼下的困难，她一直没说出口。大秀提出来了，她当然一百个赞成。

大秀风风火火地离开了几天，终于把两个孩子接来了，当两个半大小子出现在她面前时，她的心又受不了了，两个外孙虽然穿着大秀为他们新做的衣裳，但仍掩饰不住他们受苦的内心，两个外孙胆怯地望着眼前的一切，他们很生硬地喊着姥姥。骨瘦如柴的两个孩子让淑贞的心都碎了。

两个孩子回到了大秀的身边，母亲这才知道，大秀已经离了婚，当初大秀回城时，是孤注一掷地把生存的希望放在了最后一搏上。大秀当初没把离婚的事告诉母亲，是担心母亲无法承受。

九

日子总是要往下过的，大秀的两个孩子终于能在城里上学了。大秀努力的目标，就是为了让两个孩子能在城里上学，过正常孩子应该过的生活。大秀把这两年卖服装的积蓄都用在了两个孩子身上，她又重新租了房子，一家三口住在一起，于是大秀又在城里有了一个家。

大秀的服装摊办得有些声色了，她仍天南地北地跑着去上服装。每次从外地回来，她都抽空到母亲这里看一看，可能是从小就离家在外的关系，她比其他三个孩子都懂事，每次回来看望母亲，都会给母亲捎回一件合体的衣服，或者这座城市很难见到的小吃。每次母亲看着这些东西，都为大秀花钱而心疼。母亲就说：我能穿多少？吃多少？钱是一分分攒出来的，可不敢乱花。

大秀就说：妈，以后你就别捡破烂了，这么大岁数了，我们少吃一口就有你的了。

那时小林已经师专毕业了，在一所小学校里当老师，每月都有固定的收入。母亲已经不需要为了养孩子而奔波了，捡了这么多年的破烂，她已经习惯了，她一直觉得，日子是捡破烂拾过来的，一分分地捡，于是有了今天，有了日子。虽然母亲不听孩子们的劝阻，但她听了孩子们的话，心里还是热乎乎的。有了孩子们这份体己的关怀，她满足、幸福。

正当大秀满怀热情地往前奔生活时，身体却出现了问题。刚开始的时候，大秀腰酸腿疼的，总是感到累，一个人忙这么一摊能不累吗？大秀并没往心里去，以前的苦也吃过，累也受过，最后挺一挺也就过来了。这次却不一样，大秀越挺越累，先是人瘦下来，接下来又尿血了，大秀这才感到事情的严重性，去医院一检查，结果吓人一跳，患的是肾炎。这个病已经不是一天两天了，足有几年了，此时已到了危险的关头，除非换肾，否则生命难保。

这条消息对大秀来说是毁灭性的，对淑贞来说是爆炸性的。母亲被这条消息震得惊呆了，她万没有想到好端端的大秀，会落得这样一个下场，好日子刚过上几天，老天爷就不让人活了。

母亲的心里已是柔肠寸断了，大秀这些年的苦楚，又清晰地一幕幕在母亲面前闪现，仿佛那些苦，大秀是为母亲吃的，母亲越这么想越觉得对不住大秀，只要能换回大秀的生命，让她干什么都在所不惜。母亲那时就想，要是大秀没事，她宁可再拾二十年的破烂。她翻箱倒柜地把这些年拾破烂积攒的零钱用一个包袱包了，她抱着这些角角分分的钱来到了医院，出其不意地给医生们跪下了，然后声泪俱下地说：医生，救救大秀吧，求求你们了，这是钱，你们收下吧，要是不够，以后我再还。

医生们看到这个老人，又看到了那一包零钱，他们也很为难，不是他们不想救大秀，是他们想不出更好的办法救大秀，换肾就得有肾源，这是医院奇缺的，就是有了肾源，也不一定能配上。医学是很讲究科学的，一点也不能马虎。

母亲明白了这一套程序后，突然顿悟地说：医生，那你们给看看，我的肾行不行？

她说完这句话，医生们怔了一下，半晌才反应过来，接着他们的眼睛都为之亮了一下，却马上又黯淡了下去。用亲人的肾做移植，成功率自然会很高，但看到淑贞这个样子，他们又都没有了把握，不是别的，他们担心救活女儿母亲却活不成了。淑贞在人们眼里已经很苍老了，其实她才五十多岁，生活的磨难却使她过早地苍老了。

淑贞看出了医生的担心，她又一次给医生们跪下了，然后声泪俱下地说：我都这把年纪了，多活一天，少活一天没啥，医生，求求你们了。医生仍在犹豫，他们不忍心这么做，况且就是淑贞能活过来，他们也没有十分把握救活大秀，在这种情形下，医生的心里想的便可想而知。医生不点头，淑贞干脆就不走了，她一直跪在医生的办公室里，目光坚定不移地望着每个医生的脸。

医生被淑贞感动了，他们大都是做父母的人，他们理解父母的心。他们开了一次会研究这一问题，后来得出结论，要给淑贞全面检查一次，才能决定她和大秀的肾是否吻合。于是，淑贞也在医院住了下来，和大秀住同一个病房。大秀知道了母亲的意思后，她坚决反对母亲这种做法，她不忍心看着母亲在自己面前死过一遭地那么难受，她说：妈，就让我这样吧，我命不好，我认命了。只是不放心那两个孩子……

她在为自己的孩子牵肠挂肚，如果没有孩子她面对死亡也许会轻松许多，是两个尚没成年的孩子，让她没有勇气面对死亡。淑贞又何尝不是为了自己的孩子呢，躺在病床上的母亲想起了当年为了大林找一份工作，而委身于苏厂长的情形，为了小林治好贫血病而去卖血。这一切不都是为了孩子吗？他们一代又一代的，亲情成了他们和这个世界联系最紧密的一种方式，他们为这种亲情而生，为希望而生。淑贞此时的希望就是儿女们都平平安安，快快乐乐。

此时，母亲为大秀换肾的决心比铁还要坚硬，大秀的哀求和眼泪都不能阻止母亲的决心。母亲冲大秀说：闺女，你啥都别说了，这么多年，妈对不住你，就让妈为你做点啥吧。在淑贞的感觉里，她为儿女们付出的太少了，因为她觉得自己只是一个普通女人，没能让儿女们沾光，这一点，深深地折磨着母亲。从孩子们出生那天起，母亲就有了这种自责心理，一直到死，她都在深深地折磨着自己，谁让自己是个普通的女人呢，没能为孩子谋一点福利。

医生们慎重地检查了一番，又检查了一番，得出了一个令人欣喜的结论，母女俩的身体反应很接近，适合做移植手术。很快，手术的日期就定下来了。手术那一天，大林一家来了，小秀一家来了，小林也来了。他们望着即将被推进手术室的母亲和大秀，仿佛是来做最后的告别，他们面色悲凄，神情肃穆，是大林代表一家人在手术单上签的字，这是一个大手术，危险是时刻存在的，医生们已经反复讲过了。医生越这么讲，一家人心里越没底，字还是要签的，大林颤抖着手，一笔一画地写上了自己的名字。

母亲和大秀躺在他们面前，母亲觉得孩子们有些大惊小怪，她正在为自己能救大秀一命而欢欣鼓舞着，她恨不能马上做换肾手术，自己能否醒来不重要了，她一直在向老天爷祷告，一定要让大秀健康地活下去。她被这种心情鼓舞得有些不安，她一遍遍催促医生、护士，让他们快一点。

终于，母亲和大秀被推进了手术室，母亲这时伸出一只手，抓住了大秀的手，她甚至冲大秀笑了一次。大秀嘴唇牵动着，想冲母亲说点什么，结果又什么也没有说出来。

漫长的手术开始了，终于有了结果，手术成功了。母亲和大秀又双双从手术室里被推出来，两张床挨在一起，她们终于清醒了过来。大秀看到了母亲，母亲看到了大秀，她们几乎同时把手伸给了对方，同时握住了对方的手，四目相视，母亲颤颤地叫了一声：闺女。大秀叫了一声：妈。她们普普通通的一声称呼，道出了所有人间的真情。

还有什么说的呢，啥也别说了。

母女的目光久久地凝视在一起，她们在无声地诉说着万语千言。

十

大秀终于又和正常人一样开始生活了，她的身体里多了一只母亲的肾。母亲因少了一只肾，身体已经大不如以前了，但她的精神却很好，她亲眼看到儿女们平平安安地生活着，她知足快乐。

小学老师小林也终于结婚了，结婚的对象也是一名小学老师。其实小林早就过了结婚的年龄，他一直在选择一桩合适的婚姻。四个孩子中，只有小林念过中专，在母亲眼里，小林大小也算一个知识分子了，知识分子总要有些和常人不一样的地方，这一点在小林身上得到了充分的体现。小林总是在追求生活上的唯美，他一次又一次地为书本上的道理激动得死去活来，于是，就依照那份理想，去梦想，去追寻。这一点，在小林寻求女朋友上，得到了充分的验证。

小林的女朋友谈了不下十个，见过面的女孩子不计其数。不是他看不上人家，就是人家看不上他。这是爱情没有结果的一个通病。

身为小学教师的小林，总觉得自己大小也算一个知识分子，总不能将就，一定要寻找一个合情合意的，找来找去，一直没有结果。不仅母亲着急，大林、大秀、小秀也跟着着急，他们动用了所有的社会关系，积极努力地帮助小林物色女朋友，结果小林见了一个又一个，没有一个合适的。一家忙活了一阵之后，母亲终于说：小林，你到底想要找啥样的，是不是你找的还没生出来呢？

小林就说：妈，你别管，我自己心里有数。小林有数，母亲没数，一家人都没数。在小林的婚姻问题上，最上心的应该是小秀了，他们是同父同母所生，另一个原因是，她现在已经是总经理的夫人了，以前当科长的丈夫，现在下海了，以前区里的一个工厂，现在改成公司了，于是科长就下海当了总经理。一家人就数她站得高看得远，这么多年来，她一直有这种优越感，没想到的是小林谈恋爱这件区区小事，却让她碰了一鼻子灰。刚开始，大林把工厂的女徒弟介绍给小林，小林没同意；后来又是大秀，把一个开服装摊的女孩介绍给小林，小林也没同意。这些不同意可以理解，她给小林介绍的小林也没同意，这就大大伤了小秀的自尊心。小秀给小林介绍的是他们那家超市的收银员，小秀那家商店现在已经改成全市最大的超市了。据小秀介绍，这个女孩子职高毕业，是学会计的，人长得没法说，重要的是知书达礼。小秀还说，这女孩爱学习，什么时候闲下来，什么时候看见她手里拿着一本书在读。后来小秀又补充道，那可都是金庸先生的书呀。现在小秀称呼男人，都叫先生了。小林一点儿也不给小秀的面子，小秀说的这个女孩，他连见都不肯见。小秀在小林的问题上遇到了空前的打击，气呼呼地走了。从此，她很少过问小林的婚事了。有时母亲着急，免不了叨叨，小秀就说：妈，你别管，让他自己去找，看能不能找个仙女回来。

小林没找到仙女，找到了一个自己的同行，也是小学老师。这位女小学老师情形和小林类似，她一直想找到一位心目中的白马王子，结果找来寻去的，没一个合适的，年龄就大了，最后只好打折把自己处理了。结果就和小林凑合到了一起。

这女孩姓李，小李第一次到小林家来时，家里人看女孩还算周正，浑身上下什么都不缺，可是看着看着，总觉得哪儿不对劲，母亲琢磨半天，终于发现，原来小李白眼仁多，黑眼仁少，看人时总觉得有目无珠似的。小林自己看着高兴，一家人只好也不多说什么，但小秀还是忍不住，背着小林说：这女孩，我没看出好来，怎么看怎么像个白眼狼。于是，小秀背地里就叫小李白眼狼。

小林终于和小李张张罗罗、忙忙活活地结婚了。小林是家里最小的，又是最后一个结的婚，母亲拿出了所有的积蓄，那是这么多年捡破烂攒下的钱，上次为了给大秀做手术，她想用这笔钱，结果大秀没让动。小林结婚，她一股脑儿又都拿出来了，大林、大秀、小秀依据个人情况也都凑了份子，因此，小林在四个孩子当中，婚礼算是最体面的一个。

小林结婚没房子，和母亲住在一起。

儿媳妇小李初来乍到，刚开始还比较有礼貌，妈长妈短地叫，脸上的笑容自然也比较灿烂。后来熟悉了，习以为常了，妈这个称谓就省略了，变成了“哎”。“哎”就“哎”吧，只要两口子能过得好，母亲这么想。慢慢地问题就出来了，一家三口在一起过，做饭、买菜什么的，自然都是母亲干。自从母亲为大秀换了肾以后，身体大不如以前了，儿女们死活不让她去捡破烂了，她也是力不从心了，从此，她再也没有拾过破烂，对眼前的生活状态，母亲很知足，老了，终于安稳了。问题出在母亲做饭上，勤俭了一辈子，鸡鸭鱼肉的，让她做她也不会做，于是，在吃饭的问题上就很节约。

小李就很有意见，又不好说什么，有时晚上她和小林一同下班往回走，就提出先不回家去逛街，小林自然没有什么异议，反正家里母亲做好了饭等着他们呢，早回去晚回去都一样，于是就逛。逛了一会儿，又逛了一会儿，小李就说饿了，小林提出回家，小李不同意，提出在饭店吃，于是就吃了。小林吃饭时，想到了粗茶淡饭在家里等着的母亲，心里怪不是滋味的，把自己的想法就说出来了。小李就说：你妈就那人，好吃的她消化不了。

有了初一，就有了十五。从那以后，隔三岔五地，两个人就到外面改善生活。刚开始，小林的心里还不是个味，可每次回到家里，母亲又都是好好的，母亲吃那些粗茶淡饭显得特别香甜，小林就想，这就是老人和年轻人的代沟，让母亲吃饭店，母亲一定是消受不起的。小林的心就安稳了下来。

母亲和小林一起过日子，大林、大秀、小秀三个人仍不时地来看母亲，每次来都不空手，吃的、喝的都拿来一些。母亲面对儿女拿来的东西，每次都心疼地说：我都这么大岁数了，能吃几口，你们都还一大家子人呢，下次就别拿了。

母亲心疼也是真心疼，但她还是愿意看到儿女们孝顺。这些吃的喝的，母亲从来不独享，很大方地拿出来，和小林、小李一起吃。在有好吃的时候，小李从来不张罗到外面去吃饭，而是回家和母亲一起吃。母亲吃这些时，总是显得小心翼翼，生怕不够吃，于是就捡那些粗菜吃。小林就说：妈，你吃呀。母亲就违心地说：那些东西俺吃不惯，你们吃吧。

小李这时快速地和小林交换了一下眼神，于是，两人心安理得地大吃大嚼起来。晚上两人回到自己的房间里，小李就冲小林说：我说的没错吧，你妈消受不了好吃的。小林听了不说什么，只是笑一笑。小林的心又安稳了许多。

十一

大林两口子双双下岗了，他们工作的铸造厂倒闭了。铸造厂倒闭是迟早的事，他们的铸件总是不合尺寸，又满是砂眼，在计划经济时，他们勉强可以生存，市场经济一开放，工厂就只能倒闭了。

铸造厂倒闭，对大林一家来说和天塌地陷没有什么区别。他们的孩子都上初中了，两人都没工资了，在这之前，厂子效益就不好，工资打着折扣发，勉强够一家人的吃食，因此，一家也没什么积蓄，现在只能喝西北风了。

大林两口子天天出去，八方联系着去找工作。大林两口子的事惊动了母亲，母亲本以为大林两口子都这么大岁数了，早就成家另过了，不用她操什么心了，没想到，她还要为他们操很大的心。那些日子，她每天都要往大林家跑两趟，大林两口子出门去找工作，她就坐在那里等，仿佛这样心里会踏实些。每次大林回来，母亲都很紧张，仰起头去察看大林的脸色，大林不说什么，只是叹气，不用说，母亲就明白了什么。母亲回到家后就把气叹到了家里。小林很不高兴，怪母亲尽操那些没用的心，小林就说：妈，你操心有什么用，又帮不上忙，让大哥他们自己去管自己吧。谁让他们没在一个好单位工作呢。

母亲听了小林的话，心里又难过起来，她又一次想起当年大林进铸造厂时，自己赔着笑脸，一次次在老苏的办公桌上委身于老苏的情景，那张办公桌很不牢固，在身下吱吱地响。那时她就想：就这样吧，只要大林有了工作，踏踏实实一辈子，自己就这么认了。没想到，大林没能工作一辈子，刚刚半辈子就失业了。母亲深刻地检讨着自己，要是自己不那样，兴许大林就不会到铸造厂来，也许现在大林就不会失业。想到这儿，母亲恨不能去扇自己的耳光。

母亲正在抓心挖肺地责备自己的时候，一天夜里，大林媳妇慌慌张张地来了。她带来了一个让母亲做梦也想不到的消息，大林被警察抓起来了。

原来大林真的走投无路了，一家人还要吃饭，孩子还要上学，他不能坐在家里喝西北风。他和同时下岗的几个工人，到厂子里去往外倒腾东西，然后卖给废品站，倒腾来倒腾去就有人去报警了，结果，大林几个人就被抓了起来。

很快，大林就以偷窃罪被判了三年刑。大林没能找到工作，却进了监狱，让全家人都感到很失望，最伤心、难过的自然是母亲。

大林进监狱引起了家里一连串反应，先是大林媳妇和孩子回了娘家，不久又提出要和大林离婚，两人都在一起生活快一辈子了，又折腾着离婚。最让母亲伤心的是，大林的儿子，自己的孙子，那个念初三的学生。在这期间，淑贞和自己的孙子谈了一次。

淑贞说：你妈要和你爸离婚，你打算跟谁？

孙子梗着脖子说：跟谁？当然跟我妈。

淑贞又说：你爸才判三年，等你高中毕业他就出来了。

孙子红头涨脸地说：别说他，我没这样的爸爸，他让我也不能做人。

淑贞再说：他怎么不让你做人了？

孙子不再说话了，眼泪在眼里含着。

淑贞还说：你爸判刑，还不是为了过日子。

孙子突然站起身，冷冷地说：以后我不姓文了，我没这个爸，没你们这些亲人。说完拂袖而去。

没多久，大林的老婆终于和他离婚了，孙子也改了媳妇的姓。母亲病了一场，她撕心裂肺地替大林难过，家没了，连自己的孙子都没了，儿子自己孤孤零零地在监狱里服刑。

母亲受不了了，病好后，她去了一趟监狱，她见到了大林，大林老了，也瘦了。该知道的他都知道了，也不问什么，只是狼吞虎咽地吃母亲给他带去的那只烧鸡。最后大林抬起头说：妈，下次你再来时，给我带一条烟吧。母亲看着大林的样子忍着，她一走出接见室，蹲在地上号啕大哭起来，她看到了大林的麻木、绝望还有自暴自弃，大林的样子让她的心碎了。

从那以后，每个月母亲都要去看大林，大林让她放心不下。母亲想，大林一个人多不容易呀，那么大岁数的人了，在监狱里孤孤单单，没人问没人疼的，她不能让大林一个人扛着这份艰难，她要给大林带去关怀和温暖。

大秀、小秀、小林三个孩子，集体去看过一次大林，然后他们就不再提去看大林的事了。他们都忙着自己的事，都挺不容易的。这一切母亲明白，不怪孩子们。

母亲坐火车，又坐汽车，七拐八折地去监狱看望大林。每次回来，母亲都要在床上躺好几天。大秀心疼母亲，就说：妈，你以后别去了，以后我每月给大林寄钱。

母亲照例要去，钱并不能代表爱，母亲带给大林的是母亲的爱。母亲又开始拾破烂了，她每月的花销不能伸手向孩子们要，她去看大林要花路费，还要给大林买吃的、抽的，这都需要钱，她怎么能每次向孩子要这些钱呢。

母亲又捡起过去的行当，大秀最先受不了了，她找到了母亲，含着泪说：妈，你这么大岁数了，要干什么呀？你缺钱我给你就是了。大秀说完从兜里拿出一个活期存折，递给母亲，母亲不接，她硬塞给母亲。大秀又说：你每个月去看大林，你愿意去就去吧，破烂就别捡了，这么大年纪了，有个好歹的咋整。

大秀在担心母亲的身体，毕竟是只有一个肾的人了，另一颗肾长在大秀的身体里，大秀时时刻刻都能感受到母亲的存在。

母亲就说：手心手背都是肉，妈就这么大能耐了，没本事给你们创造条件，妈心里难受。母亲说到这儿，照例要大哭一场，伤心会让母亲流泪，母亲只有通过泪水，发泄心中的难过与伤心。母亲不忍心用大秀的钱去看大林，大秀的身体不好，还要开服装摊，两个孩子也都上初中了，户口不在城市里，因此要多花许多钱供两个孩子上学。大秀不容易，几个孩子都不容易。

母亲一分也没动大秀的钱，自己踉跄着脚步，去拾破烂。每当傍晚，人们在街上很容易就能看到母亲，她用编织袋背着垃圾，摇摇晃晃地向前走着，目光里写满了爱与期待。那就是母亲。她在期待着每个月的某一天，那时，她就能看到儿子大林了。母亲来看他，大林收下她带去的吃食和烟时，母亲的心里就会一片轻松。

这一阵子不知为什么，小秀总爱往回跑，说是回来，她只到母亲住的屋里坐一坐，她很少走进小林那两口子的房间。刚开始母亲并没觉得有什么，时间长了，次数多了，母亲就觉得不对劲了。毕竟是母亲，每个孩子的异样都逃不过母亲的心。

一次，母亲就说：小秀，出啥事了，跟妈说。

母亲还没说话，小秀就哭了。

原来小秀的丈夫自从当上了总经理后，便经常不着家，他总是说工作忙，有应酬。后来，小秀就发现，丈夫原来在外面养了女人。丈夫犯了一个很通俗的错误，人过中年，事业又小有成就，很容易犯这样的错误。小秀的丈夫自然也不例外。最可恨也最庆幸的是，当小秀为此质问丈夫时，丈夫不承认自己的错误，还理直气壮地说：一个男人一辈子就跟一个女人，多没意思呀，我又没和你离婚，你有吃有喝的还想咋的。

小秀不想咋的，只想让丈夫回心转意把心思放在她一个人身上。看样子要做到这一点，有些不可能。于是小秀就痛苦，什么离婚啊、吵闹啊，小秀都想过。小秀是个很理智的人，那样的结果并不太美妙，毕竟她也是四十来岁的人了，孩子都那么大了，现在家庭条件不比别人差，该有的都有了，要是离婚，能过成现在这个样子吗？小秀否定了自己最初要离婚、吵闹的想法，只能忍受着。

在小秀哭诉的过程中，母亲难过地望着小秀，孩子难受，母亲更难受。当母亲听完了小秀的分析后，认为小秀想得有道理，还能怎么样呢，忍着吧，日子还是要过的。母亲看见了小秀鬓边的一根白发，伸出手拔了下来，母亲在心里深深地喟叹一声，她只能这么叹气。

从此，小秀每次回来，都要向母亲唠叨一番。母亲听着，然后和小秀一起叹气，又说一些很无奈的宽心话，松弛了一些的小秀，告别母亲，该干啥还干啥去了。

母亲又多了一条操心的线索。

十二

母亲在又一次去监狱看望大林后，终于病倒了。这次却没能很快地起来，她也说不清到底哪儿不舒服，总之就是没劲，站不起来。孩子们把她送到医院里去做检查，查来查去也没查出什么大病来。最后医生把三个孩子召集起来说：把老人抬回去吧，住院的结果也不一定好。

大秀就问：我妈得的是什么病？

医生想了半天说：你们母亲就像一台过时的机器，哪都不正常了，瘫痪了，不能正常工作了。

医生的比喻很形象，孩子们都明白了。

母亲回到家只能躺着，头脑很清醒，就是四肢没劲。刚开始，孩子们对母亲很重视，母亲这一辈子为了拉扯四个孩子熬干了心血，他们是有情有义的孩子，纷纷买来营养品，不时地来看母亲。母亲不见好，也不见坏，一拖再拖。孩子们都有自己的事，况且，看母亲这样，一时半会儿又不会有什么大事，他们该忙什么就忙什么去了。

母亲饭是不能做了，小林两口子回到家不仅要自己做饭、打扫卫生，还要为母亲做饭，端屎端尿的，时间长了就有意见。于是小林把大秀、小秀叫回来，当着母亲的面，把自己的困难说了，又提出了几条照顾老人的方案，要么每家轮换照顾老人，这一条大秀和小秀都有实际困难，况且，把母亲搬来搬去的，也不方便。第一条行不通，小林又说出了第二条，那就是，三个人（大林在监狱不能算在内）轮流值班，每人一星期。后来，大秀提出了一个建议，由他们三个孩子出钱，请一个保姆，这样他们就会省心了。这条建议得到了认可。

母亲当着三个孩子的面没说什么，谁说话她只是看着。三个孩子走后，她开始流泪了，流了一夜的泪。

第二天，在劳务市场找来的保姆来了，三个孩子果然轻松了不少。

母亲以为自己躺一阵就会好起来，没想到躺了这么长时间也不见好的迹象。自己躺在炕上，三个孩子就很不安心，又出钱费力地请了保姆，孩子们都挺不容易的，他们还在奔生活，她不想拖累他们，这让她很难过。有时一夜夜地睡不着，一次又一次地责备自己，责备自己不争气的身体。她有生以来，体会到了失眠。失眠的过程中，她想起了自己的一生，两个男人，给她留下了四个孩子，他们又都长大，成人，这一切，仿佛就是昨天发生的事。人这一辈子说起来挺漫长的，可想起来其实挺短的。思前想后，把人这辈子看透了，也就悟出了一条浅显的道理：人活百岁也是死。母亲这么想透之后，她就下定了一个决心。

大秀来看她时，她就冲大秀说：我睡不着觉，给我开点安眠药吧。

大秀下次来时就带来了十粒八粒的安定。医生不给多开，只能十粒八粒的。

小秀来看母亲，母亲仍把自己睡不着觉的话重复了一遍，小秀也给母亲开来了一些安眠药。

接着是小林。

一天夜里，母亲背着保姆把那些安定，一口气吞了下去。天快亮时，保姆发现了异样，大呼小叫地叫醒了小林。于是，母亲被送进了医院。

在医生们抢救母亲的过程中，大秀小秀都赶来了，他们在抢救室门前，他们都想到了母亲会死。他们一同感受到了与亲人永远分手时的那份悲凉，揪心，难受。小秀先哭了，她一边哭一边诉说：妈，你别死呀，你死了，我哪还有家呀，心里话还跟谁说呀。

大秀也哭了，她也是个当母亲的人，将心比心，当年母亲对他们，不正是今天她对自己的孩子吗？有谁能胜过母亲对孩子这份感情呢？况且，她正用母亲的肾维持生命。

小林一直在哭，他是老师，是个有文化的人，他想的问题比别人复杂一些。母亲这种举动，无疑是世界上最无私的，他想到一句名言：吃的是草，挤出的是奶。母亲奉献完了，不知道索取。小林冲抢救室一声声地喊着：妈，你不能死呀——他的后半句话没有说出来，意思是，给我们一次尽孝的机会吧。

母亲不知是生命力顽强，还是她还有许多记挂的事，总之，母亲又一次活了过来。当她面对病床前三个孩子的三张泪脸时，她的神情很平静，然后很平静地说：你们该看看大林去了。

三个孩子擦干眼泪，下决心似的冲母亲点了点头。

母亲伸出手，把三个孩子的手抓在自己的手中，她微笑着说：活着就能看见你们，活着真好。

男左女右

一

文君和韦晓晴成为情人时，并不知道马萍早已和别的男人好上了。

其实马萍和别的男人好上这半年多的时间里，从生理到心理是有一系列变化的，只因文君没有感觉到。如果在平时，文君是能感觉到的，因为文君不是一个粗心的人。他感情细腻，并善于理解人。当初马萍和文君谈恋爱时，就已经感受到了文君这一优点，并下决心嫁给文君，这一优点不能不说起到了至关重要的作用。

文君之所以忽略了马萍的变化，重要的原因是这段时间，他正在和韦晓晴眉来眼去。韦晓晴是新分来的大学生，人很年轻，也漂亮，重要的是她很现代，许多新名词，处里的人都是先从她嘴里听说的，而后才慢慢普及起来。

文君已是三十出头的男人了，他大学毕业便来到了现在工作的这家机关。工资不是很高，但福利不错，他和马萍结婚不久，便分到了两居室的房子。在一般人眼里，这足够让人羡慕的了，最近又赶上房改，文君只交了几万元，那套两居室的房子便成为他的私有财产。有许多在机关工作的人，都抱怨工资低，可真让他们离开机关，又没有一个人能下定决心离去。就这样过了一年又一年，日子平静得让文君生出了许多懒意。在任何一个单位干久了，都会生出这种感觉的。有点像婚姻，久了免不了乏味，就会生出点事端。

文君就是在这种状态下和韦晓晴有了事端的。文君和韦晓晴发展成为情人，完全是日久生情的产物。

文君见到韦晓晴第一眼时，眼睛亮了一下，精神也为之一振，这也没有什么，男人见到漂亮女人的反应差不多都这样。韦晓晴来机关上班那天，是处长老杜领着她来到办公室的。在这之前，处里的人都知道要来一个大学生。机关里每年都有人退休，又都会有新人补充进来，所以没人大惊小怪。韦晓晴的出现，让处里的许多男人眼睛都为之一亮，老杜就依次介绍，韦晓晴就逐一地冲人点头、微笑，并与之礼节性地握手，说一些请多关照的客气话。轮到处长老杜介绍文君时，文君只是礼节性地在椅子上欠了欠身体，她也没向他伸手，只是笑笑，点点头，算是打过招呼了。文君之所以没有像别人那样伸出手去，是因为他知道韦晓晴将会被老杜安排在自己对面的那张办公桌上。前不久，和文君坐对面的女老李退休了，韦晓晴就是来接替女老李的工作的。昨天，处长老杜还特意让文君把女老李用过的办公桌收拾一下。韦晓晴成了文君最近的邻居，文君在心理上有了比别人更多的优越感，因此，文君只是礼节性地欠了欠身体，而没有像其他人一样，又是握手，又是点头的。

韦晓晴被安排在文君对面办公，文君心里渐渐就发生了许多变化。以前女老李坐在他对面，他只要一抬头就能看见女老李花杂的头发，还有那张沧桑的脸，文君心如止水。现在文君面对的是青春漂亮的韦晓晴，每当他抬起头来，看见了韦晓晴那一头乌发，以及细嫩白净的脸，还有脸孔下的脖颈，心里的什么地方就动了动。有时，他抬起头时，韦晓晴也在抬头，于是四目相对，他们几乎同时都冲对方笑一笑，然后该干什么就干什么了。

两人的关系发生变化是韦晓晴到机关几个月之后，她对机关的人和事有了一定的了解，于是就有了自己的看法，在工作时间里两人并没有交流过什么看法。每天中午，机关的人都喜欢打扑克，于是，每到中午办公室就只剩下两个人了。两人说话就少了许多警戒，韦晓晴就谈了自己对机关生活、工作的种种不适应，年轻人嘛，刚到机关工作，年轻人又少，气氛免不了沉闷，不同于学校，更不同于年轻人多的群体。韦晓晴的感觉正是文君曾经经历过，或正在经历的，两个人就有了许多共同话题。韦晓晴没来时，文君是处里年龄最小的，其他同事都是四五十岁的人了，文君和他们很少有共同语言。现在来了一个韦晓晴，一下子打开了他的话题，两人就聊得很热乎，从大学聊到机关，又从机关说到社会。两人很投机，也都很兴奋，有时两人正说到热乎处，就到了上班时间，两人都意犹未尽的样子。

随着聊天的深入，两人便慢慢地走近了。文君每天若是先到办公室，擦自己桌子的同时，把韦晓晴的桌子也擦了，并且把散落在办公桌上的文件、报纸归类整齐。韦晓晴不喝茶，文君就为她倒上一杯白开水。她来了，知道这一切是文君做的，也不用说什么谢话，只是冲文君笑一笑。如果文君来晚了，韦晓晴也把自己该做的都做了，文君喝茶，她便帮他沏了茶，又把桌上的烟灰缸倒干净。

文君在韦晓晴没来之前，烟吸得很多，有时一包都吸不到一天。以前女老李坐在文君对面，文君从没什么顾忌，想什么时候吸就什么时候吸，就在办公室里，当着女老李的面。韦晓晴刚来时，他也当着韦晓晴的面这么吸过，她没说什么，但他明显地感受到了她的不适应，还多少有些讨厌的意思。于是，他打消了在她面前吸烟的念头，烟瘾上来时，他便把烟点燃，然后走出去，顺便去一趟厕所，厕所在走廊的尽头，走过去，走回来，一支烟也吸得差不多了。韦晓晴是个有心人，每次文君回来她都感激地冲文君笑一笑。

两个人近了一层之后，韦晓晴就劝文君：吸烟有什么好的，还不如把烟戒掉算了。

文君就笑一笑说：对，你说得对，当初我爱人也这么说。

虽然文君没戒掉烟，但他吸烟次数明显减少了。

二

文君和韦晓晴就这样慢慢地确立了比较友好比较信赖的关系。这为他们下一步成为情人关系奠定了基础，他们最终走到一起，还是那次会议。

那是全国本系统的一次会议，来参加会议的人很多，在郊县包了一家宾馆，文君和韦晓晴都是会务组的成员，在分配完房间之后，他们才发现这家宾馆的房间不够了，会务组多出了两个人没法安排，于是文君和韦晓晴主动提出住另一家宾馆。另一家宾馆和开会的这家宾馆相距有十几分钟的路程，晚上没有会议，安排与会人员娱乐，无非是打保龄球、游泳什么的。文君和韦晓晴忙完这些，都有些累了，他们本来也想玩一玩，但看玩的人很多，他们就没了玩的兴致。两人一商量便回了宾馆，这家宾馆和开会的那家宾馆比显得安静，一切都静悄悄的，两人走回宾馆的时候，互道了晚安，便各自走回了自己的房间。

文君冲了个澡，打开电视，倚在床上吸了支烟。本来有些乏累的身体这时又恢复了正常，他想找点事干，正在这时，电话响了，电话是韦晓晴打来的。

她在电话里说：干吗呢？

他说：没什么事，看电视呢。

她又说：那咱们聊会儿吧，反正没事干。

他说：就是。

不一会儿，韦晓晴推门就进来了。她就住在他的隔壁，她显然也刚洗过澡，头发还是湿的，穿着睡衣，浴后的韦晓晴更显得楚楚动人，他闻到从她身上散发出的浴液香气。房里只是亮着床头灯，加上电视的亮度，也足够了。

韦晓晴坐在另一张床上，两人闲聊起来，从这次会议，聊到机关工作现状，不一会儿，他们就聊到了各自的大学生活。其实他们有一个共同感受，那就是，上大学时，觉得并没有什么，甚至想早点跨出学校大门，走向社会，他们一走向社会便发现，还是学校的生活最让人怀念。于是，他们就一同说到了学校，说到了学校的幸福时光。他们念念不忘有一次同学之间的争吵；还有一次歌咏比赛。他们说起各自的经历都会发出会心的微笑。韦晓晴在那晚显得很激动，脸庞微红，神采飞扬，在韦晓晴为了文君的一个笑话而大笑时，文君不经意间看到了韦晓晴睡衣下面的红色短裤。这时，文君的心就跳了跳。韦晓晴跟没事人似的，两人越说越热乎。

后来韦晓晴说：要不咱们就聊到天亮吧。

文君这才注意到时间，已经是下半夜两点多了，电视里的节目已说再见了，因为他们聊得开心，而忽略了电视和时间。文君随手把电视关掉了，房间内的光线又暗了一些。韦晓晴已半躺在另外一张床上了，她的头枕着床头。文君是个很守时间的人，平时在家里，他早就睡下了，今天不知为什么，他竟一点儿睡意也没有。他也选了一个比较舒服的姿势躺在了床上，不知为什么，两人突然间没话了，他们不知该顺着怎样一条思路说下去。

两人的目光碰在了一起，都显得有些不自然，韦晓晴红着脸说：我一个人睡不着。

文君说：在家时你不是一个人睡？

她说：在家有父母呀，虽说各睡各的房间，但那样踏实。

接下来，两人就不说什么了，沉闷了一会儿，韦晓晴说：要不你睡你的，我躺一会儿就行。

文君说：没事。

韦晓晴坐起来伸手来关文君的床头灯，文君侧过头在韦晓晴的衣服里看到了韦晓晴小巧结实的乳房。不知是怎样一闪念，他抓住了韦晓晴伸过来的手，韦晓晴便顺势扑在了文君的怀里。在这一过程中，两人一句话也没说，韦晓晴有些主动地把睡衣褪了下去。

文君是过来人，他和马萍已结婚四年了，孩子都上了幼儿园，因此，他在男女的事情上显得轻车熟路。让他惊讶的是，韦晓晴一点儿也不做作，也是驾轻就熟的样子，第一次两人配合得很好。在这一过程中，她从始至终也没把眼睛闭上，就那么幽幽地望着文君。当两人平息下来之后，两人的身体才分开了一些。直到这时，文君下意识地去看身下的床单，韦晓晴突然笑了。

文君怔怔地望着韦晓晴。

韦晓晴说：你失望了？

文君：什么？

韦晓晴：我不是处女呀。

文君忙掩饰着说：不是，不是。

韦晓晴就用手指点着文君的头说：你们男人呀，就对女人的那个膜感兴趣。

文君的脸红了，掩饰着几分尴尬道：才不是呢，我是怕把人家的床单弄脏了。

韦晓晴的身体动了动，那里果然湿了一片，韦晓晴把身子偎过来，望着文君说：我打过胎你信不信？

现在韦晓晴说什么，文君都信。

文君说：在学校里？

韦晓晴说：当然在学校，我们那一届四十几个女生，我敢说没有一个是处女了。

文君就笑一笑，他比她早几年毕业，那时他在学校时，不少同学都谈恋爱，但谁是处女谁不是处女，他一点儿也不清楚。文君在学校时也谈过恋爱，那是比他低一届的女生，两人大概谈了一个多学期，后来就不了了之。两人没怎么样，最多就是拉拉手，亲个嘴，隔着衣服摸摸身体某个部位什么的。后来就没什么了，直到他毕业后和马萍谈恋爱。他们那一届学生，谈恋爱的不少，可都只开花儿不结果。

文君没想到只几年时间，现在的学生都发展得这么现代了。

文君想到这儿就问：后来呢？

韦晓晴说：没有后来，现在就是昨天的后来。

文君在这时想到了马萍，想到了日后和韦晓晴的关系，他有些担心，甚至还有些后悔。随着文君渐渐了解了韦晓晴，他才发现韦晓晴果然很现代，并没有把男女关系看得那么传统，一颗悬着的心放进了肚子里。

此时，韦晓晴正躺在他的胳膊上，睁着眼睛幽幽地望着他，他似乎受到了鼓励，俯下身去，去吻韦晓晴，手上也有了动作，他显得从容老到。这次，韦晓晴闭上了眼睛，仿佛在用全身心感受着文君的爱抚。这一次，两人都觉得比第一次更彻底，更畅快。韦晓晴控制不住叫了起来，文君怕声音传出去，用嘴去堵她的嘴，最后她咬住了他的嘴唇，差点咬破了，他第一次体会到了韦晓晴在这事上的疯狂。

后来，两人拥在一起睡着了。

第二天一早，当两人醒来时，韦晓晴一点儿也没有显得不好意思，她很响地在文君脸上亲了一口便回到自己的房间换衣服去了。

会议依旧，搞会务的人依旧忙碌，又到了晚上，该玩的都去玩了，两人又回到了宾馆，在路上，韦晓晴大方地挎着文君的胳膊。文君左右看看，小声说：不怕被人看见。

韦晓晴嗔道：在这里谁认识咱们呀。

两人说说笑笑地回到了各自的房间。

文君迫不及待地抓起了电话，他要给马萍打一个电话，似乎只有这样，他那颗不安的心才能踏实一些。可家里的电话没人接，平时马萍在晚上这时候是很少出门的。他们的女儿在幼儿园里上全托，文君出来就只有马萍一个人在家了。马萍没有接电话，反倒让文君松了一口气，他和马萍不知道该说什么，心想：马萍也许和同事逛街去了吧。以前他也经常在外面开会，马萍就约同事去逛街，想到这儿，他的心放松了下来。

脱下衣服，走进卫生间，用最快的速度洗完了澡，当他穿着睡衣等待韦晓晴时，却发现韦晓晴并没有过来的意思，他等了一会儿又等一会儿，他终于沉不住气，推开门走了出去。他先敲韦晓晴的门，没人应声，他怀疑她睡下了，想走回去，但又有些不甘心，去推门，门却开了。他试探着走了进去，发现床上扔着韦晓晴脱下的衣服，就是不见韦晓晴，正疑惑间，韦晓晴突然在身后把他抱住了，他吓了一跳，韦晓晴嬉笑着把他推倒在床上，他回身抱住她时，才发现她身上只穿了一条短裤。她有些迫不及待地去脱他的睡衣，他只解开了扣子，还没有脱去睡衣，她早就三两下脱去了短裤，骑在了他的身上。她是疯狂的，一边疯狂地吻他，一边独自动作着。他被她唤醒了，也跟着疯狂了起来。

他在她身上体会到了男人该是什么样子，同时觉得女人在这时就应该是韦晓晴这个样子。他又想到了他和马萍的初次，没什么感觉，慌张、忙乱，后来好了一些，也有一夜几次的经历，仿佛只有他一个人在努力，而没有马萍什么事，她只是承受着。渐渐地，马萍也有了些感觉，但总不能尽兴。后来他们就有了孩子，怀孕、生孩子，自然对性有影响。渐渐地，他们对做爱都失去了兴致，直到女儿长大，送进了幼儿园，他们才又恢复了一些兴致，不过这半年来，马萍似乎又变得冷漠起来。他并没有往心里去，只是想，男女关系也就该是这个样子。

韦晓晴让他认清了自己，也认清了女人，两人齐心协力，一路高歌猛进，忘了时间，忘了地点。

三天会议，令两人乐不思蜀。

三

文君下午的时候便回到了家里，他想躺在床上休息一下，可睁眼闭眼的都是韦晓晴的身影以及她的声音。会议结束后，部里的车依次把他们送回各自家里，韦晓晴坐在文君的前排位上，一上车她就靠在座位上睡觉，不知睡着了没有。车一进城里，便有人陆续下车了，当韦晓晴到家时，车上已经没有几个人了。车停下的时候，文君下意识地扶了一把前面的座位，韦晓晴这时站起身，很隐蔽地在文君手背上捏了一下，又冲他挤了挤眼睛，才向车下走去。韦晓晴这一举动，吓了文君一跳，他忙转过身去察看身后的动静，还好，处长老杜等人坐得离他们这里都稍远一些，他们正靠在座位上睡觉，文君这才松了一口气。他透过车窗看见韦晓晴迈着长腿向一片楼群走去，文君想某栋楼里，便是她的家了。

虽说刚刚和韦晓晴分手，却生出了许多想念，文君不知自己这是怎么了。他坐了起来，有一种给韦晓晴打电话的欲望，他还没有想好这个电话打还是不打，这时电话铃已经响起来了，文君第一个反应就是韦晓晴，果然电话是她打过来的。她先在电话里嬉笑一声，然后说：你夫人不在吧？

他说：还没下班呢。

她又说：想我了吗？

他没说什么，只是笑了一声。

她再说：累了吧，那就歇着吧，晚上还要面对夫人呢。

他仍没说什么，又是轻笑一声。

她在电话里很响地吻了一下便放下了电话。

这三天时间里，他的确很累，但一直兴奋着，一点儿也没有睡意。他想起了韦晓晴最后那句话，又勾起了他的几分冲动，他不知道自己这是怎么了。他躺在床上，无意中看见了马萍的照片，确切地说是他和马萍的结婚照，马萍的一双目光正含着笑意望着他，让他心里滋生出许多愧疚。他不敢正视马萍的目光，忙避开了。

马萍回来之前，他把屋里收拾了一遍，又做好了晚饭，昨天他和马萍通了电话，告诉她自己今天回来。

马萍说：这么快就结束了。

他说：就三天会。

马萍没再说什么，就放下了电话。他当时没琢磨马萍的话，现在他想起马萍的话，似乎马萍觉得他们的会快了一点。文君并没有多想，便一心一意等着马萍回来。

马萍终于回来了，他有些心虚地去望马萍的目光，马萍只瞟了他一眼便避开了他的目光，他觉得马萍的精神状态比以前好了一些，脸上也多了些喜庆的色彩，他这才放下心来。

晚上，两人冲过澡躺在床上，文君就想无论如何要有所表示，否则太对不住马萍了。他把手放在马萍的身上，这是他们示爱的一种信号，接下来，他把头凑过去，含住了她突出的部位，她对此像很陌生似的抖了一下，他并没有察觉，因为他的脑海里翻腾的都是和韦晓晴这几天在一起的画面。不知不觉，他的身体热了起来，在整个过程中，他的眼前仍是韦晓晴的身影，以及韦晓晴发出的各种声音，于是他就很冲动，过程也很富有激情，在这期间，他还变换了几种体位，马萍也没有反对。这次和以往相比都漫长了许多，马萍似乎也有了一些回应。整个过程结束之后，他才睁开了眼睛，马萍的眼睛仍然闭着，咻咻的样子，她似乎仍在体味着那种感觉。他躺在马萍的身边，马萍似乎静静地睡去了。他就想，不管和韦晓晴怎么样，一定不会和马萍离婚，否则太对不起马萍了。还有女儿，明天就是周末了，该接女儿回家了。想到这儿，很快他就沉沉地睡去了。

第二天上班的时候，一路上他都在猜想和韦晓晴见面之后该说点儿什么，还没有想好，他便来到办公室。韦晓晴已经来了，见了他只是抿嘴笑一笑，并没有什么特别的反应，他的心似乎平静了一些。不知为什么，一上午他的注意力也不能集中，总想抬起头来看一眼韦晓晴，他每次抬头的时候，都看见韦晓晴正望着他，眼神很丰富。然后他就慌慌地看周围的同事，同事和以前一样，该干什么还干什么，他的一颗心才放松下来。

中午的时候，办公室的人又雷打不动地去打扑克了，只剩下了他们两个人，韦晓晴就冲他挤挤眼睛，一上午，只有到这时，他才敢大胆地望她。韦晓晴就说：晚上下班别急着走，我有话对你说。

他点点头。

不知为什么，两人不像以前那么天南地北地聊了，文君半躺在沙发上看报纸，韦晓晴坐在座位上忙着上午没有干完的工作。文君仍不能平静下来，不时地去望韦晓晴，他此时只看到她的侧脸，头发散落下来，被风扇吹得一飘飘地在动，她此时的样子妩媚可爱，他几次欲走过去，把她抱在怀里，去吻她，摸她。现在毕竟是在办公室，同事随时有可能回来，想到这他还是忍住了。

整个下午他一直盼着下班，这种心情以前从来没有过，忙忙碌碌的就到了下班时间，因为盼着下班，所以时间过得就很慢。终于熬到了五点整，人们就纷纷下楼去坐班车，班车是五点一刻出发，所以每天下班人们走得都很准时。文君很少坐班车，文君住的是部里分的房子，也有一趟班车，那趟班车要跑好几个班车点，绕来绕去的，并不方便，因此，文君很少坐那个班车，他每天上下班都骑自行车，这样不受约束，早点晚点都可以。

韦晓晴住在父母家里，自然没法坐班车。当人们准时去赶班车时，两人都没有动身。人们一走，两人都停下了手里的活，其实他们并没有忙什么，在那里只是做出一副忙碌的样子。

两人抬起头先是对望着，不知是谁先站了起来，接下来两个人就抱在了一起，仿佛两人已分别得太久了，终于又重逢了。

门是关上的，两个人还是心有余悸地走到门前又检查了一番，然后又回过身来拥抱在一起。

后来，他们就在沙发上躺下了……两人一直温存了许久，天都快黑了，他们才一起走出办公室。

他推着自行车先把她送到了公共汽车站，在等车的过程中，她说：这两天我会想你的。

他心里说：我也是。

可他并没有说出口，只冲她笑了笑。现在两人虽在机关附近，但都这时候了，不会碰到什么熟人了，于是两人就很近地站着。

她又说：方便的话就给我打电话吧。

他点了点头。

她知道周末了，他夫人一定在家，这时她是不方便给他打电话的。

车终于来了，她很快地在他脸上吻了一下，便跳上车。他一直望着车驶离了自己的视线，才骑车往家走，一路上他的心里洋溢着前所未有的幸福。

回到家的时候，马萍已经把女儿接回来了，显然饭已经吃过了，两人正在看电视。他一进门，女儿便飞跑过来，抱住他一条腿仰着脸说：爸爸，你咋不来接我？

文君面对女儿只好说：爸爸今天有事，下次一定去接你。

他牵着女儿的手走进屋里，马萍没有问他为什么回来这么晚，只是淡淡地说：饭菜在锅里。

他“嗯”了一声。

一晚上很平静，他一直想把家庭气氛搞得活跃一些，便拼命地找话题去说，只有女儿应和他，马萍一直在看着电视，似乎被电视里的情节吸引了。他看一眼电视，发现电视正在转播一场网球赛，两个外国人在场地上跑前忙后的。

他就说：你啥时候对这感兴趣了？

她说：瞎看呗。

夜里一家人睡下了，女儿躺在两人中间，这是他们一周的保留节目，每天睡前，他们把女儿夹在中间，三个人总要嘻嘻哈哈一阵子，直到女儿睡着，这是一家人最快乐的时候。女儿睡着之后，他突发奇想冲马萍说：咱们明天去逛商场吧。

马萍说：干什么？

他说：看有没有合适的衣服，给你买两件。

他知道，她最爱逛商场，哪怕什么都不买，她也会感到很满足。这次不知为什么，她却说：算了吧，那么多人，还不够闹人的。

他就不再说什么了，想了想说：那就去公园。

这次她没再说什么，对马萍微妙的变化他并没有察觉。在睡觉之前，他就想，明天抽空给韦晓晴打个电话。

四

马萍一下子疏远了文君，这种疏远让她自己都感到吃惊。究其原因，还是半年前她与常冶的相识。

马萍在文联机关门诊部当医生，文联嘛，大都是一些文人。在这之前，常冶的名字她是知道的，常冶是作家，写小说，也写电视剧。常冶是这座城市的名人，和文学、艺术沾点亲带点故的人都知道常冶的名字。马萍因为在文联机关门诊部工作，常冶这名字听得自然比别人多了一些。

那一阵子电视台正在播放一部二十集的电视剧，编剧就是常冶。门诊部里的医生护士一上班就议论那部电视剧和常冶。议论来议论去，常冶这个人在马萍的心里就亲切起来。因为她也很喜欢常冶写的那部电视剧，在这之前，她还读过不少常冶写的小说，在她的印象里，常冶是个很细心的人，描写的男女情感也是那么感人。

常冶不经常来机关上班，他是作家，工作就是在家里写作。常冶只是偶尔来机关开一次会，或者有别的什么事才匆匆地来一趟，然后就走了。常冶似乎从来也没到门诊部来过，仿佛从来不生病。

那一天，她听同事说常冶来了，就在二楼的会议室里开会，不少没见过常冶的人都上楼去看常冶，他们的门诊部在一楼。她没有去，不是不想见常冶，而是觉得那样看人家有些不好，扒着门缝看人家像什么话。其实她很想看常冶，她想象不出一个能把一部爱情故事写得让人肝肠寸断的人，究竟长什么样子。

直到中午时分，会议结束了，常冶从楼上走下来，她隔着窗子在人们的指点下，认识了常冶。常冶四十多岁的样子，脸孔很白，不像一般文人似的都戴着眼镜。但在马萍的眼里常冶是最像作家的人了。如果只是这么认识常冶，也不会发生以后的事了。有一天，常冶突然来到了门诊部，另外两位医生领劳保去了，只有她一个人坐在桌后，他别无选择地来到她的面前，不知为什么，她竟有几分紧张，睁着眼睛望着他。

他坐在那里，也很认真地望着她，然后声音柔和地说：我叫常冶，就是文联的，我来开点药。

为了让她相信，还要去兜里掏工作证。这时她说话了：我知道，你是作家。

常冶就笑了笑，笑得很腼腆。常冶就说了自己的病情，她又问了问有关情况，便给常冶开了几种药，常冶拿完药，说了声谢谢就走了。

常冶走后，她坐在那发了半天呆，她突然想起来，有一味药开错了，应该是另一味药才更适合常冶的病。如果换了别人，马萍不会担心也不会着急，反正不对症的药也吃不死人，不管用，下次再来开就是了。而对常冶她就担忧了起来。她认为常冶的工作很重要，病一时半会冶不好，就会耽误他写作，在她的心里，写作是很重要、很神圣的事情。于是，她就急三火四地去了楼上的办公室，查找常冶家的电话号码，于是打了电话，过了半天，常冶才接电话，她把情况在电话里说了，希望常冶能来一趟，她给换一味药。常冶就说：算了，又不是什么大病，不吃药过几天也许就会好了。

常冶越是这么说，她越是感到对不住常冶。她回到门诊部，就是忘不了这件事，心里七上八下地老是想着那味药。终于，她忍不住又上了一次楼，查到了常冶家的住址，不是文联宿舍，文联宿舍她熟悉。中午的时候，她带上那味药找到了常冶的家，常冶见到她很吃惊，她说明了来意，并把那味药拿出来时，常冶就更吃惊了。接下来就是万分的热情，拿出水果让她吃，她没有吃，只是打量了一下常冶的房间。这是一套两室一厅的房子，一间住人，一间是常冶的书房，书房的门开着，一台打开的电脑放在书桌上。她知道，常冶在工作，忙起身告辞了。

常冶一直把她送到楼下，并要开车把她送回机关，在马萍的一再坚持下，他才没有送她。但他还是一再说：马医生，真是太谢谢你了。

他叫她马医生让她感到有些吃惊，在这之前他们并没有见过面，他怎么会知道她的姓名呢？一路上她都在琢磨这个问题，直到回到门诊部她才恍然明白，原来在常冶开药的处方上写着自己的名字。看来他真是个有心人，为了他记住了自己的名字，她竟感动了好几天。

不久后的一个中午，常冶突然给她打来一个电话，说是为了上次的事情，中午要请她吃饭。还没等她推辞，他就在电话里说：马医生，你别推辞了，二十分钟之后，我去接你，你在机关马路对面等我就行。

在这二十分钟的时间里，马萍的脑子乱成了一团，她做梦也没想到常冶会请她吃饭，面对那么有名气的一个作家，她不知道该说些什么。她站在马路对面，还没有想清楚，常冶开着车在她面前停了下来。她坐上车，一直到下车，走进一家饭店，脑子仍然很乱。

那顿饭，她吃了些什么，她自己都记不清楚了，说了什么也记不得了。只记得常冶不住地说着感谢的话，并不停地让她吃这尝那的。直到常冶开着车又把她送回到机关门口，她才清醒过来说：谢谢你请我。

常冶笑着说：是我谢你才是。

接下来，她就是兴奋。几天之后，她突发奇想，应该回请一次常冶，礼尚往来嘛，人家请你了，怎么着也得意思一下呀。这一想法一经产生，便不可遏止了。她偷偷跑出去，用公用电话给常冶打了个电话，有些语无伦次地把意思说了。

常冶就在电话里笑着说：你请我？这怎么行，要不你来我家，咱们一起做饭吧。

她说什么常冶就是不同意让她请客，没办法，她只好妥协了，去他家做饭。这是第二次走进他的家，她赶到的时候，他把什么都准备好了。

那顿饭，两人吃得都很愉快，常冶不住地夸她做菜的手艺，并说自己许久没有吃过这么丰盛的菜了。直到这时，她才知道，常冶的夫人在国外已经学习工作几年了，到现在也没有回来的迹象。平时，常冶不是吃方便面，就是速冻饺子。她就从医生的角度说了许多营养的重要性，他表示赞同，但还是总结性地说：不是没时间，一个人懒得做。

她听到这，心里沉了一下，竟鬼使神差地说：要不，中午我来帮你做饭。

他听了她的话先是怔了一下，但马上就表示了欢迎，还说了许多感谢话。她说完这句话，自己都感到吃惊。平时，中午她不回家，一是家离机关较远，二是机关有食堂，每顿饭只要交一元钱，其余的机关给补贴。文君也在机关食堂吃。

第二天，她就如约前往了，从机关到常冶家不用换车，坐车四五站，十几分钟就到了，很方便。她来到时，他已经把所有东西都准备好了，饭做得也愉快，吃得也愉快。吃完饭，两人就坐下来聊天，渐渐，她觉得常冶和平常人也没什么两样，说的都是普通人说的话。一下子，她觉得和常冶近了许多。她在他书柜里发现了许多他写的书，他看见她在书柜前留意，便打开书柜随便抽出了两本说：愿意看就送给你了。这是她第一次拥有了一个作家的两本书。以前在上大学时，她也曾是一个文学爱好者，在大学的文学社参加了两年活动，也写了一些习作，可惜一篇也没有发表。在那里，她喜欢读小说，把自己的青春幻想移情到小说中。毕业不久，先是恋爱、结婚，渐渐就没时间读小说了，是常冶又一次激发了她读书的热情。那一阵子，她把业余时间都用在了读常冶的小说上。文君就奇怪地问她：这是谁写的书，让你这么上心？

她就说这是他们文联的一个作家写的，还介绍了常冶的一些情况。文君没往心里去，随便翻了翻就放下了。

从那以后，每天中午她都准时地出现在常冶家中，刚开始，常冶每次都把菜准备好。后来她为了让常冶安心创作，菜什么的她来时买好带上来。

随着时间的流逝，两人渐渐就有了许多理解，这种理解再往前走一步，就产生了感情。马萍在和常冶产生感情时，不是没想过后果，但她控制不住自己。她就像自由落体一样，向常冶那片大地跌落而去。后来她觉得这种感情不能自拔了，她已经深深地爱上了作家常冶。如果说刚开始走近常冶时，是崇拜、好奇，现在已经变成彻底的爱了。这是一个女人对男人的爱，是一个已婚女人的婚外情，马萍和所有产生婚外情的女人一样，面对着痛苦的煎熬，在矛盾着，困惑着。

五

马萍和文君谈恋爱时感情也是很好的，他们都是有知识的人，知道没有感情的婚姻是可怕的。现在马萍经历了两个男人的情感，她有了对比，情感在她心里便分出了优劣。

马萍和文君谈恋爱之前也曾和两个小伙子谈过恋爱，没有撞出什么火花，很短的时间里他们就分手了。直到马萍和文君相识，两人才碰撞出火花，最后走向了婚姻，于是他们有了快满四岁的女儿。

遇到常冶，马萍觉得已经不是火花了，而变成熊熊大火了。这种高热度的大火，烧得她几乎窒息。这是马萍在文君身上所没有感受到的，刚开始她并没有完全地投入，和常冶这样不明不白地约会，她一想起文君和女儿，便有一种犯罪感。随着和常冶接触的加深，他们有了肉体关系之后，马萍那种犯罪感在心里渐渐淡去了。

每天中午之后，常冶开着车把马萍送到机关外马路旁，然后他就开着车走了。马萍一直望着常冶的车远去，才拖着疲倦、兴奋的身体向机关门诊部走去。此时，她浑身上下的每个细胞仍洋溢着快乐，这种快乐让她浑身通泰，从肉体到灵魂，她都感受到了变化。

她和文君热恋的时候，似乎也有这么一点点感觉，但随着进入婚姻，这种感觉很快就消失了。她以为，所有男女都是这样，结婚，生儿育女，忙忙碌碌地过日子，所谓的爱情就是过日子，两人心往一处想，劲往一处使。现在她遇到了常冶，这种想法才得以改变。

常冶不仅唤醒了她沉睡的肉体，而且唤醒了她的灵魂。在床上，常冶的温柔，以及疾风暴雨，她都喜欢，肉体上的快乐，让她对常冶流连忘返。她喊叫，挣扎，最后又像退潮的海水一样，静静地躺在那里，直到又一次潮涌的来临，波峰、浪谷，让她体会到了晕眩、战栗。这是她以前从没有体验过的。

因为常冶给她带来了全身心的变化，她不可能不透彻地感受着常冶，每一寸肌肤，甚至常冶掉在她身上的一根发丝都让她感到心旌摇摇。她想，这大约就是爱情。

她尝到了失落和渴望。当常冶把她送到机关门口，又消失之后，她一下子觉得心里空空落落的，一下午的时间，她坐在门诊部里，经常发呆，想象着和常冶短短的两个小时幽会中，他们说过的每一句话，每一个眼神，每一个动作，一切都让她怀念、神往，接下来就是渴望了。仿佛他们已分别了许久。

于是，马萍的日子里多了期盼，先盼晚上，然后盼天亮，又盼中午，一到中午，有时还没有到下班时间，她便早早走了出来，有几次她等公共汽车，等得她不能忍受，而干脆打出租车，急三火四地奔向常冶居住的楼门。门刚一打开，常冶似乎也等她许久了，一见面两人就抱在一起。以前，两人先做饭，然后聊天、说话，现在他们一见面就抱在一起，让他把她抱到卧室的床上去。有时整个中午，他们都是在床上度过的，昏天黑地，乐不思蜀，流连忘返。

有几次下班时，马萍竟鬼使神差地走到了常冶的楼下，直到这时，她才清醒过来。然后她又去换车，回到自己家中。以前，她很希望文君每天下班比她早到家，她一进家门，看见文君，不管文君在干什么，她的心里都会感到很踏实。现在不知为什么，她怕见到文君，每次她推开家门，一见到文君忙碌的身影，她一下子就冷了下来，感到了一缕失望和悲哀。只要文君不在家，她从外面带回来的快乐就能延续下去。

以前她盼过周末，因为那是他们一家人团聚的日子。在这之前，她和文君电话联系过了，商量着去幼儿园接女儿，接到女儿后，他们并不急于回家，而是去麦当劳或者别的什么快餐店吃饭，然后一家三口，手拉着手，说说笑笑地走回来。回到家后，一家三口商量着明天去哪里玩，当然每次都听女儿的。那时，她是幸福的。

马萍现在最不愿意过的就是周末，因为那样，她就要等上两天之后才能见到常冶，两天对她来说如同两年一样的漫长。

双休日的时候，一家人也出去，女儿没有什么变化，在前面兴奋地跑着、跳着。马萍和文君跟随后面，他们的心里各自装着心事，于是，他们之间就显得很沉闷，也有些心不在焉。有时，两人没话找话地也不咸不淡说两句，刚一出口，又忘了他们说的是什么。

马萍有了和常冶的恋情，越来越不能接受文君的身体了，不知为什么，这一阵子，文君似乎向她示爱的信号很频繁，每到这时，她接受也不是，拒绝也不是，于是，就那么不推不拒地承受着。身体自然是麻木和冰冷的，她为了不使自己痛苦，有时闭上眼睛就拼命地去想常冶，有那么一瞬间，她把文君当成了常冶，身体一下子热了起来，竟也得到了几分欢愉。当她清醒过来时，就陷入另一种痛苦之中了。

只要文君不在家，她就忍不住给常冶打电话，只要常冶在电话里“喂”一声，她的心里便有了一种过电般的感觉。

她就说：还写呢？

他就答：还写呢。

然后她就说注意身体、早点休息之类的话。他就在电话里笑一笑，也说些思念她之类的话。她听到这里，便只想哭，她有一种流泪的欲望，这是思念和幸福折磨着她所产生出来的。

静下来的时候，马萍有时感到一种茫然，她第一次被常冶抱进卧室时，她感到紧张和压抑。常冶家卧室的墙上挂着一张放大的照片，那是他们一家三口的照片，常冶的夫人，那个很有气质的女人，正用一双笑眼在盯着自己，她在整个过程当中，一直望着那个女人。后来常冶顺着她的目光也望到了那张照片，他没说什么，她也没说什么。第二次的时候，那张照片就消失了，只剩下一块白色的印迹。不时地，她仍盯着那块印迹发呆。

有一次，她忍不住问：她什么时候回来？

他愣了一下，待明白过来，轻描淡写地说：谁知道呢？

她又说：听说出去的人都不愿意回来？

他仍淡淡地说：也许吧。

她悠长地叹了口气。

他抚摩着她，她感受到了他的温柔和细腻，心里又有了一丝感动，她对他的夫人就有了些许的妒意。

她问：你想她吗？

他想了想道：头两年想，时间长了，就淡了。

她声音大了些：那你还是想。

他不说什么，只是笑笑，身体压过来，吻着她，她还想和他争辩想不想的话题，他已经不允许她多说什么了，用身体的动作，代替了语言。激情过后，两人都满足和幸福地望着对方，过了许久，她又说：这么长时间，你真的没有别的女人？

他把一只手放在她的胸前，淡笑着说：不是跟你说过了嘛。

她有些不太相信他的话，但又愿意听他这么说。他们每天中午幽会两个小时的时间里，她对他是放心的，因为他是属于她的。只要和他一分开，她的身体就空了，这段时间他又在干什么呢？

忍不住，她就给他打电话。有时他家的电话长时间占线，她打不进去，就有些烦躁，终于打通了，她问他跟谁通了这么长时间电话时，他每次都说：和出版社谈稿子。要么就说：和导演谈剧本。

她这么问过了，他也这么答了，她也就相信了，心里安静下来，但很快，她又不安起来，想给他打电话，又怕影响他写作，于是她就坐卧不安地忍着。

文君在外面开会期间，她在常冶那里住了两个晚上，这是他们在一起待得最长的一次。她和他在一起时，他的生活习惯很规律，也许不是他的生活常态。他关掉了电话，他说不想让任何人打扰他们，她对他的话感到感动。可她又希望他不关电话，也许那样，她对他会有更多的理解。在她不在的时间里，他的活动规律就会具体起来。可他却关掉了电话，这也是她希望的，她不想被别人打扰。

他和她在一起时，大部分时间都待在床上，这是她所希望的，哪怕什么都不干，让他抱着自己，感受着情人的体温和柔情，她就是幸福的。

现在马萍越来越无法接受文君了，她现在巴望他出差，时间越长越好。那样的话，她就有更多的时间和常冶在一起了，只要文君不在，她就会感到自己是自由的，哪怕她见不到常冶，她也是愉快的。

只要文君出现在她的面前，她就感到浑身不自在，甚至有一种窒息感。以前，她把女儿当成了生活很重要的一部分，现在女儿仍是那么聪明可爱，可她却不愿意在女儿身上花去更多的时间了。她和女儿在一起时，脑子里仍忘不掉常冶。

六

文君和韦晓晴虽然天天见面，但两人一旦分开，文君免不了仍记挂着韦晓晴，他们像一对热恋男女一样，只要分开一会儿，便思念对方。

韦晓晴开始抱怨文君，不能随时和文君通电话，文君和韦晓晴交代过，下班以后，不要往他家里打电话，方便的时候，他会给她打电话。虽然这样，韦晓晴还是给文君打了几次电话，不知为什么，文君和马萍对电话都异常敏感，只要电话一响，两人都争着去接。韦晓晴打来电话时，有两次是马萍接的，韦晓晴自然没有讲话，便把电话挂断了。马萍没说什么，文君却很紧张，他怕马萍怀疑什么。有两次文君接到了韦晓晴的电话，她就说：真想你。

文君一边接电话一边察看马萍的表情，马萍正往这边看。文君便装得没事人似的冲电话里说着：是你呀，最近怎么样，家里都好吧？

韦晓晴听见文君在电话里这么说就叹口气，半晌才说：你夫人在吧？

文君就说：是呀，你挺好吧？

韦晓晴就幽怨地说：我想你。

文君不好说什么，只冲电话里干笑两声说：好久不见了，找个机会聚一聚吧，再见。

挂断了电话，马萍没问他什么，但他仍说：大学时的一个同学，好久没见了。

马萍没说什么，正心不在焉地看电视，文君就愈发地心虚，他对着马萍望了一会儿，没话找话地冲马萍说：你最近好像瘦了。

马萍听了文君的话，心里一惊，忙说：不可能，没什么呀。

文君就说：瘦点儿也好。

马萍就摸摸自己的脸，她发现自己的脸正在发热。

文君觉得不能随心所欲地和韦晓晴联系，挺对不住她的，一个年轻姑娘对你这么痴情，你连一句真话都不敢和她讲，本身就是一件很不公平的事情。为了和韦晓晴联系方便，他自作主张买了一个手机。在这之前，他也曾和马萍商量过买手机的事，当时马萍说：你一上班就在办公室，平时就在家，用得着那玩意儿吗？文君想想也是，便打消了买手机的念头。

他买了手机之后，对马萍说这是单位配的，他怕马萍疑心，只好编个谎话。出乎他意料的是，马萍连问都没问，只是瞟了眼手机，轻轻淡淡地说：你们单位不错呀。

从那以后，文君便养成了揣着手机散步的习惯。他散步时，当然要例行公事地拉着马萍。马萍说：你自己去吧，我还要洗衣服呢。

以前文君散步时，也喜欢拉着马萍，马萍有时去，有时不去。现在他巴不得马萍不去，那样的话，他就可以用手机和韦晓晴联系了。文君走出家门，便把手机打开了，然后他就等待着韦晓晴把电话打过来。买了手机之后，他第一个把号码告诉了韦晓晴，对她说：只要我手机开着，你想说什么就说什么。

他看见韦晓晴的眼睛亮了一下。

果然，他打开手机没多一会儿，韦晓晴的电话就打过来了，两人的话题自然说得很轻松，基本上做到了想说什么就说什么，两人终于风花雪月地在电话里聊了一回。

文君和韦晓晴通完电话，心情无比舒畅，他又起劲地在外面走了一会儿，真正地散了一回步，然后兴致很好地走回家门。

马萍心情似乎也很好，文君走后，她抓紧时间也和常冶聊了一会儿，因此心情也很轻松。两个心情轻松的男女，还坐在一起看了一会儿无头无尾的电视剧，文君还为两个并没什么意思的情节笑了笑。马萍也附和着抿了抿嘴，过了一会儿，他们就上床休息了。文君想和马萍亲热一番，他在心里粗略地算了一下，他差不多快十天没有和马萍过夫妻生活了。三十多岁的人，这么长时间不过性生活，有点说不过去，于是他就努力想表现一下，可惜的是，他的身体很不争气，努力了几次，都没有什么反应，马萍似乎也没有什么需要，不冷不热的，于是放弃，各自睡了。

文君和韦晓晴隔三岔五地下班后在办公室里幽会，办公室里的沙发成了他们的婚床。渐渐地，韦晓晴有些不满意了，这种偷偷摸摸的行为，始终不能让两人感到尽兴，他们时时谛听着楼道里的动静，虽然下班了，仍有加班的人，或者暂时有事而没有回家的人在楼道里走来走去。他们不敢保证，自己办公室的人不会突然走进来，如果那样的话他们不知如何面对。

匆匆结束之后，他们穿戴整齐在沙发上温存，如果这时发现有人进来，他们再分开也来得及，要是这样的话，文君都想好了许多理由来说明这么晚了为什么他和她仍留在办公室里。

由于环境使两个人都不能为所欲为，文君没什么抱怨的，要抱怨的话只能抱怨自己，如果他有钱，可以去包宾馆，或者去离婚，然后和韦晓晴结婚，那样的话，他们想做什么就做什么，想怎么做就怎么做。这两样他都做不到，包宾馆他没钱，要离婚他又下不了决心。他只能听韦晓晴对他的抱怨。

她就说：咱们这算什么，偷偷摸摸的。

文君无话可说，这种事就是偷偷摸摸的事，还能让他说什么。

她又说：我真是够了，担惊受怕的。

他就觉得很对不住她，于是就努力着用身体去抚慰她。

她还说：你没什么，我这是第三者，出了事，都是我的不是。

她这么说，他还是无话可说，心想在这之前，她也是知道他是有家室的人，可那时她并没有说什么，到了现在，她却想到了他的身份和处境。文君在韦晓晴身上对女人就多了一层理解，别看女人表面上如何现代，一旦跌进感情的波浪里，才真正地显现出自私的一面。

韦晓晴见文君在那里发愣，觉得现在自己说这话有些过头了，便换了一副样子，对他温柔起来，主动地又一次去解自己的衣扣。两人分手的时候，天已经黑了，在这一过程中，他下意识地看了一眼手表，她立马就不高兴了，然后说：你是不是着急回去给夫人做饭呢？

他就忙着解释，重又把她抱在怀里，一边吻她一边说：没有的事，现在我的心里只有你。好话说尽，韦晓晴终于又恢复了正常，两人磨磨叽叽地分手了。直到这时，他才松了一口气，匆匆忙忙地往家里赶，到家的时候，马萍已经吃过了，正在看电视，对他的回来，似乎并没有太多的留意。但他还是解释说：单位有事，加了班。她就说：饭菜在锅里呢。

他一边吃饭，一边看电视。暂时安抚住了韦晓晴，马萍也没说他什么，他就感到很愉快。

夜晚睡不着的时候，他也曾想过以后将如何处理他和韦晓晴的关系。他知道，自己不会离婚，如果那样的话，会留下许多后遗症，孩子怎么办，房子怎么办……这些个怎么办，让他打消了离婚的想法。文君是个很理智的人，三十多岁，已经过了冲动的年龄。但他又不愿意失去韦晓晴，她年轻漂亮，充满了青春的活力，在性生活上，让他体会到了无限的快乐。而对马萍他没有什么可担心的，他和马萍生活在一起，日子平淡，但踏实。他不能说和韦晓晴在一起就不踏实，但会有许多后患，因为有了诸多的后患，他无论如何踏实不起来。

文君知道韦晓晴想听一句他的承诺，可他真的不能给她承诺什么。他矛盾、困惑。有时他就想：男人需要情人，如果情人不对他有求什么，双方都轻轻松松的，那该多好啊。通过和韦晓晴的关系，文君明白了一条真理：世上没有无缘无故的爱。

文君和韦晓晴刚接触时，双方都一身轻松，他们都没有想到以后会怎么样，随着他们交往的加深，他们最初的动机都发生了本质的变化，这是文君的无奈，也是他不愿意看到的。

七

文君和韦晓晴只要单独在一起时，便开始吵架。并不因为什么，总是韦晓晴在找碴儿，她似乎心情不好，文君也只能谦让着，想尽一切办法与她和好。来来往往之中，文君的心情也不好了，烦恼的时候，文君就想：这样下去还不如散伙。于是他一连几天也不理她，两人就跟陌路人似的。

几天之后，文君先沉不住气了，他想到了她的种种好处，还有他们在一起的快乐时光。然后文君就给她打电话，她刚开始反应很冷淡，他在电话这端说上十句，她才说上一句。总之，他说的都是检讨自己的话，不知哪一句话把她打动了，然后她才和他说话，说着说着，两人就像当初一样，说的都是一些愉快的话题。半晌之后，两人自然都有些动情，她就在电话那端千娇百媚地说：我想你了。

两人已经许久没有在一起了，他何尝不想她呢？他沉吟了片刻，终于下定了决心。在韦晓晴和他吵架的时候，他当然知道为什么，她已说过无数遍不喜欢在办公室里偷情了。他找到了一家宾馆，价钱也能接受，看样子也很安全。这次，他就说出了那家宾馆的名字，让她一个小时之后去那家宾馆等他。她自然有些喜出望外，高高兴兴地放下了电话。

他的电话是在外面用手机打的，打完电话，他有些悲壮地回到家里，他不看马萍的目光，而是一边穿衣服一边说：我今晚有事，要是早就回来。

他说完这句话，仿佛下了很大的决心。马萍对他的举动似乎有些吃惊，但还是带着几分关切的语气说：是单位有事吧？

他只好答：是，有个文件急着搞出来。

说完便头也不回地从家里走出来，他不敢犹豫，怕下不了离开家的决心。往那家宾馆去的路上，他的心里一直觉得挺对不住马萍的。直到见到早已等在那里的韦晓晴，他的心情似乎才好了一些。

很顺利地开了房间，两人一前一后地向房间走去，一进门，韦晓晴便把他抱住，高兴得跟个孩子似的。在文君的印象里，这是韦晓晴最高兴的一次。

接下来，韦晓晴就迫不及待地钻进卫生间去洗澡了，文君坐在沙发上打开了电视。他要让自己平静下来，适应这种心理的转换，直到这时，他才发现，韦晓晴把明天上班的包都带来了，也就是说，韦晓晴并没有打算完事就走，而是想和他在这里过夜。不知为什么，他又一次想到了马萍。

韦晓晴洗完澡出来，她赤裸着身体，很快就上床了，然后冲着发愣的他说：还不快去。他只好走了进去。在洗澡的过程中，韦晓晴的诱惑占了上风，当他走出来的时候，身体已经有了反应。

两人毕竟已有一段日子不在一起了，在这期间，他也冲韦晓晴暗示过，希望她下班后留下来，但还没到下班时间，她就背着包气呼呼地走了。

在电话里她冲他说：我不希望你对我这么不负责任，我和你在一起，图你什么了，你说呀。

他说不出来，总是觉得愧得慌，在家里他觉得对不住韦晓晴；和韦晓晴在外面，他又觉得对不住马萍。

两人躺在宾馆的床上平息下来后，她把头伏在他的胸前，娇羞地说：我再也不在办公室里做了。

那一瞬间，一股巨大的情怀涌遍他的全身，他很快地说：好，我答应你。

她说：咱们要是永远这样该多好呀。

他抱住她的手臂用了些力气，算是对她的回答。

她说完这句话，便闭上了眼睛，激动过后的平静就是困倦，她似乎睡着了。他却一点儿睡意也没有，借着床头的灯光，看到了电话，虽然他知道马萍不可能知道他在这里，可他还是担心那电话会响起来。这时，他想起了马萍，不知马萍睡了没有，是不是在等他。他望了眼怀里的韦晓晴，她正在发出均匀的鼾声，他知道自己不管是身体还是灵魂，很难离开韦晓晴，但他又不敢说什么时候就会失去马萍。他更不敢想，马萍有一天发现了他和韦晓晴的关系后，会做出什么样的反应。这一切，他都不敢预料。总之，两个女人他都不愿意失去，失去马萍便意味着失去家庭，失去韦晓晴也就失去了快乐。他知道，迟早有一天，他会失去一方的，这么想过之后，他的心里空前地竟有一份悲凉。

不知什么时候，韦晓晴睁开了眼睛，发现他还没睡，便呢喃着说：怎么还不睡？

他说：看你呢。

她把自己的身体更深地埋在他的怀里，他又有了一份激动，把她压在自己的身下，他也说不清自己为什么会这么能干，在和马萍过夫妻生活时，他从来没这么能干过。

有一次，韦晓晴在他身下情不自禁地说：你是我遇到过的男人中最棒的。

不知为什么，他没有醋意，相反，她的这句话更增加了他的激情，这是韦晓晴对他说的话，如果是马萍说的这句话，他会容忍吗？事后，他想，因为韦晓晴不是他的妻子，只是他眼下的情人。他再和韦晓晴发生关系时，便多了些恶狠狠的成分，韦晓晴似乎很欣赏他的这种粗暴。

从那以后，一个月他总要想办法开两次房间和韦晓晴约会。

刚开始韦晓晴对他的这种举动，表示了接受和愉悦，随着时间的流逝，她又开始抱怨起来，两个人每个月才能约会两次。文君不是舍不得钱，重要的是，他不忍心，也没理由频繁地在外面过夜。就是这样，他也不知道马萍是怎么想的。好在，马萍一次也没有问过他。他每次在外面过夜，自然找出一些理由，除开会之外，还说一些朋友聚会，等等。马萍并没有多说什么，每次都很愉快地为他放行。每次他走出家门，心里都沉甸甸的，滋味复杂。

在韦晓晴的不满声中，文君又进一步做出了妥协，他隔三岔五地陪韦晓晴逛街，有时是周末，有时是在下班后。他陪韦晓晴逛街时，总是兴致很高，看这看那的，有时并不买什么，只是看看。

当初，他和马萍谈恋爱时也逛过街，结婚之后，他就不陪她了，一提起逛街，他就发愁，有了女儿之后，这样的机会更少了，现在女儿大了一些，他们倒是有机会了，可他仍然不喜欢逛街。

逛完街，两人有时在快餐店或者什么地方随便吃顿饭，直到这时，他便开始着急回家了，一次次地看表，韦晓晴注意到了，马上就不高兴了。他注意到了这种不高兴，马上就说：怎么了你？

她沉着脸说：你是不是着急回去看她呀？

韦晓晴现在提起马萍时，不是直呼其名了，而是改成了“她”，仿佛马萍才是第三者。

两人为这事又吵了起来，总是在他妥协之后，又说过无数次好话，她才恢复正常。

文君每次回到家里，总是小心翼翼的，他偷眼察看马萍的脸色。马萍有时躺在了床上看书，有时在看一部无头无尾的电视剧，对文君的回来，似乎并没有太多的留恋。文君的心似乎稳定了下来，洗完脸，刷完牙，坐在马萍身旁，有一搭无一搭地解释晚回来的理由。马萍并没有追究文君的意思，于是，文君又安定了许多。冷静下来之后，他发现，最近马萍有了变化，对他似乎不那么关心了，他又开始检讨自己，疑心是马萍发现了什么。这么一想，他又心虚了起来，他认为这一阵自己的确有些过分了，便想周末女儿从幼儿园回来时，一家人去公园散散心。他把这想法和马萍说了，马萍没有积极赞成，也没表示反对。

周末的时候，一家三口去了一趟公园。文君跑前忙后的，显得空前的快乐和积极，女儿自然也很兴奋。

女儿自己去玩时，他和马萍站在那里听着女儿和一群孩子游戏发出的快乐笑声，文君觉得自己无论如何离不开这个家了。

和马萍、孩子在一起时，他又想到了韦晓晴，他说不准韦晓晴在干什么呢。出门的时候，他把手机关了，他下决心，在这个周末好好陪一陪马萍和女儿。

一想起韦晓晴，他的心里就乱了起来，他说不清自己心里为什么不踏实。他也说不清自己和韦晓晴的关系到底能维持多久，想到这，他心里又有了些悲凉。

八

马萍和常冶的关系也发生了微妙的变化，她现在不是每天都往常冶那里跑了，而是隔三岔五地去。她每次赶到常冶那里，并不是急三火四地和他上床，而是带着怨气和常冶讨论常冶的夫人，那位正在美国读博士的女人毕静。刚开始常冶在有意回避着这一话题，他甚至把关于毕静的所有东西都藏了起来。但马萍毕竟是女人，她一走进常冶的家，就感受到了常冶夫人埋伏在周围，那种无处不在的感觉。刚开始，她并没有点破，自欺欺人地想把那个女人忘在脑后，她越是有这种想法，越觉得那个叫毕静的女人无时无刻地存在着，让她压抑、难受。

有一次，也许是常冶大意了，说漏了嘴，他用她去和毕静比较，他刚一说出口，发现她的眼神不对，忙住了口。但她却不依不饶，一定让他说出自己哪点不如那个女人，哪些地方又比那个女人好。常冶没有办法，不知是违心的还是真心的，列举了种种她长于那个女人的好处。虽说她半信半疑，但还是很高兴，用拳头敲打着常冶的肩膀，撒娇道：那她比我强的地方呢？

常冶自然不会说毕静的长处，只是用臂膀紧紧地把她拥住，说道：你什么地方都比她强。显然，这是一句违心的话。她也不会相信，在这种状态下的男女，很难说出真情。

冷静下来的马萍，就莫名地生出许多怨恨，她恨常冶，也恨那个远在美国叫毕静的女人。这种恨体现在她对常冶的态度上，每次和常冶见面，常冶自然迫切地要和她上床，她却不从，挣扎着从常冶的拥抱中走出来，常冶就问：怎么了？

她不说话，又爱又恨地望着常冶。于是常冶就甜言蜜语地向她说好话。她看过常冶一篇小说，其中一句话她记忆深刻：男人的甜言蜜语是女人最好的良药。因为她记住了这句话，所以就恨常冶在她面前的甜言蜜语，但她又终究逃不脱常冶的甜言蜜语，被他说着说着，就没有了反抗的能力，最后还是顺从地让他抱到了床上。在巨大的快乐面前，她抵挡不住这样的诱惑。

平静之后，她的怨气依旧。有时她离开常冶时就想：自己这是怎么了，当初常冶并没有勾引自己，应该说是自己投怀送抱的。当初，她并没有对常冶有更多的奢望和企求，随着感情的发展，她才渐渐感受到，虽然那个叫毕静的女人远在天边，但那个女人毕竟是常冶的合法妻子，一想到这，她就无法忍受。

有一次，她在床上冲他说：她出去几年了？

他说：五年多了。

她又问：中间没回来过？

他答：回来过一次，把儿子接走了。

然后是沉默，她望着他做爱后汗浸的额头，他半闭着眼睛在养神。

她又问：你爱她吗？

他睁开眼睛，看了她一眼，想避重就轻，说：你问这干吗？

她固执地说：我就问，你爱不爱她？

他犹豫了一下，说：夫妻都十几年了，就那么回事吧。

她从他的回答里，感觉到他对那个女人是有感情的。她的心疼了一下，沉默了一会儿。

她又问：你爱我吗？

这回他没有犹豫，一边吻她一边说：爱，当然爱。

她的心里打一个闪，她知道他会这么回答，但她还是感到很高兴。她也很快就明白了男人，对老婆也爱，对情人也爱，哪方面又都不肯舍弃。她恨这样的男人，包括身旁的常冶，虽然他是那么地吸引她。

有一次，她又问他：你会不会离婚？

显然他没有准备，有些惊讶地望着她。

她又问了一句：为了我，你会不会离婚？

他躲闪着她的目光说：现在不是挺好的嘛，她一时半会儿又回不来。

这就是他回答的现实，他们的现实。她对这种现实不满意，否则，她也不会这么刨根问底了。

有一次他对她说：情人的爱情关系是最稳固的，夫妻是什么，就是过日子，若说有感情，那只是兄妹的感情。

她信他的话，但只相信一半。她刚开始和文君谈恋爱时，她相信她是爱文君的，包括他们结婚，最后又生孩子。直到她认识常冶前，她仍相信，自己对文君的感情就是爱情。但是遇见常冶后，她否定了自己的看法，她只相信，她现在和常冶的感情才是爱情。

这一阵子，她的脑子里有一个声音在响：我要为爱情疯一次。

她知道自己不是小女孩了，毕竟也是三十出头的女人了，还有一个四岁的女儿。但她仍要疯一次，是爱情的力量让她疯狂，她也想为爱情疯狂。

因为自己有了爱情，她觉得眼下和文君的日子过得一点意思也没有。文君这一阵有些神出鬼没，她懒得去琢磨，就是文君真的在外面有什么，她也不嫉妒。她和文君的感情在和常冶感情的对比下，已显得麻木了。她为这种麻木感到可怕。

有了这种念头之后，她见到常冶说：我要离婚。

常冶听完这句话，惊怔得注视了她许久。

她以为他没听清，又说了句：我要离婚。

常冶没有说话，他吸了支烟，又吸了支烟。以前常冶不在她面前吸烟，他只在写作时才吸。吸完两支烟的常冶才问：为什么？

她对常冶的问话，感到有些失望，但还是说：不为什么。

常冶是作家，又善于发现人的心理，他自然明白她为什么要这样。在她的面前，他第一次显得郑重起来。

他就郑重地说：我爱你，你也能感觉到，可我现在没法离婚，她在美国。

她觉得他的措辞一点儿也不高明，他夫人在美国，并不影响他们之间的离婚。只要他夫人在美国签个字，办起离婚手续并不是一件困难的事。

她不想把这句话说破，她想：也许他对自己的爱不是全部，是有保留的。但自己对常冶的爱却是全部的。

令她感到惊奇的是，常冶很少问文君的事，他了解的那些，只是局限于她说的那点表面情况。也许这就是这个男人的聪明之处。

有一次，马萍和常冶正在热烈的时候，他附在她的耳边问了一句：是他厉害，还是我厉害？

她当时正在云里雾里，似呻似吟地说：世上的男人你最厉害。

他得到了她的首肯，信心顿时大增，把爱做得越发的有声有色。

马萍是学医的，对男女的认识比一般人自然要深刻一些，自从和常冶好上后，她才明白，性在男女之间的分量其实是很重的，她想象不出，如果常冶也像文君似的，激发不出她的情绪，她不可能像现在这么爱他。她当初走近常冶，一是出于好奇，还有些崇拜，同时常冶身上那种气质吸引了她。一个女人对一个男人熟悉起来，好奇和崇拜都会随之消解，任何好奇和崇拜都是建立在陌生上的。没有了陌生，自然没有了上述那诸条理由。

随着他们接触的深入，果然，常冶吸引她的不是那些东西了，她又发现了许多新奇的东西。在她眼里，和文君相比，常冶更像个男人。

她为了表示对常冶的爱，给他买下了不少男人的专用营养药，这些药都是和男人的脑和肾有关系的。一个男人之所以成为男人，一个是大脑，一个是肾，这是一条广告中说的，马萍觉得这句广告词很精辟。

马萍下定决心，要用自己的行动和所有的爱，唤醒常冶的全部。

九

在办公室里，最近经常有个男人打电话找韦晓晴，当然，时间大都在中午。韦晓晴就笑逐颜开地和那男人聊天，此时，办公室里只有文君和韦晓晴。韦晓晴冲电话聊天的时候，连眼皮都不抬一下。文君在一旁听着，心里很不是个滋味，他焦灼不安地一趟趟出出进进，他在外转了一圈，走回来时，本以为韦晓晴已放下了电话，不料韦晓晴仍在聊着，文君的不满就挂在了脸上，关门、走路的动作就大了一些。

韦晓晴终于放下电话，冲他不咸不淡地问：怎么了你？

文君就说：没怎么。

韦晓晴笑了笑，哼着歌，心情很愉快的样子。

文君终于忍不住，抬起头问：那是谁呀，说得那么热乎？

韦晓晴就含混地答：一个朋友。

文君就酸溜溜地道：不是一般的朋友吧？

韦晓晴就说：就那么回事吧。

文君就有些悲哀，他知道迟早有一天会失去她的，没想到这日子来得这么快。他再望韦晓晴时，眼神里充满了绝望和痛楚。韦晓晴却不和他对视，该干什么就干什么。

刚到下班时间，韦晓晴就离开了办公室，急慌慌的，仿佛有什么紧要的大事，连头都没回一下。

文君的情绪很不好，他准时回到家里，马萍已经下班了。文君吃过饭，冲马萍说：我出去散散步。

马萍欲言又止的样子，望着文君走了出去。文君一离开家门，便打开了手机，他给韦晓晴打了个电话，电话是韦晓晴母亲接的，告诉他韦晓晴还没回来。

文君的心里就慌乱了起来，他就想：韦晓晴一定是和那个男人约会去了。以前韦晓晴也有这样那样的活动，什么同学聚会，朋友过生日，等等。事前，她总是和他打过招呼，并告诉他大约几点回来，等等，大约那个时间，他把电话打过去，果然，她已经在电话那端等着了。那样的日子，文君的心里是踏实的、愉快的。

此时文君的心境就乱了，他盲目地走着，脑子里满是韦晓晴和男人约会的情景，这种情形在他的想象中，生动而又具体，他越这么想，心里越不是个滋味，他和韦晓晴在一起的一幕又一幕，此时已经又换成了另外一个男人。

文君心情低落地走了一会儿，又走了一会儿，他不敢保证韦晓晴是否回来了，但他还是忍不住给她家打了个电话。果然，她仍然没有回来，文君无可选择地回到家里。马萍正半躺在沙发上看电视，他也坐下来看了一会儿电视，看了半天也没看出什么名堂，他脑子里都是韦晓晴和别的男人约会的画面。他心绪烦乱地这屋走走，那屋看看，想找点事干，可又什么也干不下去。马萍的目光一直跟着他游移着，想说点什么，又下不了决心的样子。

快到晚上十点了，马萍躺在了床上，借着台灯在翻一本书。文君冲马萍说：这天热得难受，我下楼走一走啊。

马萍说：也不是那么热呀。

文君已经下楼了，然后迫不及待地给韦晓晴打电话，这次是韦晓晴接的。她的声音听起来很愉悦的样子，没事人似的和他说东道西，他忍不住还是问：你今天下班去哪儿了？

她说：和一个朋友聊天去了。

他又问：和一个男朋友吧？

她停了停又说：这和你没关系，你是我什么人？

他就无话可说了，他清楚，自己没有权利责备她什么，说白了，现在他只是她的情人。世上最不可靠的关系，大约就是情人。今天可以和你好，明天也许就吹了。没有任何一条法律可以保护这种关系。于是，他就换了一种口气说：咱们周末出去玩两天吧。

在这之前，她曾主动提出过到郊区去玩两天，他答应了。但他一直没下定决心，这次他主动提出来了。

她听了他的话，似乎热情不怎么高，犹豫着说：如果周末我没安排，那咱们就去吧。

虽然她的态度不像以前那么明朗，但毕竟还留有余地，在他听来，觉得他和她的关系还没有结束，她还没有完全拒绝他的邀请。接下来，文君的心情又好了起来。

周末的时间，他还是和她去了郊区。

这之前文君对马萍说周末单位有活动，就不能在家陪她和孩子了。马萍似乎也很爽快，说道：你去吧，周末我带孩子回姥姥家。

文君听了马萍的话，心里就踏实了一半，他觉得马萍是个好人。

文君和韦晓晴在一个度假村里住了下来，文君在韦晓晴面前的态度有了明显的转变。只要韦晓晴高兴，他什么都愿意去做，韦晓晴心血来潮地去骑马，又射箭，最后又提议去吃烧烤。那天玩得很尽兴，文君望着快乐的韦晓晴心里就想：说不定哪一天，眼前这个漂亮女人就会在他眼前消失了。

晚上，他们躺在床上，文君前所未有地疯狂，韦晓晴在他喘息的当口就说：文君你要干什么呀，这又不是最后一次。

文君听了最后一次这个字眼，心里就疼了一下，在他的心里真的把现在的每一次，都当成了最后一次。精疲力竭之后，他搂着她说：你想什么时候结婚呀？

她笑着说：跟谁呀？

他说：跟你男朋友啊。

她似乎有些不高兴了，从他怀里挣脱出来，平躺在那里说：你希望我和别人结婚？

他说：这不是我希望不希望的事。

她不说什么了，他也不好问了。虽然韦晓晴就在他的身边，此时，他却觉得她离他很远。

从郊区回来之后，两人的关系似乎一下子疏远了。韦晓晴似乎是在有意回避着他，中午的时候，她总是借机走出去，直到上班才回来，上班的时候，还有别的同事在场，两人肯定说不了什么。下班之后，他给她打电话，有时她在，有时不在。就是她接电话，也总是三言两语，态度也不怎么友好，冷冰冰的。她冲他说：没事我就放电话了，我头疼，想早点休息了。她用种种借口和他疏远着。

每到这时，他的心里就很郁闷。他明白她为什么这样，虽然她没有说出自己要求什么，但他知道她想得到他的承诺，然而这种承诺恰恰是他不能给予的。

于是，一个冷淡，一个郁闷，两人的关系便若即若离。就是两人偶尔约会时，也时常地发生争吵，说不清为了什么事。有时两人都定好了在外面过夜，因为争吵，她又任性地走了，宾馆里扔下他一个人在那儿愁眉苦脸，自己一个人的确没什么意思，于是他也离开了宾馆。

有时他也想：自己要是和韦晓晴结婚了，会怎么样呢？这么想过了，他有时被自己吓出一身冷汗来。

文君预感到和韦晓晴的关系不会长久了，韦晓晴现在的行动很神秘，经常有男人打电话过来，她也经常把电话打出去，一聊就是半天。

晚上的时候，他经常往她家里打电话，大部分时间她都不在，他的心情又恶劣了起来。白天的时候，她一句话也不跟他说，埋下头干自己的事，虽然两人面对面坐着，却形同陌路。

十

文君终于又和韦晓晴约会了一次。他在宾馆里开好了房间，等了半晌，韦晓晴才来。他在等她的过程中，心里充满了绝望。他知道，也许这真是最后一次和她幽会了，所以，她一进门，他便粗暴地把她按在床上，不管不顾地去脱她的衣服，她扭着身子说：你疯了。

他心里真的要疯了，闷着头不管不顾地和她做爱，他很疯狂，她却很冷静，不时地睁开眼睛望着他，他自然也看见了她的眼神。他们最热烈的时候，那时的韦晓晴是疼爱他的，双手会死死地把他抱住，有时还会抓起一条枕巾什么的去为他擦汗，可现在她却没什么强烈的反应，任由他的汗流着。

文君不能不感到悲哀，一味地闭着眼睛疯狂着。后来他就躺在了她的身旁，不一会儿，她起身去卫生间里冲澡，她出来的时候，他以为她还会躺在他的身旁。不料，她穿上了衣服。

他坐起来问：你要干什么？

她说：回家呀。

他有些生硬地说：我让你住下来。

她说：别忘了我还是个姑娘，总不回家算什么事。

以前她和他在外面住过无数次，那时，每次差不多都是她缠着他，怕他走掉，把她一个人扔下，现在她却把他一个人扔在这里了。

他跳下床，想把她推回到床上来。

她有些愤怒地说：够了，我都跟你这样了，还想让我怎么样，我还要谈恋爱、结婚。你有家庭，就不许我有家庭了？

他无力地站在那儿，她说到了他的痛处。他只能张口结舌地站在那里。

她拿起包要走了。

他无力地说：你真的要走？

她说：不走怎么办，你又没说娶我，你要娶我，我立马就脱衣服上床。

她说完就走了。

他躺在床上，感到前所未有的无奈，他终于明白，天下没有不散的筵席，他终于失去了韦晓晴。是的，他不能没有家庭，为了这个家庭，他不能娶韦晓晴，她对他来说，只是生活中的一个小插曲。

从那以后，他的生活又恢复到了常态，下班后准点回家，那部手机一直在抽屉里放着，他已经用不着它了。他下定决心，要一心一意地过日子。

就在文君的情绪逐渐稳定下来之后，马萍突然在一个晚上开口了，她先拿出了一份离婚协议书，然后才说：文君，我想了好久了，咱们离婚吧。待他明白过来之后，头一下子就大了，昏头昏脑的，一时不知自己在哪儿。

马萍这一阵子思前想后，终于下定了离婚的决心。她仍和常冶来往着，常冶说过，等他夫人毕静从美国回来后就离婚。她爱常冶，离不开他，她要让自己的决定去打动他，她知道常冶在犹豫，为了不让他犹豫下去，她要当机立断，彻底变成一个自由人，给常冶一个惊喜。

文君听了马萍的话，他首先想到的是他和韦晓晴的关系被马萍发现了。他现在真后悔自己一时昏了头，做出这样的事情，心一热，腿一软，他跪在了马萍面前，哭诉自己种种不是，并抽自己的耳光，发誓说自己和韦晓晴断绝关系了。

文君说这些的时候马萍像不认识似的望着他，等他说完了，她才说：既然都这样了，也不能说是我对不起你了，那咱们更应该离了。于是马萍也把自己和常冶的关系说了，如果文君不说出自己和韦晓晴的关系，她也不打算说的。既然他说了，她也就说了。

马萍说自己的事时，这回轮到文君吃惊了，他做梦也没想到，马萍早已经爱上别的男人了。这婚就没法不离了。

他们很快就办理了离婚手续，女儿归马萍照管。马萍搬到文联去住了，在机关她找了一间宿舍，她相信这一切都是暂时的，她迟早会和常冶结婚，然后搬到常冶的房子里去。

文君离婚的消息，很快就传遍了机关，韦晓晴自然也得到了这一消息。那一天，韦晓晴对文君投来了一次又一次关注的目光。文君没有察觉到，他现在已不关心任何人的目光了。终于，办公室剩下两个人时，韦晓晴对他说：晚上我等你，我有话对你说。

文君听到了，他不知道她要对他说什么，下班的时候，他早把这件事忘了。他回到家里便昏昏沉沉地一头躺在了床上，这些天，他一直这样，什么时候饿了就吃一口，不饿就这么无力地躺着。这时，电话响了，电话是韦晓晴打来的，她说自己就在楼下，一会儿就上来，他什么也没说，放下电话仍躺在那里。

不一会儿就响起了敲门声，他说：门没关。韦晓晴进来了，她一进门，便扑在他的怀里，疯狂地吻他。他闭着眼睛，无动于衷。她说：文君，我爱你，你为了我都离婚了，我一定和你好一辈子。

文君说：这事和你没关系，是马萍要离的，她有别的男人了。

韦晓晴的样子有些失望，但她还是说：现在大家都是自由人了，我们又相爱过，让我们从头再来。

文君说：你不是有男朋友了吗？

韦晓晴说：那怕什么，可以吹呀，我和他也没好到咱们相好的份上。

文君就定定地望着韦晓晴，她依旧那么唇红齿白，但他现在对她一点儿冲动也没有，甚至有些讨厌她。他说：你回去吧。

韦晓晴就说：我知道你情绪不好，过几天就没事了，男人嘛，我等你电话，只要你需要，我马上就来看你。说完韦晓晴就走了。

她走之后，文君的脑子就清醒了过来，他开始认真地想自己和韦晓晴的关系，想和马萍的婚姻。他没想透马萍，却把韦晓晴看透了，他直到这时才发现，韦晓晴这样的女人并不适合自己。韦晓晴和自己相好之前，是有过男人的，按理说他是不好接受的，他以前之所以接受了，是因为他只把她当成情人，甚至一想起和韦晓晴曾经有过关系的那些男人，他还多了些冲动。现在他一个人了，再和韦晓晴来往下去，他知道那意味着什么。这样的人做老婆肯定是不合适的。这么想过之后，他下定了和韦晓晴结束所有关系的决心。

夜半的时候，电话响了起来，他知道一定是韦晓晴打来的，他没有去接。

他一直想不透马萍，他和马萍恋爱时，马萍是很纯洁的。这么多年他没有怀疑过马萍什么，突然间，马萍却提出了离婚，理由是自己又爱上了别的男人，这让他想不明白。越是想不明白，文君越是要挖空心思想下去。

过了半年，又过了半年。

韦晓晴结婚了，办公室的人都去参加韦晓晴的婚礼了，唯有文君没去，韦晓晴也没通知他。

后来，文君听说那个叫常冶的作家的夫人从国外回来了，常冶没有提出离婚。

不久，他听说马萍大病了一场，他得到这个消息时，马萍已经又好了。他决定，抽时间去看一看马萍，还有自己那个已经五岁的女儿。

北京故事

一

“五一”节前夕，七十三岁的老人张伯祥失踪了。

张伯祥是和老伴李少芬在超市采购东西时失踪的。

七十三岁的张伯祥几年前就患上了老年痴呆。张伯祥退休前是名小学数学老师，其实老年痴呆在退休前就已经有征兆了，他经常在上课时发呆，正讲着一道数学题，讲到一半时，竟然忘了继续讲下去，大睁着眼睛望着眼前的孩子们，孩子们睁着小眼睛看着自己的老师。后来有孩子家长把张伯祥老师这种教学状态反映给校长，校长经过一段时间的观察，也发现了张伯祥老师这种状况，于是就找张伯祥谈了一次话，大体意思是，辛苦了几十年的张老师老了，不适合教学了，让他离开课堂，负责教具管理。张伯祥教了一辈子孩子，冷不丁离开课堂还有些不舍，红着眼圈和孩子们告别，专心管起了教具工作。张老师管教具，也经常丢三落四的，经常把教具错发和漏发，引得一些老师们也很有意见。

妻子李少芬也是名老师，和张伯祥在一个学校，李少芬在五十五岁时就退休了。李少芬起初对学校的风言风语并没往心上去，只是觉得自己的爱人年纪大了，忘性也大了，人老了这一切也属正常。直到五十九岁那一年，张伯祥提前一年退休回到家里，没事可干的张伯祥回到家里后，坐在那里经常发呆，早晨吃过的饭，过了中午就忘了早晨吃什么了，一副无辜无奈的神情。

那会儿，家住昌平的大儿子张守强回到家里一趟，许久不回家的大儿子张守强站在父亲面前，父亲瞪着眼睛一连问了张守强几遍：你找谁？你走错门了。父亲这么问话，让儿子非常惊愕和失落，把一张脸凑到父亲面前，也一连说了几句：爸，你糊涂了，我是张守强，你连我都不认识了？父亲端详了张守强许久，突然说了一句：老大，你回来了。

老大回来了，张伯祥马上让老伴李少芬去做包子。在张伯祥一家的生活中，吃包子就是改善伙食。以前一家人住在牛街，牛街上的牛肉包子很有名，因为牛街住的大都是回民，侍弄牛羊肉很讲究，清真食品也很有讲究，因此，牛肉包子也著名起来。张伯祥打小就生在北京，长在牛街，童年的口味是很难改变的，许多年过去了，一家人仍然把牛肉包子当成最好的食品。后来牛街改造，张伯祥为了改善一家人的居住条件，离开了寸土寸金的牛街。

那会儿家里三个孩子，老大已经另立门户了，住在单位临时分配的公寓房里。老二张守志在机关工作，那会儿的机关已经不再分配住房了，只能自力更生，买商品房了。老二张守志没钱买房，住在岳父岳母家里。岳父岳母是处级干部，家里有一处三居室，就这么一个闺女，于是老二张守志自打结婚就名正言顺地住进了岳父岳母家。这在北京被称为“倒插门”，虽然张伯祥和李少芬是一对知识分子，但事实就是这样，脸上心上，也很是不受用了好些日子。

老三是个女儿，那会儿刚大学毕业，听说在上大学时就轰轰烈烈地谈起了恋爱，人虽然毕业了，这恋爱也谈得有头无尾的样子，没有结婚的意思，据说男朋友又考上了研究生，为了学业自然是不能结婚。女儿张娜在大学毕业后仍住在家里，在一家公司上班，早出晚归的，一边谈恋爱一边上班，很忙碌很有理想的样子。

牛街拆迁了，赶上了一个千载难逢的机会，于是张伯祥和李少芬两人就研究，研究来研究去，又召开了一次家庭会议，在充分听取了孩子们的意见后，终于决定，不再迁回牛街了，而是要一笔拆迁款，卷铺盖走人。原因是，两位老人要把拆迁款一分为四，给三个孩子留三份，自己留一份，用这些拆迁款自己去买房。拆迁款终于下来了，老两口那会儿也都快要退休了，不在乎去哪里居住了，于是他们跑到大兴买了一套两居室的房子。老大借着父母的拆迁款，一咬牙一跺脚跑到昌平回龙观也贷款买了一套属于自己的房子。老二和岳父岳母住在一起的日子也够够的了，因为没条件，只能忍气吞声地将就着，现在有了父母给的拆迁款，于是也开始张罗着买房，跑遍了北京城，对比房子，对比钱，最后很豪气地在通州买了一套房子，比老大的回龙观条件要优越一些，也离城里近一些。

老三张娜，那会儿正专心地谈恋爱，满脑子都是爱情，还没想到吃喝拉撒这些俗事，父母把钱递给她时，她连正眼都没看一眼，只是说：爸妈，这钱是你们的，存起来吧。

父母见女儿根本不把这钱当回事，于是，就把钱暂时存到了女儿张娜的名下，张娜一如既往，该干什么干什么，把自己当成了个没钱的屌丝，活在爱情的梦里。

现在女儿已远嫁到上海去了，九年恋爱，换回了男朋友读完了博士，他在北京没找到合适的工作，上海有一家单位同意接收他，于是男朋友毅然决然地离开了北京去了上海。女儿张娜也老大不小了，况且，这恋爱从大学谈到博士，一谈就是九年，她舍不下九年的爱情，和父母挥挥手，说了声拜拜，一竿子扎到了上海，经营她的爱情去了。

后来，父母就老了，都相继退休了。

女儿张娜，因为一下子去了上海，回一趟北京肯定不那么容易，只是利用出差或年呀节的，偶尔回来一次，匆匆地来又匆匆地去，很忙碌很辛苦的样子。

女儿离开北京去上海，就把名下存有父母给的拆迁款的存折带走了，后来父母听说，女儿就是用这笔款，付了首付，在上海浦东买了一套房子，贷了二十年的款，终于买了一套不大不小的房子。

退了休的张伯祥和李少芬已经没有更多的能力帮助儿女们了，操心依旧操心，惦记也一如以前，怎奈力不从心了，儿女们都大了，也就随他们去了。

北京的两个儿子，一个住在北面，一个住在东面，他们住在南面，浩大的北京城，虽说叫一个城，这东南西北的，孩子们回来一次，也不是件容易的事。

刚开始周末时，老大从北面，老二从东面，千里迢迢，坐地铁又转公交，折腾两个小时赶到大兴，吃顿父亲母亲合力做的牛肉包子，又披星戴月地四散了，搞得两个儿子很疲惫。老大张守强一晃也是五十岁的人了，生活的操劳，让他已经是满头白发了。老二也四十出头了，在机关先是当科员，后来又当了科长，前两年又弄上了个副处长，自己也买了辆车，车虽然不贵，十几万的样子，毕竟也算是有车族了。偶尔，也有送礼的人把国产车后备厢塞满，有时，老二开着车，快半夜了跑到大兴的父母家里，把后备厢里的鸡鸭鱼肉之类的东西送给父母，又开着车一溜烟地赶回通州。父母对儿女的孝顺是心满意足的，更重要的是为儿女们的有出息。

张伯祥和李少芬两人在睡不着时也多次合计过，这三个孩子，老二最有出息，身份是政府机关的工作人员，还带着“长”，这样一路下去，这个“长”会越来越大，人往高处走嘛，“长”做大了，父母管不了孩子们了，老二也会有能力帮助老大和老三的。两人想到这儿也就很欣慰，在情感的投入上对老二就有些偏心，或者叫重视。

每逢老二张守志回到家里，父母迎接他是最隆重的，不仅做牛肉包子，还要做上一个白菜豆腐汤，放上粉丝什么的。遇到年节，还要做上几个菜，父亲张伯祥要陪老二小喝几口，酒自然是老二从后备厢拉来的，偶尔也会有茅台、五粮液什么的，但那只是偶尔，细心的父亲是舍不得喝的，收藏起来，等着过年过节的和儿女们聚时才拿出来。渐渐地，老二张守志在一家人心目中的威信树立起来了，家里的大事小情都是老二拿主意。张守志，这位机关的副处长，见多识广，每逢做出重大决定时，总是先喝几口茶，再吸上两支烟，然后就有了思路，说出来，一家人听了，果然头头是道，高瞻远瞩，有理有据，一家人就按老二的思路办了。因此，老二的地位就显而易见了。

老大偶然回家，发现了父亲的不同寻常，连自己的儿子都不认识了，这能是小事吗？于是把电话打给老二张守志，把父亲的病情汇报了。老二张守志在电话那头，想都没想便说：爸这病可能是老年痴呆！

老大就在电话这头愣住了，这病听说过，但在现实生活中他没见过。教小学数学的父亲，在他们的印象里是多么聪明的一个人呢，不仅对数学敏感，生活中也处处透着仔细，日子也总是过得精打细算。

小时候，三个孩子都在上学，日子过得并不宽裕，父亲为了节省钱，总是自己做练习本。买来白纸，裁成练习本大小，再装订起来，剩下的事就是父亲坐在灯下，戴上花镜，用尺子和笔在白纸的练习本上，画出笔直的田字格，或者是横格。一笔一笔，一页一页，一个个练习本做好，放到他们书包里。每每从书包里拿出这些练习本时，他们都会想起父亲坐在台灯下一丝不苟的样子。有时都半夜了，父亲仍然在那儿一笔一画地画着。

一想起父亲老年痴呆了，老大就哭了，很无助很无奈的样子。半晌他冲电话那头的弟弟问：老二，爸得了这病，怎么办？

老二在电话那头一边冲下属交代着事情，一边抽空冲他说：哥，你别急，等周末我回去再定。

说完挂上了电话。

老二终于在周末的时候回了一次家，老二搬了把椅子坐在父亲对面把父亲仔细研究了。父亲那会儿还一时清醒一时糊涂，清醒时，父亲就问老二：守志，你这么看我干什么？

老二笑一笑，冲父亲说：爸，我看你老没老。

父亲慈祥地一笑，说：你今年都四十三了，爸能不老吗？

老二觉得父亲清醒得很，并不像哥哥说的那么严重，他看了眼哥。哥不信的样子，于是也坐到父亲面前冲父亲道：爸，你记得我多大了？

父亲抬起头想了想，说：老大你五十了，属兔的。

老大和老二交流了一下眼神，两人的心似乎都放到肚里了。那会儿，母亲正在厨房里忙着蒸包子，做白菜豆腐汤。

吃饭的时候，父亲糊涂了，他看着一桌包子，先是眼睛直了，然后站起来，把包子又都端走了，老大老二望着父亲这怪异的举动。父亲不认识似的望着他们说：包子是留给我三个孩子的，他们最爱吃包子了。

两个儿子望着父亲，眼圈红了。

老二决定，要把父亲送到医院去查一查。老二认识一些卫生口的朋友，把父亲弄到北京医院做了一次全面检查，很快就有了检查结果，父亲果然大脑萎缩了，也就是俗称的老年痴呆。

现实就是现实。

两个儿子哭了，看着父亲，望着母亲。在他们的记忆里，父母应该是很年轻的，拉着他们的手去学校上学，父亲在台灯下给他们一笔一画画练习本的事，好像就在几个月前。怎么一转眼，父母就老了，脑萎缩，还老年痴呆，他们似乎接受不了这样的现实。

他们远在上海的妹妹也知晓了父亲的病情，一个电话给父亲打来，她要亲耳听听父亲的声音，了解一下父亲到底病成什么样子了。

父亲的手机响了好久，屏幕上显示两个字：女儿。这是父亲以前自己小心翼翼把女儿的电话号码输入进手机，又仔细存储在手机上的。

女儿的召唤，让父亲很是惶惑，一时不知如何是好的样子。他拿起电话，就像拿起一颗炸弹，他把手机递给老伴说了句：你妹妹找你。母亲把电话接了，说了父亲的病情，父亲见老伴接了电话，自己没事人似的走了。

女儿哭了，母亲也哭了。

女儿风风火火地回了一趟北京，一家人聚在了一起，商量如何医治父亲。北京医院的专家说了，这种病是世界医疗难题，想医治是不可能的，只是吃药，减慢大脑萎缩的速度，缓解痴呆的病情。既然医生都这么说了，孩子再孝顺也是攻克不了世界医学难题的，也只能这样了。

在老二的倡议下，要给家里请个保姆来照顾父亲。

母亲不肯，孩子们担心是母亲舍不得请保姆的工资，孩子们提出这份工资由他们三人承担。母亲还是不肯，母亲说：我身体还好，照顾你爸够了，等到我不行的时候，再说吧。

孩子们仍然坚持请保姆，母亲又说：哪有那么合适可心的保姆，最后还不够麻烦的。孩子们想了，也觉得母亲说得在理，在北京请个合心合意的保姆，比找个媳妇都难，弄不好，还惹一肚子气，不知谁将就谁了。既然母亲这么说，也只能按母亲说的办了。

刚开始的时候，三个孩子不放心父母，经常打电话给母亲询问父亲的状况，母亲又一一地说了，这次这样，下次还这样，父亲的病既然成了事实，日子也就是现实的日子了，波澜不惊。渐渐地孩子们也习惯了这样的日子，全力以赴忙自己的生活和事业了。偶尔，周末时，回到家里匆匆地看一眼，说上几句话，老二依旧从车的后备厢里搬出一些鸡鸭鱼肉放到父母家的冰箱里，拍一拍手，喝几口水，说几句话，又匆匆地走了。

父亲已经不认识自己的孩子了，他们进门时，父亲总是害怕，把自己藏到卧室里，还关上门。

孩子们走时，推开卧室的门，冲父亲说：爸，我走了。

父亲不理他们，害怕地抱着个枕头，哆嗦着身子，头都不敢回。

孩子们在心里叹一声，把门又关上，心情沉重地走了，日子依旧。

“五一”节前夕，李少芬接到孩子们电话，说是“五一”节要回来和父母待上几天。母亲去超市购置过节用的吃食，带着父亲，结账时，老伴还在身边，她带着老伴就像带一个三岁孩子。就在结账时，母亲专心地付款、装东西，等装完吃食，再一转身，父亲就不见了。

二

父亲失踪了，母亲带着哭腔在电话里通报给了两个儿子。

老大张守强在电话里叫了一声，放下电话就坐地铁转公交往大兴这儿奔来。

老二张守志毕竟是副处长，他一边开车，一边打电话，遥控指挥着。他打了110，说明了父亲失踪的事情。

他停好车，上楼推开父母家门时，两个派出所的警察已经在做收尾工作了。他们让母亲找来父亲的近照，父亲已经许久没有拍照片了，这张照片还是去年十一，妹妹张娜回来时，临走那天全家拍摄的。妹妹在照相，照片上并没有妹妹，照片外妹妹喊：一二三，照了。便按下手机的快门。父亲坐在饭桌前，母亲和老大老二站在父亲周围，父亲的表情是一脸不配合，目光散淡地望着别处，一副胆怯的样子。妹妹当时就把这张照片转发给大哥二哥，妹妹之所以要照这张照片，当时说了：我一个人在上海，想你们就看看。

当时说这话时，妹妹是轻描淡写的，母亲先是红了眼圈，两个哥哥心里也酸酸的。妹妹照完相要去机场回上海，妹妹是二哥张守志送走的，他回通州也算顺路。

这张照片是春节时候，二哥张守志打印出来的，单位里有台彩色打印机，处里的人在打印过年的明信片，张守志没什么可打印的，就想到了手机里这张照片，便让处里的人帮忙打印了出来。过年时，他就把这张照片带了回来。现在这张照片派上了用场，警察看了照片，虽然不是父亲一个人的，有总比没有强，现在的电脑技术，会很轻易地把父亲的影像从众人里抠出来。

警察带走照片，说是要上网帮助寻找父亲，又留了家里电话和母亲的手机号，并交代要二十四小时开机，有情况会随时联系。

送走警察，大哥张守强才气喘吁吁赶来，大哥头上流着汗，稀疏的头发粘在头皮上，因着急不停地气喘着。

母亲看到两个儿子的到来，终于忍不住哭泣起来，一边哭一边说：不到一分钟，我低头付款，再一抬头，你爸就不见了，我找遍了超市，再也见不到你们的爸了。

张守志说：妈，你别难过，难过也没有用，咱们去找我爸去吧。

虽然报了警，但一家人心里并不踏实，寻找亲人的任务，还得靠自己，眼见为实。

母亲带着两个儿子又来到了那家超市，超市离父母的家并不远，紧走慢走也就不到十分钟，路上他们就像侦察员一样，小心地把力所能及的范围内每一个角落和身影都看了一遍，仍没有发现父亲的影子。于是，他们又进到超市里，把每个人、每个货柜前后都看了个遍。他们的举动，引来了超市保安的注意，跟踪了他们一会儿，上前交涉了，才明白，这家人丢了父亲，保安很同情的样子。张守志还拿出手机，又找出那张全家福，把父亲放大，让保安看，让收银员看，大家都摇头。最后张守志还要来了超市保安的电话，把这张全家福发给了保安，让保安帮忙留意，一旦发现，立即电话通知他，必有重谢。保安郑重地应了下来，一家人才松了口气。

从超市出来，他们又在各个路口以及公共汽车站牌下寻找，张守志逢人便掏出手机，指着那张照片，问人看没看见这位老人。人们都匆匆忙忙的，随便看上一眼，摇摇头，冷漠地离开了。

一直到了傍晚，母亲突然说：是不是你们的爸回家了？

一句话提醒了两个儿子，他们马上又匆匆地往回走。两个儿子和母亲相比，毕竟年轻，走得比母亲快些，走几步就停下来等母亲，母亲就说：先别管我，我丢不了，你们先回家去看看。

两个儿子有了母亲的指示，于是放心地迈开步伐向家走去。

门依旧锁着，门口多了大嫂和儿子张小米。两人听说了这事，也从回龙观匆匆地赶来了。张小米正在上大四，已经是二十出头的小伙子了，嘴唇上冒出了茸茸的胡须。他见到了父亲和张守志叫了一声：爸，二叔……便移到一边去了，垂下头，一脸的沉重。

大嫂长得很普通，在任何一个地方见了都是一个普通女人，五十来岁，鬓角也有了花杂的白发，脸上的肌肤松弛着，眼袋不深不浅的样子。

大嫂见两人回来，一脸焦急地迎上去问：咱爸找到了吗？妈呢？

大哥张守强叹了口气，摇摇头说：妈在后头呢。

说完这话便把目光落在儿子张小米身上，他走近儿子一些，有些责备地望着儿子道：你怎么来了？

张小米抬起头说：我接到我妈电话，就来了。

大哥没再说什么，目光落在儿子的一条腿上。

儿子自小就小儿麻痹，到现在一条腿长，一条腿短，走起路来就很不方便。自从有了张小米，张守强夫妻俩没少为儿子的腿暗地里唉声叹气。好在儿子很争气，从上小学到大学，没让他们操过什么心，学习成绩一直名列前茅，考上了响当当的北京航空航天大学。这一点成为张家老少骄傲的资本。

张娜曾跟大哥张守强说过一句话：上帝为小米关上了一扇门，就会敞开另一扇窗。你们供小米读书吧，他能读到什么时候就读到什么时候，国内读完，去国外读，学费吃紧，我赞助。

全家人都想让小米去读书，他们认为读书是小米唯一的出路。那么多活蹦乱跳、健康的大学毕业生找工作都不容易，何况他们的儿子腿上还有残疾。于是，全家人齐心协力，支持张小米读书。现在大四了，小米正准备考研，读完研再读博士，一路读下去，正如小姑张娜所说的，在中国读完，再去国外读，一直读到读不下去为止，到那时，也许才是张小米的出路。但是，张守强还是四处求人，为了孩子的工作，不断地送礼请客打招呼，在他看来不管读多少书，最后还是要走向社会工作的。

让张守强困惑的不是孩子读书找工作的问题，而是这个孩子压根就不是他们亲生的，是从福利院领养的。

张守强结婚并不晚，二十多岁就结婚了，普通人结婚，并没有什么远大计划，结婚就结婚，可这婚结了几年，媳妇就是不怀孕。在父母的一再催促下，两人到医院做了检查，也没查出什么毛病，可就是生不出来。一晃他们都三十多岁了，终于觉得折腾不动了，眼见着年纪相仿的夫妻孩子都上小学了，两个人的日子过得清汤寡水的，没个孩子，总觉得少点什么，他们毕竟是普通人，就要过普通人的日子，在父母百般催促下，终于下决心去福利院领养一个儿子。要一个儿子是他们领养的前提条件，去了几次，在众多孩子中选中了张小米。这也是权衡的结果，福利院的孩子大都有点什么缺陷，张小米只是小儿麻痹，其他的一切正常，尤其张小米的眼神打动了他们夫妻俩。他们走进福利院无数次，工作人员一个孩子接一个孩子给他们介绍着，张小米那时就显得与众不同，躲在一角，不哭不闹，静静地注视着他们，审视着。后来，大嫂上前，伸出手把张小米抱在怀里，柔下声音说：孩子，跟阿姨走吧。

张小米点点头，一副很听话很懂事的样子。

大嫂心就化了，看着工作人员就说：我就领这个孩子了。

张守强看着张小米无可无不可的。接下来就是办各种手续，又上户口。最后给孩子起名叫张小米。

随着张小米的到来，大哥大嫂的性情发生了很大变化，以前没孩子时，想的只是两个人的生活，家里凭空多了一个孩子，况且这孩子一来到家里就已经五岁了，生活就变了。再随着小米上学，爸爸妈妈地叫，在外人看来，他们的生活和别人家的生活并没什么两样，他们就习惯了父母的身份，心里就多了种爱。

后来，他们下决心去回龙观买房子，其实也是有深层次考虑的。住在城里时，街坊邻居都知道张小米是从福利院抱养来的，聊天说话偶尔会带出一些信息来，比如一个邻居好久没见了，第一件事便会问：你们那孩子怎么样了？就是有时张小米在他们身边时，别人也会一惊一乍地问：这就是那个孩子吧？这些话，在二人心里听起来就怪怪的，很有危机感很恐惧的样子。在别人心中，你这个孩子是抱养来的，和那些人家并不一样。于是，他们为了隐瞒某种事实，决定搬家。那会儿正赶上牛街动迁，父母给了他们一笔拆迁款，他们下决心，一下子就来到了回龙观，回龙观是四面八方的城里人聚集之地，人们以前都不认识，更谈不上了解，正好遂了他们的心愿。

孩子渐渐大了，他们的担心又接踵而至了，尤其是这几年，孩子住在城里的学校，有时十天半个月也回不了一次家，孩子一下子远了，那种危机感又来了。他们担心的是，孩子到他们家来时，毕竟是五岁了，五岁的孩子究竟有多少记忆，到底记不记得福利院的生活，他们不得而知。于是，他们穷尽自己的想象，回想自己五岁的时候还有什么记忆，想来想去，似乎记得，又似乎什么也不记得。这话他们从来没有和张小米交流过，张小米也没提过。越是这样，心里越是不安。在他们的生活和情感中，早就把张小米当成亲生骨肉了，他是这个家的一部分，也是他们生命中的一部分，万一有一天，张小米走了，不认他们了，他们不敢想象这样的生活会是个什么样子。从张小米上幼儿园，到小学，再到中学，到大学，十几年的生活如一日，他们担心孩子冻着了、热着了，怕孩子吃不好、睡不好，多少个日日夜夜呀，张小米已经长在了他们的生命之中。张小米越大，他们这种担心越强烈。两个人都梦见过，张小米的亲生父母出现了，强行把张小米带走了。惊怔地从梦里醒来，回到现实中的他们，庆幸那只是个梦。然而，这种梦一直缠绕在他们的生活中。在现实生活中，他们只能更加百倍地体贴照顾着张小米。

母亲回来了，走出电梯的母亲，看着一家人聚在门口，什么都明白了，她叹了口气，抖抖地掏出钥匙，打开门，说了声：进吧。

孩子们鱼贯着走进门。

母亲无力地跌坐在沙发上，低垂下头。

大嫂打开灯，坐在婆婆身边，她抓过婆婆一只手，似乎要安慰母亲，叫了一声：妈…… 自己的眼泪先掉了出来。她这一哭，母亲也哭了。

母亲抽回手，一边抹泪一边说：我就是付个款，前后也就一分钟，再一抬头，你们的爸就不见了。

母亲已经成了祥林嫂。

张小米看了看屋子里的人说：我小姑知道吗？

他这一提醒，众人才想到了远在上海的张娜。

大哥望着二哥，二哥拿出手机道：我打吧。

电话接通了，二哥三言两语把父亲失踪的事和妹妹说了，又补充一句：那什么，你要忙就别往回跑了，已经报案了，这里有我和大哥呢。有事电话联系吧。

说完挂断了电话，屋子里一时沉寂起来，灯光显得很耀眼，明晃晃地亮着。

母亲坐在饭桌前，桌上还摆着半块腐乳，还有半碗稀饭。这是父亲早晨吃剩下的饭，父亲失踪是在上午，看来母亲已经一天没有吃东西了。

大嫂毕竟是女人，想到婆婆还没有吃饭，更重要的是，老大老二还有张小米也没有吃晚饭，他们得到消息，就从家里和学校赶来了。大嫂站在客厅中央轻声说：我去给大家做饭吧。说完向厨房走去。

母亲似乎清醒了一些，颤颤地站起来，向冰箱走去，打开冰箱，从冰箱里拿出用塑料袋装着的包子，递给大嫂道：把包子热了吧，这是昨晚我和你爸一起蒸的。

母亲说到这儿，又有了欲哭的意思。母亲站在冰箱前，看到了地上放着的那两只鼓鼓的塑料袋，袋子上还印着超市的名字。母亲蹲下来，一件件把上午从超市买来的东西掏出来，张小米很懂事地来到奶奶身边，一件件地往冰箱里放。

母亲拿出一件就要说一句：这是姜，这是包包子的牛肉馅，还有火腿……

张守志过来，也蹲下身帮母亲整理这些从超市买来的东西。母亲看着这些东西，似乎又看到了老伴就站在她身边，收银员清点物品，然后打小票收款，她拿钱，找零，再一抬头老伴就不见了。世界就塌了。

母亲的眼泪滴下来，一颗又一颗地落在自己的手上和身上。

善良的张小米就劝：奶奶，你别哭。他自己这么说，也有了要哭的意思，奶奶的泪就流得更加磅礴了。

老二张守志心里也很难过，把从超市购来的东西放到冰箱后，他扶着母亲来到了餐桌前坐下。他安慰着母亲说：妈，我爸会找到的，他那个样子，不会走远的，也许就是迷了路。

母亲抬头望一眼窗外，又回过头看一眼桌上的半碗稀饭和半块腐乳，说道：你们的爸早晨就吃了半碗稀饭，早晨我给他热了包子，他不吃，说是要留给孩子，把包子又藏到冰箱里去了。

母亲说到这儿，老大张守强突然牛一样地号哭起来，五十多岁男人的哭号，深沉而又悲壮。在一旁的张小米惊了一下，还是上前扶住了父亲的后背，他的手随着父亲的后背起伏着。他说：爸，你别哭，爷爷一定会回来的。他这么说了，眼泪也流了下来，滴在父亲的后背上。

大儿子的号哭，暂时让母亲止住了泪，但她要诉说，于是她就说：你们打小就在牛街长大的，你们爸，什么都忘了，就记着你们爱吃牛肉包子。现在每次做包子，他都要留下十三个包子，他才肯吃。老大五个，老二五个，老三三个，这是你们小时候的饭量。

母亲喃喃着，走到里屋，从床下掏出一摞订好的练习本，回来放到饭桌上。十几本父亲订好的练习本，样子工整洁白，练习本上父亲已经把三个孩子的名字写好了——张守强，张守志，张娜。这一切都是他们童年的记忆，父亲为了节省买本的钱，每次开学前都要通宵达旦地为他们裁订练习本。那会儿，每到半夜，孩子们醒来，都会看见父亲趴在家里唯一一张桌子前，一笔一画地画着格子，似乎在画着父亲的人生，也在画着他们的人生。父亲在一张又一张洁白的纸上，画出方方正正的田字格，也画出笔直清晰永不交叉的横线……

这是他们儿时共同的记忆，父亲自从得了老年痴呆后，所有的记忆都不复存在了，只剩下包子和练习本。

张守志抚摸着练习本，眼眶是热的，父亲的人生电影似的在他眼前回放着，父亲从年轻到年老，没有轰轰烈烈过，平平淡淡地走到了老年，正如千千万万个父亲一样。

大嫂把包子热好了，还做了粥，热腾腾地端到桌前。

一家人看着包子似乎感到不饿了，都没有吃的欲望。望着冒着热气的包子，又想起了父亲。

老大张守强夹了一个包子放到张小米碗里，哽着声音说：你吃，吃完就回学校吧，学习要紧。

其余人都没有说话，母亲坐在桌前，根本没有要吃的意思。

大嫂就说：妈，你吃点，不吃怎么行。

老二张守志夹了一个包子放到母亲面前，自己喝了一口粥。

母亲看着包子就又说：也不知你们的爸现在怎么样了。

母亲这么一说，所有的人彻底吃不下去了，都放下碗，眼泪巴巴地望着李少芬。这个七十多岁的女人，在儿女们的记忆里一直是坚强的，没见她哭过。从小到大，父母的一言一行，一直是他们的榜样，父母不仅是父母，还是小学老师，父母这一辈子一直以人民教师的言行约束着自己，要求着自己。久了，这一切就和他们的生命融在一起了。刚强的母亲，此时在为父亲流泪。

张小米完成任务似的吃光了最后一口包子，咽最后一口包子时，噎得他还伸长了脖子，喝了一口粥把最后一口包子顺了下去。

张小米放下筷子，张守强就说：小米，你快回学校吧，晚了就没车了。

张小米就站起身，说：奶奶，那我先走了。

说完就往外走，李少芬站起来倔强地道：我也去，到外面再看一看。

众人都知道母亲说这话的意思，于是也都跟着出来。

走出家门，张小米在前，众人随后，向公交车站走去。一路无语，但眼睛却四处看着，似乎这时，他们会在某个暗影里突然看到他们的亲人。

奇迹并没有出现，一直走到公共汽车站，张小米上车，透过车窗张小米在和众人挥手告别，孩子的眼神似乎一下子老了五岁，为了这突然而至的劫难。

公共汽车远去了，载着张小米，还有那些不认识的人。直到公交车消失在远处，母亲才默然地转身往回走，从家里到公交车站就这一条路，母亲回来时，特意转了个弯，又来到了那家超市前。超市早就打烊了，停车场上晃动着两个收费的师傅，他们守着几辆车，不离不弃的样子。

母亲长久地伫立在马路边，望着此时已冷清的超市。张守志向超市走去，确切地说，他冲两个看车师傅走去。他先从兜里掏出烟，每人递了一支，点燃，自己也点了一支，最后他才拿出手机，找到那张全家福，把父亲的形象放大，递给两位师傅，让师傅们去看。师傅们吸着烟，认真地把父亲的照片看了，最后都摇摇头。

张守志收回手机，冲师傅道了谢，穿过马路来到母亲和大哥大嫂身边，轻轻地说了句：回家吧。

也只能回家了，不回家又去哪里呢？大嫂扶着母亲，两个儿子跟在后面，麻木又紧张地往回走，他们的脖子昂扬着，尽可能地伸长，机敏地左右张望着，一路平安无事。

母亲一进门，坐在沙发上，很虚弱的样子。七十多岁的人了，自从父亲失踪已经过去十几个小时，母亲的身体和精力已经承受不住了。

这时，张守志的电话响了，电话是爱人打来的，她在询问父亲的消息。张守志三言两语说了，无非就是个结果，其实也没什么好说的。爱人在电话里说，已经请好了假，等明天一早送完孩子上学，就赶到大兴这边来。张守志嗯嗯两声，就把电话挂断了。

张守志放下电话就冲母亲说：妈，明天小芳一早就过来。

母亲长长地叹了口气，说：她忙，还要送孩子上学，这么远就别来回跑了。

张守志有个女儿，现在刚上初三，初三的孩子还离不开家长的照料，又是中考临近的关头，全家人都不敢马虎，心比孩子还累。

大哥张守强就冲老婆说：扶妈去里屋睡去吧。

大嫂就搀着母亲进了里屋，那是父母的房间，木头做的大床，十几年没变了，是从牛街那个老家搬过来的。木头是上等的木头，只因年久了，人躺在上面有吱呀作响的声音，父母恋旧，舍不得这些老旧家具，老物件一直陪着父母。

母亲和大嫂一走，客厅里就剩下哥俩了。

老大张守强红肿着眼睛，抬起头来冲着张守志道：小米的工作有消息了吗？

张小米马上就大学毕业了，小米的工作这一段时间以来，一直是大哥大嫂的心病。现在马上就到“五一”了，七月小米就要毕业了。一年前，张守强和妻子就郑重地把张小米工作的事托付给了张守志。弟弟现在是副处长，一直在机关工作，人脉路子自然是全家最广的，他们有理由把最后的希望寄托在弟弟身上。弟弟也责无旁贷地应了下来，毕竟这是他的侄子，他有这份责任和义务。但现在大学生就业，实在有些难，每年都毕业那么多学生，还有许多其他省市的大学毕业生，一毕业一头就闯到北京来，僧多粥少，竞争就很残酷。

如果张小米是个健康的孩子，他们也不怕这份竞争，可偏偏张小米从小就小儿麻痹，健康的大学毕业生找工作都难，何况身体有残疾的。

张守志这大半年来，的确也把心思放到了侄子的工作上，但他毕竟只是个机关的副处长，影响和权力都没有那么大。机关一位副局长一直和他关系不错，他当科长时，这位副局长就是处长，处长当了副局长，他也顺理成章地当上了副处长。也就是说，这个副局长一直是他的靠山，如果顺风顺水，这位副局长是有望竞争局长的，到那时，他也会水到渠成地当上处长。可不幸的是，十几天前，这位副局长被“双规”了，到底为了什么，在事件没有公布前，机关上下只能猜测了。这位副局长在当处长时，一直分管后勤，当上了副局长也分管后勤，后勤有许多事情要干，机关所有吃喝拉撒，包括基建工程等等，后勤工作一直是块肥缺，这位副局长被“双规”了，有人欢喜有人愁。机关上下，乱了一阵子，后来就消停了，各种小道消息不一而足，说什么的都有。副局长被“双规”，张守志最后这棵大树就被拦腰斩断了。没了大树，张守志就很没底气，说话办事也没了往日的麻利干练。关于侄子的事，他曾经找过这位副局长，副局长当时答应他：毕业再说，咱们服务中心，还是可以安排人的。副局长这么说了，就等于同意了，剩下的事就等着运作了。不幸的是，还没等张小米毕业，副局长就被“双规”拿下了。这些日子，张守志心里也慌慌的，他也说不清为什么慌。

哥哥这么问，他低下头冲哥哥说：不行就让小米读研吧，然后再找机会。

听弟弟这么说，哥哥意识到张小米工作的事基本泡汤了，他只能让张小米继续读书了。读研，再读博，不行，砸锅卖铁再读到国外去。只要不让孩子受委屈，他就是拿出性命也心甘情愿。

大哥这么想了，也就这么说了，最后又补充道：守志，小米毕竟不是亲生的。

张守志抬眼望着哥哥，哥哥一直有种危机感，随着张小米越长越大，这种危机感越来越强。哥哥经常会喃喃地问：你说小米知道他的身世吗？哥哥几乎问遍了家里所有的人，父亲还清醒时，他也这么问过，父亲不回答，只低下头，半晌才说一句：不养儿，不知父母恩。父亲这么回答等于没有回答。母亲不说话，张守志和张娜也不知说什么，大哥大嫂就一直疑虑着。好在张小米从小到大一直这样，似乎没什么变化，这一点让大哥大嫂放心，也让一家人踏实。

在父亲失踪的第一个晚上，两个兄弟靠在沙发上，他们打算就这么过一夜，等着明天，等着父亲的消息。

在父亲失踪的第一天夜里，母亲也没有睡好。

母亲睡前又吃了一次治高血压的药，大嫂就躺在昔日父亲的位置陪着母亲。大嫂闻着父亲的汗味，心里就有些酸楚，为了不让母亲看出来，她忍着没让眼泪流出来。

一天的折腾，母亲很疲惫了，毕竟是七十多岁的老人了。母亲刚躺下时，似乎还很安稳，刚眯着，也许三分钟，也许五分钟，一下子从床上坐了起来，她第一件事就是摸自己的身边，结果摸到了大嫂，母亲就彻底醒了过来。她手捂着胸口，喘了两口气，就抽抽哽哽地哭开了。大嫂也披衣坐了起来，拍着母亲的后背，此时大嫂说什么都是多余的，索性就不开口了，就坐在床上陪着婆婆。

母亲哭了一会儿，下了床，来到窗前，把窗子拉开一条缝，颤颤地把手伸出窗外，四月末，北京的夜晚，仍有一丝凉意。半晌，又是半晌，母亲关上窗子，走到衣架前，摘下了父亲平时穿的外衣。这是件中式外衣，纯棉做的，手感很好，顺柔温暖，上午外出时，母亲本想让父亲穿上这件外套的，但看到窗外阳光很好，母亲也曾拉开窗子伸出手试了试窗外的温度，四月的北京，不冷不热，气候还算宜人，想着就去个超市，买完东西就回来了，就没让父亲穿这件外套。想到这儿，母亲拿着父亲的外套坐在床上，恨不能抽自己。母亲又抽抽咽咽地哭开了，她轻声说着：老头子，你在哪呀？天凉了，你就穿一件衬衣，多冷啊。母亲越说越难过，眼泪也更加汹涌，点点滴滴地落在那件外套上。

大嫂就说：妈，你别担心，现在好人多，说不定爸让好心人领回家里去了。

母亲听了，抹了下泪，朦胧中看到希望似的说：能有这样的好心人吗？

大嫂见母亲听进去了，便趁势道：电视上经常说，好多流浪猫流浪狗都有人收养，何况我爸是个大活人，碰到好人领回家，这也是正常的。

母亲就从床上下来，一下子跪在窗前，冲窗外磕了三个头。

大嫂把母亲扶起来，又重新躺回床上。这次母亲似乎安静下来，不知不觉间就睡着了。不知多会儿，又醒了，母亲迷怔着打开门，走过客厅，一直走到大门口，打开门，楼道里的声控灯亮了，静静的，一个人也没有。母亲仍然迷怔着，她喊着：老头子，老头子?!

大嫂追了出来，拉过母亲道：妈，你睡迷糊了，没人。

大哥二哥也醒了，他们两个男人，就蜷在沙发上睡着了。地灯一直开着，不明不暗的样子。

两个人过来，围住母亲。母亲见到两个儿子似乎清醒过来，揉了揉眼睛，叹口气道：我在梦里，听见你爸敲门了。

大哥说：我们没听到，一定是你听岔了。

二哥拉开门，走出去，顺着楼道又转了一圈，回来冲母亲道：妈，你别乱想了，明天一早我就去派出所问问情况。

大哥也说：妈，你得休息好，我爸没找回来，你别弄出个好歹来。

大嫂又搀扶起母亲道：妈，回去歇着吧。

母亲只能又走回卧室，人是躺下了，却再也睡不着了，索性倚在床头，拿过老伴的外衣，盖在自己的身上，睁着眼睛等着天亮。

大嫂也不敢睡实，睡一会儿又睁开眼睛，看一眼身旁的母亲，过会儿又眯着片刻，反反复复。

在客厅里的大哥二哥也睡不着了，一支接一支地吸烟，烟雾笼罩了两张中年男人的脸。

在煎熬期盼中，终于等来了天明。

三

一大早，二哥张守志就接到了妹妹打来的电话，妹妹已在浦东机场了，她要坐今天的头班飞机赶回北京。

母亲听说女儿要从上海赶回来，万分不忍的样子，她叨咕着：为了这个家，连累孩子们了。

大嫂就安慰母亲：妈，家里出了这么大的事，妹妹能不回来吗。

母亲不再说什么，执意让大嫂陪着她再去超市，母亲坚信，父亲有可能会在超市附近出现。母亲要守株待兔。

大嫂陪母亲去了超市，大哥二哥去了派出所，接待他们的是来过他们家的一个警官，这个警官姓马，三十多岁的样子。马警官告诉他们，他们父亲的失踪情况已经上了公安的内部协查网，还打开电脑让他们看了看父亲的情况，电脑中父亲的照片，果然是从那张全家福抠出来的，文字上写着父亲的年龄、身高以及家庭住址，还有派出所的联系电话。马警官还告诉他们，公安内部的协查网，全市的派出所都能看到，也就是说他们父亲失踪的消息已经遍布北京大街小巷了。

大哥二哥礼节性地冲马警官道了谢，又来到了超市，远远地看见母亲在大嫂的搀扶下，站在超市入口处，超市刚开门不久，进出的人还不多，母亲和大嫂都瞪大眼睛，望着超市进进出出的人。母亲一夜之间似乎就老了许多，花杂的头发，被风吹得一飘一抖的。

大哥二哥也来到超市门前，看着母亲，也望着超市进出的人流，一大早就进出超市的人们，大都是和父母年龄相当的老人。有位邻居大爷，年纪似乎比父母年纪还要大上一些，昨天父亲失踪，他就知道了，此时这位邻居大爷提着塑料袋，走到母亲身旁，关切地问：妹子，兄弟还没回家？

母亲摇了头，又有了要哭的意思，眼前这邻居以前他们经常在小区里见到，母亲领着父亲遛弯，遇到年纪相仿的邻居，总会打个招呼，也算是脸熟了。

邻居看了母亲，也打量了围在身边的孩子们，便出主意说：别这么傻等了，贴小广告吧，人多眼睛就多，指不定有人就会看到。

邻居的一句话，提醒了二哥张守志，公安局内部协查通报他们是看到了，可那只是内部的，过往的人们并看不到，认识父亲的邻居永远是有限的。二哥张守志和大哥张守强就商量，大哥就说：印吧，印好了贴出去，死马当活马医吧。

二哥对大哥这句话很反感，什么就叫死马当成活马医了，他白一眼大哥，向超市附近一家复印社走去。到了复印社，接待二哥的是一个年轻姑娘，二哥张守志说明了来意，又拿出了手机，找到那张全家福的照片，放大，指着父亲说，就是他。

小姑娘说：印多少张？

二哥说：一百张吧。

停顿了一下，又道：不，二百张。

二百张寻人启事，很快就印好了，二哥张守志把沉甸甸的寻人启事从复印社里抱出来。

超市门口，大哥大嫂在劝母亲回去，母亲不舍也不甘心的样子，揉了眼睛，似乎眼睛清亮了就能看见父亲。

张守志抱着二百张寻人启事，来到母亲面前，抽出一张，递给母亲道：妈，寻人启事印好了，我和大哥去贴，肯定会有消息的，你回家歇着吧。

母亲接过一张寻人启事，看到了那张放大了的老伴的照片，彩色的，老伴很形象地望着她，似乎有话要对她说。看到老伴的照片，母亲心里又阴晴雨雪了一阵子，再次揉了眼睛，用力地又把照片看了一眼，在大嫂搀扶下，一步三回头地向家的方向走去。

大哥张守强已经在超市里买了两支胶水，一支递给张守志，一支攥在自己手上，二哥张守志把一半寻人启事也递到了大哥手上，两个兄弟开始张贴寻人启事了。电线杆上，护栏旁，凡是能粘上东西的地方，都成了他们张贴的目标，那里早已贴上了租房广告，还有治疗各种疑难杂症的信息，兄弟两人已顾不了那么多了，把父亲的寻人启事，喧宾夺主地贴上去。

他们以超市为中心，沿着马路，专门寻找人多的地方一路贴下去。还剩了几张，实在没处可贴了，张守志低头，看到了下水井盖上居然也贴了广告，想了想，把父亲的寻人启事也贴上去。父亲望着他，他也望着父亲，半晌，张守志才移开脚步离开，似乎他把父亲丢在了马路上，走了几步，回了一次头，已经看不见父亲了，只依稀看见井盖上那一张白纸，张守志的心情就有点儿沉重，坠坠的。

张守志回到父母小区门口，看见大哥和妹妹张娜站在小区门口说着什么。张娜拖着一只大箱子，箱子很硕大的样子，和妹妹的身材极不相配。

张守志走过来，就听见妹妹在责问大哥：爸怎么就丢了呢？报警了吗？

张守志把那支快用完的胶水扔到附近的一个垃圾桶里，妹妹张娜看到了他，叫了一声：二哥。

张守志拍拍手，接过妹妹的箱子，低声道：回家说吧。

说完拖着箱子，轰轰隆隆地在前面走，大哥和妹妹跟在后面。

他们回到家的时候，二嫂也已经从通州赶来了，正和大嫂陪母亲在流泪。三个女人面前摆着纸巾，一边在哭一边擦泪。

张娜推开门，叫了一声：妈……便扑过去，一把抱住母亲，这回四个女人哭在了一起。

张守志拿过自己的包，掏出充电器，插在了手机上，找了个电源插上，他拉把椅子坐下来，一直盯着手机，似乎手机会随时响起来。

二百张父亲的寻人启事贴出去了，上面不仅有父亲的彩色照片，还有父亲的相关信息，身高、衣服颜色等等，当然还有联系电话，电话写的是张守志的手机，还有父母家里的电话，重谢之类的自然也不会少。

父亲的寻人启事贴出去了，似乎就放飞了一线希望。

四个女人哭了一气，缓和了一些，母亲又开始叙述父亲昨天失踪的情形：结账前你爸就在我身边，我掏钱结账，前后也就一分多钟时间，再一抬头，你爸就不见了。

母亲不厌其烦地叙述着，她的思绪似乎就停在了父亲消失的那一刻。

母亲说完了，四个年龄不一的女人，又一次流泪，又一次唏嘘。

这时，张守志正在充电的手机响了，所有人的目光都集中在了那只手机上。张守志忙接过电话，电话是处里的一位同事打来的，通知张守志下午机关有一个重要的会议，让张副处长一定参加。张守志就说：我知道了。

放下电话，张守志看了眼电话上的时间，已经快十一点了，从大兴赶到市内的机关，少说得一个小时。

张守志拔下电话，把充电器装到包里道：妈，下午机关还有一个重要的会议，我就先走了。

母亲攥着半湿的纸巾，冲儿子说：你忙去吧，有你爸的消息，别忘了告诉我们一声。

停了一下又补充道：就是有天大的事，手机也要开着呀。

张守志道：妈，你放心吧，开完会我就赶过来。

张守志出门时，爱人走到门口，红着眼睛哽着声音说：这几天你就多往这儿跑跑，放学前我赶回家去，家里有我，你就放心吧。

张守志点了头，一边看手机一边走进了电梯。

中午饭是大哥大嫂做的，煮了粥，还热了几个包子。

母亲坐在饭桌前，又止不住哭开了，她望着粥碗，又想起了父亲：都大中午了，你们的爸去哪里吃呀？

母亲这么一说，一家人都吃不下去了，如果再吃就显得非常不人道了。大家看着粥碗，眼里都是难过的神色，女人们陪着母亲又唏嘘轻叹了一番。

中午这顿饭就草草地收场了。

张娜陪母亲走进了卧室。

母亲半倚在床上，张娜坐在母亲面前，攥着母亲的手。

母亲望着女儿，一晃快半年没看到女儿了，上次见女儿时，还是在春节的时候，初二那天女儿回来了，一个人回来的，女儿跟家人说，爱人回自己家了，别的就没再多说什么。春节时，一家人就隐隐地觉得张娜有些不对劲，但问她什么，她就是三个字：挺好的。初五那天，她走了，和平时也没什么两样。回到上海的女儿，偶有电话打过来，问父母的身体，还有一些家里的状况，母亲每每问到她，她总是说挺好的，也就是这三个字。母亲虽然年龄大了，头脑反应慢，但仍能感到女儿有些不对劲，大哥二哥回家时，母亲就把对女儿的这份担忧说了。二哥张守志就拍着胸脯说：我抽空问问妹妹。

二哥电话打了，也问了，妹妹自然轻描淡写地说：挺好的。妹妹不说什么，当哥哥的也不好深究，日子就这么过了下来。

此时，母亲仍担忧地望着女儿，幽幽地又问了一句：闺女，你和妈说实话，在上海待得到底怎么样？

女儿一下子扑在母亲腿上，就哭了，母亲意识到了什么，把手放到女儿头上，就像小时候一样安慰道：闺女，有妈呢，别怕。女儿听了这句话，哭得更加伤心了。

过了一会儿，又过了一会儿，女儿的情绪平复了一些，抬起头来说：妈，我要回北京，不在上海待了。

母亲望着女儿，眼里一百个困惑不解。

张娜说：我和林深分居半年了。

母亲：为什么呀这是？

张娜擦了泪，说：他外面有人了，要和我离婚。

母亲的预感得到了证实。

这就是女儿马拉松式的恋爱，从大学开始，一直到林深读完博士，女儿一直在等，等来等去，终于结婚了，一下子又去了上海。去上海也没什么，这才刚结婚两年多，林深又有了外遇。通俗的故事，又让一家人碰上了。当初母亲不赞成女儿这门婚事，大学恋爱时并没有什么，觉得女儿喜欢的父母就该支持。等林深读研时，说是不能结婚，要等一等，那就等一等，可等了研究生毕业，又去读博，还要等。父亲那会儿一时糊涂一时清醒，清醒的时候，也是反对女儿再等下去的。母亲劝了女儿，让她别再等了，等来等去，都等到三十了，这遥遥无期的爱情，什么时候才是个头哇。女儿却坚定不移，她相信爱情，信仰这份美好的守望。盼来熬去，终于等来了林深毕业，又去了上海，女儿辞了北京的工作，一往情深地去了上海，婚总算是结了，一家人为张娜也算是舒了口气。

这口气还没捯过来，张娜又分居了。母亲望着张娜，不知说什么是好，只能陪女儿叹气、流泪。

母亲摩挲着女儿的头发，女儿泪水涟涟，现在说什么后悔话都已经晚了，庆幸的是，女儿还是女儿，实实在在地就在眼前。

母亲问：再也不回上海了？

张娜下定决心似的说：我再回趟上海，处理完上海那边的事，就再也不回去了。

林深为什么出轨，又有了别的女人，这些事情已无法探究了。母亲为女儿这十几年吊死在一棵树上而感到伤心，当初好话坏话都对女儿说了，女儿不听，现在终于撞了南墙，醒悟了，一切还都不算晚，这是母亲唯一值得庆幸的。

四

傍晚的时候，二哥张守志回到了大兴父母家里。

他一进门，就举着手机兴奋地通报：父亲有消息了。

听说父亲有消息了，一家人都围了过来。母亲在大嫂的搀扶下，走到张守志面前，迫切地问：你爸在哪儿呀，他什么时候回家？

张守志拿出手机，调出一张照片，这是一张街头拍摄的照片，放大照片，可以看到一个老人的背影，衣着个头和父亲很接近。母亲把手机拿过去了，看着手机里那张疑似老伴的照片，先是手抖了起来，接着眼泪就流了出来，母亲把手机死死抓住，似乎抓到了老伴。母亲哽着声音道：那还不快去把你爸接回来。

张守志就说：这是一个好心人打来的，他在一个麦当劳门口发现了父亲。我和这人已经约好，晚七点，在那家麦当劳见面。说到这儿又补充道：这家麦当劳不远，就离咱们家两条街。

一天多的时间，父亲走了两条街，这也算正常，老年痴呆的父亲，并不能和正常人比。听说父亲有了消息，大嫂忙着做饭，无非是又把中午没吃的粥热了热，又热了包子端上来，晚上这顿饭大家都有了食欲，只有母亲还不踏实，但也喝了半碗粥。

约好的是七点，六点半大哥二哥就出发了，出发前，母亲把热好的几个包子装到了塑料袋里，又用新毛巾盖在了上面，袋子里又放了两瓶矿泉水，小心地冲二哥说：见了你爸，让他吃好喝好。二哥并不说什么，接过了母亲的塑料袋和大哥下楼了。他们开的是二哥的车，车是私家车，也不是什么大牌子，但这并不影响二人去寻找父亲的迫切心情。

十几分钟二人就到了好心人说的那家麦当劳。兄弟俩在麦当劳门口引颈张望，希望能在熙攘的人群中看见父亲的身影，可这样的愿望并没有实现。他们又来到麦当劳内，二哥张守志又拿出父亲的照片，让麦当劳里的服务生帮忙辨认，向所有服务生打听了，都摇头说没见过，只有一个收银员看了照片，拍着脑袋想了半天，说好像见过，但并不敢确定。

兄弟俩一无所获地从麦当劳里走出来，二哥又看了眼手机上的时间，刚好七点整。目光还没从手机上移开，一个电话就打来了。电话屏幕上显示的是“好心人”，接到这个电话，二哥就把电话存储在了手机里，因没问姓名，暂时就把这位提供线索的朋友标识为“好心人”。

二哥亲切又礼貌地把电话接了，说了句：你好，我们已经在麦当劳门口了。

正说着看见一个三十岁左右的年轻人，举着手机走过来。“好心人”见到兄弟俩，把手机关掉，从裤兜里掏出一张纸，正是哥俩贴出去的寻人启事。

“好心人”就说：你们找的就是这位老人吧？

二人点着头，目光中露出迫切的神情。

“好心人”望了眼身边来来往往的人群，说了句：跟我来。

“好心人”说完在前面走，兄弟俩对望一眼忙跟上。

走了几十米来到僻静处，像接头对暗号似的，他又掏出手机，打开一张照片，这张照片就是下午二哥张守志收到的那张，“好心人”为了证实自己此言不虚，手指着麦当劳方向道：我就是在那里拍到的老人，怕你们不信，我把照片发给了你。

二哥也摸着手机道：从背影上看很像我父亲，可惜不是正面照。

“好心人”把一支烟叼在嘴上，斜着眼睛，伸出一只手来。

兄弟俩不明白是什么意思，对望一眼之后，二哥问：什么？

“好心人”又拿出那张寻人启事道：上面不是说，有重谢吗？

大哥抢过话头道：我们还没见到人呢，要是找到人，重谢的事好说。

“好心人”不高兴了，像甩一张擤鼻涕纸似的把那张寻人启事甩到了地上，说：你们这不是骗人吗？说有重谢又不给，以后谁还当这个好心人了。

二哥上前拍一拍这个“好心人”的肩膀道：兄弟，就凭这张照片，连个正脸都没有，我们怎么谢你？你还有别的线索吗，比如发现这个老人现在在哪儿？

“好心人”把半截烟头扔在地上，又上前踩了一脚道：你们这样，就是有也不会告诉你们，不讲信用，还想找人。

说完转身就走，二哥上前拉住了这位“好心人”说：兄弟，别生气，我们心里感谢你，只是这张照片不能确认是我们的父亲。

“好心人”斜眼望着二哥，说：就你们这么抠门，想找爹，没指望了。我好心好意地把照片发给你，又打车又坐地铁地赶过来，到现在我连饭还没吃呢。

二哥忙从兜里掏出二百元钱来，递给这个“好心人”道：谢谢了兄弟，不是我们舍不得，是不能确定这人就是我们的父亲，要是真帮我们找到父亲，我们一定重谢的。

“好心人”一把抓过二百元钱，连同手一起插到衣兜里，转身就走。

二哥冲“好心人”背影道：谢谢了兄弟。

大哥上前埋怨道：给他钱干什么，我看他就是个骗子。

二哥苦笑，摇摇头道：就当破财免灾吧。

大哥说：你这人就是好说话，要是我，一分也不给。

二哥叹口气，环顾一下四周，向停车的方向走去。

二人回到家，母亲、大嫂还有妹妹一起围了过来。兄弟俩低着头，二哥手里还提着那个装着包子的塑料袋，母亲默默地上前，红着眼睛，接过塑料袋。

母亲的眼泪又流了出来，她站在客厅中央想着什么，突然想起什么似的冲张娜说：闺女，你出去买把香来。

女儿诧异地望着母亲。

大嫂说：妈，买香干什么？

母亲冲女儿说：还不快去？

张娜没再犹豫，转身走出了家门。

二哥的电话又响了，是个陌生人打来的。那人第一句话就问：我要是告诉你们找的这个人在哪儿，你们怎么谢我？

二哥心一紧，然后猛烈地跳动起来，声音发颤地道：你知道我爸的下落？

陌生人说：先别说下落，我先问你给多少钱。

有了刚才的经历，二哥变得又平静下来，于是从容地道：只要你把我父亲现在的照片发来，你要多少都行。

陌生人听到这儿，突然把电话挂断了，二哥气愤地把手机扔在一旁，说：都是骗子。

大嫂说：现在骗子就是多，前几天我们回龙观，有个人就被骗了，一下子汇出十几万，现在案子还没破。

大哥不高兴地说：现在说咱爸呢，你扯回龙观干什么？

大嫂说：我是怕二弟被人骗了。

正说话间，张娜回来了，手里拿了一把香递给母亲，母亲抽出几支，用火点了，转了一圈，把香就供在了吃饭桌上。

母亲跪在了香前，孩子们都望着她。

母亲就不高兴地说：还不快跪下。

孩子们明白了母亲的用意，依次跪到了母亲身后。

母亲合十双手，泪流满面，不停地磕头。孩子们也真真假假地遂了母亲的意。

这个夜晚，对母亲来说，又是个不眠之夜，大嫂和张娜陪着母亲。

母亲在黑暗中，一边哭一边诉说着父亲的往事，从父亲当老师开始说起，如何供养三个孩子上学，那会儿家里穷，一个月吃一回牛肉馅的包子。每次老大吃五个，老二吃五个，老三吃三个。剩下的才轮到父亲吃，每次孩子们分完包子就剩不下几个了，父亲吃不饱就喝白菜豆腐汤。还有那些手工订制的作业本……

张娜对儿时的往事自然历历在目，说起往事女儿再也控制不住自己的情绪，抽抽搭搭地哭了。母亲找到了共鸣，自己也伤心不已。总之母亲总结了父亲的一生：吃的是草，挤出的是奶。父亲把一生都贡献给了这个家。母亲叙说父亲的往事，字字血声声泪的，大嫂在一旁也唏嘘不止。

母亲累了，眯着了片刻，又醒了，然后再次叙说，似乎父亲再也回不来了。她哀伤着，感叹着。

半夜里，窗外下起了小雨，母亲站在窗前，又一次流泪，她一遍遍地说：你们的爸在外面，挨饿受冷的，该有多难受啊。

母亲的泪和窗外的雨一起流着。

五

又是一天的早晨，大哥接到一个电话，电话是大哥的一个朋友打来的，是给张小米毕业联系工作的事，大哥为了张小米的工作，已经撒下了天罗地网，凡是能求得着的朋友，他都打了招呼。这位朋友，又找到了另外一个朋友，朋友就在电话里说：孩子的事需要运作，希望尽快见个面商量此事。

大哥收了电话，就一副坐立不安的样子，大嫂就一脸关心地问：小米的事有着落了？

大哥就一脸为难地说：朋友安排要和用人单位的人见个面，运作一下。

二哥听到了大哥大嫂的对话，就说：大哥，大嫂，你们忙去吧，家里有我和张娜呢。

大哥就一脸不忍和歉意，再抬头去望母亲，母亲也明白了大概。母亲就无力地说：守强，你们忙去吧，别耽误孩子的大事。

大哥就冲一家人道：你们都知道小米的情况，毕竟不是亲生的，就怕万一有一点做不好，让孩子和咱们家生分了。

张娜也说：大哥，大嫂，你们忙去吧，家里有我呢。

大哥大嫂就来到母亲的眼前。

大哥说：妈，你千万别着急，我爸不会有事的。

大嫂也说：妈，你抽空睡一会儿，别把身体拖垮了。

母亲似乎很平静，望着窗外道：你们放心走吧，我没事。

大哥大嫂就一脸歉意地走了，走到门口时，大哥冲二哥小声说了句：有爸的消息，抓紧告诉我。

二哥点了点头。

大哥大嫂一走，家里似乎空了一半。母亲坐在沙发上，呆呆地望着窗外，张娜给母亲倒了杯水，水冒着热气，在茶几上袅袅地蒸腾着。

二哥的手机又响了，他看了眼来电显示，就躲到一边去接电话了，二哥冲电话里说了句：我知道了，我会准时到的。就放下了电话，走到母亲和张娜面前道：妈，单位有点事，让我过去一下。

母亲头也没回，仍望着窗外，只淡淡地说了一句：你们都忙去吧，我没事。

二哥说：我一会儿去下派出所，问问他们有没有我爸的消息。

母亲没再说话，二哥冲张娜使了个眼色，就向外走，张娜跟了出来。在门外，二哥吁了口气，冲妹妹说：我们单位出了点儿事，上级正在审查我们的一个副局长，有几件小事组织要找我谈话。

妹妹就担心地问：哥，你不会有事吧？

二哥勉强笑一下道：你知道组织现在的政策，调查一个人会牵扯许多事，我万一回不来，你们别着急，也别和妈说实话，妈受不了这样的打击了。

妹妹见哥哥这么说，就拉住了哥哥的胳膊，叫了一声：哥……

二哥就说：放心，哥不会有事的。家里有咱爸的消息，别忘了给我打电话。

二哥说完就走向电梯口，上电梯时，还冲妹妹挥了一下手。妹妹一直等到电梯门关上，又愣了一会儿，才进门。

二哥又去了一次派出所，接待他的还是那个警官，警官向他通报了一些寻找父亲的进展，有两个人报案，疑似失踪的父亲，他们带着照片去核实了，最后发现，还不是他们要找的父亲。所以派出所的人就没有惊动家属。

二哥一脸失望，警官就安慰二哥道：现在天不冷了，你父亲身体又没什么毛病，不会有事的，我们一定能找到你父亲。

二哥谢了警官，失望地离开派出所。

母亲只剩下张娜一个人陪了，房间里一下子空寂起来。母亲呆呆地望着窗外，回想着父亲在家时来来回回地在这条路上走过的身影，有几次，母亲似乎就看见了父亲站在窗外那条路上，可她揉了揉眼睛，父亲的身影在她眼前又消失了。茶几上那杯水已经凉了。

母亲意识到，不管父亲在不在，生活都要继续下去，况且，她不相信父亲就这么没了。在没有父亲最后的消息前，她都要下定决心去寻找。

母亲不回头道：闺女，去药盒把治高血压的药拿来。

张娜走到卧室里，床头柜上放着一个塑料盒，盒子里摆满了各种各样的药，有降血脂的，有治高血压的，还有其他常见的药。药盒上分别写着父母的名字，母亲每次和父亲去开药，怕把药吃混了，回来都要分别写上他们的名字。张娜找到了写有母亲名字的药，走出来，递给母亲，母亲把药吃了，然后望着张娜说：你爸走时，身上没有揣药，你爸的血压比我还高，他都两天没吃药了。

母亲说到这儿，又要哭起来。

女儿眼圈也红了，哽咽着说：妈，我爸不会有事的。

孩子们这几天，在母亲面前说得最多的就是这句话，这句话似乎在鼓励母亲，又似乎在安慰自己。

母亲披了件外衣道：咱们去超市。

女儿扶着母亲又出现在超市门前，有风，吹着母亲的衣角和头发。北京的天空，雾蒙蒙的，天气预报说，今日的雾霾指数为中度污染。街上的行人，大都戴着口罩。

母亲脚下似乎生了根，像一棵本来就长在超市门前的柳树，北京的街头，四月的柳树已经绿了一层，在朦胧的雾霾的天空下，并不鲜亮。

从超市出来，一个邻居大爷见到了母亲，一脸同情地走到母亲面前道：张老师还没找到？

母亲摇了一下头，邻居大爷就长叹口气，说：张老师是个好人，好人就会有好报，李老师你别上火，张老师不会有事的。

安慰的话说过了，邻居大爷也就走了。

走了大爷，又围过来一群妇女，这些人都是居住在附近的大妈，平时里也算是个小脸熟，并没有和父母有什么交集，父亲失踪了，成了这一带的大事，街坊邻居就都知道了，成了众人茶余饭后的话题。

因为父亲失踪，母亲就成了事件的中心，人们对母亲就关注起来。这两天，母亲像一棵柳树似的天天站在超市门前，母亲就成了公众人物。

几个大妈把母亲围住了，七嘴八舌地问了，也安慰了，她们能做的也就是这些了，陪母亲站一会儿，说些话，就各自散了，有的要回去做饭，有的要回家吃药。

散了也就散了，只剩下母亲还有女儿，立在风中，像一处风景似的。

中午时分，女儿说：妈，回去吧。下午咱们再来。

母亲动了一下脚，女儿扶着母亲向家的方向走去。

回到家的母亲，搬了张椅子，坐在窗前，透过窗子望着楼下，楼前是条通往小区外面的路，进出小区的人们都要经过这条路。

女儿做了粥，还有一些小菜，端到饭桌上。

母亲喝了两口粥，就放下碗，望着女儿说：你爸在外面吃啥？

一句话让母女俩再也没有了吃饭的欲望。

母亲坐在沙发上，目光被座机电话吸引了，她冲女儿说：闺女，你看看这部电话，是不是坏了？

女儿过去，拿起电话听了，并没有坏，放下电话说：妈，电话是好的，没坏。

母亲不信地拿起电话，亲自听了听，确信电话没有坏，才放下，手又在电话上按了按。以前这部电话，是老两口和孩子们沟通的桥梁，孩子们有事没事都往家里打电话，说上一会儿。孩子们都好，忙各自的事，孩子们知道父母也好，两头都安然了。母亲此时盼的不是儿女们的电话，而是关于父亲的消息。这部电话安静得出奇，这让母亲很不安，也不踏实。

六

傍晚的时候，家里的电话终于响了起来。母亲正站在窗前向外面望着，电话是女儿接的，是二嫂打来的，二嫂带着哭腔道：你二哥被上级隔离审查了，现在没法回家，我去机关给他送换洗衣服去。

听二嫂这么说，她的预感得到了验证，看了妈一眼，安慰二嫂道：嫂子你放心，不会有事的，有什么情况，给家里打电话。

二嫂在电话那头已经哭得鼻涕眼泪的了，她还是说：妹妹，这事别和妈说，告诉大哥大嫂一声。

说完就挂了电话。

女儿放下电话，母亲在女儿接电话时，身子已经转过来了，她一直盯着女儿和她手里的电话。

女儿放下电话，母亲就问：你二哥怎么了？

女儿掩饰似的说：妈，没事，我二嫂说，我二哥单位加班，今天过不来了。

母亲没再说什么，目光中掠过一丝忧虑。

张娜是用手机短信的方式把二哥被隔离审查的事通报给了大哥的。

大哥很快回了短信，强调着一定不要把这件事告诉母亲，并告诉妹妹，他马上托人打听一下二哥的情况。

母亲从卧室里掏出一摞父亲自己手工做好的练习本。练习本上分别工整地写着三个孩子的名字，那是父亲的字：张守强，张守志，张娜。

母亲把作业本分成三摞，摆在面前，低声地说：你爸没给你们留下什么，你爸要是回不来，你们就把这些本分了吧，算是你爸留给你们的念想。

女儿忙说：妈，你千万别乱想，我爸不会有事的，说不定明天我爸就回来了。

母亲不再说什么，叹了口气，望着那三摞作业本。

“五一”节终于如期而至了。

大哥、大嫂还有张小米在“五一”节那天一起回来了。

二嫂带着孩子，中午时候才到的。

几个孩子事前已经商量好，都说二哥出差了，“五一”节回不来，孩子们进门后，依次把这一消息告诉了母亲。母亲没说什么，也没问二哥去哪儿出差，只是依次地把几个孩子打量了，然后就回到卧室躺下了。

客厅里的孩子们都沉默着，似乎找不到什么话题。还是妹妹首先打破了沉默，冲大哥问：小米的工作有着落了吗？

大哥摇摇头道：接收单位的人让等消息。

说完叹了口气。

大嫂说：我们家小米不怕，找不到合适的工作就读研究生。

这话似乎在安慰张小米，也似乎在安慰自己。

二嫂显然是哭过了，情绪不高地想着心事。大哥走到二嫂面前，回头又望了眼母亲的卧室，小声地说：我托人打听了，二弟的事是和他们那个副局长有牵连，现在只是调查阶段，不会有大事的，调查完二弟就没事了。

二嫂冲大哥说：现在人都不让见，比蹲监狱还严格，我真放心不下。

大哥把手往下压了压道：估计问题不大，大事都是那个副局长做的，弟弟才是个副处长，他能有什么大事，是不是？

话说到这个份上，就不能再往下说了，他们担心被母亲听到。

这时电话终于响了起来。

电话是大哥接的，是派出所打来的电话，警官告诉大哥，海淀的香山派出所，在香山附近发现了一具男性尸体，从年龄衣着上判断，疑似他们失踪的父亲，让他们去辨认。派出所的人说，十分钟后会有警车来接他们。

大哥放下电话，听说有了父亲的消息，母亲从卧室里走了出来。大哥就把派出所电话的意思跟母亲说了，并强调道：妈，你就别去了，我和妹妹去吧。

母亲这时似乎很冷静，把孩子们都环顾了一遍，她拢了拢头发道：老大，你和我去，其他人在家等着。

母亲这么说完，大家惊诧地看着冷静的母亲，他们没想到，母亲这时会这么镇静。

母亲执意要去，没有人能阻止她。妹妹到柜子里找了件外套给母亲披上了，又到药盒里找出一瓶速效救心丸塞给大哥，大哥把救心丸揣到兜里，又用手按了按。

这时，警车已经开到了楼下，并按响了两声喇叭。

大哥搀着母亲出门，一家人把母亲和大哥一直送到楼下，警官把车门打开，让大哥和母亲坐到了后座上。

车就开动了，一家人目送着警车驶出小区。

一家人回身往楼门走时，才发现邻居早已打开了窗子，探着头往外看着他们一家。警车很少进入小区，邻居们看着新鲜，也好奇。

车里的母亲出奇地镇定，大哥为了安慰母亲，一直攥着母亲的手。

母亲说：你爸怎么到香山去了？

大哥说：妈，你别急，到那儿咱们认了再说。

母亲就不再说话了，目光透过车窗，死死地盯着前方。

车先是到了香山派出所，一个姓韩的警官接待了他们。到办公室后，韩警官拿出几张照片让母亲和大哥辨认，这是一个七十多岁的男性老人，躺在山上的一块石头下，表情很平静，身边有一个喝水的乐扣杯子，还有一个塑料袋，里面装着面包还有黄瓜，似乎是位登山者，突然发病，就躺到了那里。

照片拍摄得很全面，有正面有侧面，乍一看似乎有些像父亲，但母亲只看了一眼照片，便说：这不是我老伴，我老伴失踪那天，穿的是黑布鞋。

这位老人穿的是双灰色旅游鞋。

母亲放下照片，指着死者的面部说：我老伴脸上没有这颗痣。

大哥把照片研究了，也觉得不是自己的父亲。

母亲的言之凿凿让警官无话可说，韩姓警官就搓搓手说：既然不是，就没必要看尸体了。

大哥冲香山派出所的人道了谢，又坐着大兴派出所的警车回来了。路上母亲一言没发，闭上眼睛，似乎睡着了，大哥知道母亲并没有睡着，他就死死握着母亲的手。大哥通过母亲的手，感受到了母亲传递给他的力量。

母亲和大哥回到家，已经是“五一”这一天的傍晚了。母亲一进门，似乎换了一个人，坐在沙发上，把屋内每个人都看过了，最后把目光定在二嫂的脸上，二嫂躲开母亲的目光。

母亲就清晰地说：老二媳妇。

母亲一直这么称呼二嫂。

二嫂见母亲叫她，叫了声“妈”，便走到母亲面前。

母亲说：老二到底怎么了，现在被关在哪儿了？

母亲这句话，让所有的人都大吃了一惊，齐齐地望着母亲。几个孩子一直瞒着母亲二哥的事，都以为母亲并不知道。

二嫂不知如何回答，看看这个望望那个。

母亲就说：我知道，老二出事了，因为他们副局长前些日子被“双规”了，平时老二和这位领导走得近，组织要调查这很正常，我生的儿子我知道，老二不会干出格的事的，这点你们放心。

所有的孩子都没有料到，母亲竟然这么劝慰起他们来了。从香山派出所回来，母亲一下子就变了一个人，这也是所有人没有料到的。

母亲拢了下头发，站了起来，说：今天是“五一”节，过节的东西几天前我和你们父亲都买好了，为的就是一家人团团圆圆地过这个节，今天你们父亲不在了，但这个节还得过，咱们今天吃牛肉馅包子，是你们爸平时最爱吃的。

说完母亲向厨房走去。

大嫂和妹妹跟母亲进了厨房，二嫂怔了一下，看了眼目瞪口呆的大哥也去了厨房。

人多好干活，没多大工夫，牛肉馅包子就蒸了出来，在母亲指挥下，大嫂还做了白菜豆腐汤，上面撒了香菜，油绿油绿的浮在汤上面。

母亲一口气吃了两个牛肉馅包子，还喝了一碗汤，在吃饭的过程中，母亲一直在催促孩子们：快吃，多吃几个。

吃完晚饭，天已经黑了。

母亲坐在沙发上，看着眼前的孩子们说：除了你们的爸，还有老二，一家人都齐了，看来，你爸一时半会儿是找不到了，好不容易过个节，大家伙也别耗着了，我没事，你们放心，都各回各家吧，咱们大家团聚了，你们小家也要团聚。家里有老三陪我，你们都放心回去吧。

母亲说完，又走到厨房里，把剩下的包子分两个塑料袋装了，又回到卧室里拿出两摞父亲手工做成的作业本，上面分别写着老大和老二的名字，这两摞作业本也分别用塑料袋装好了。母亲把包子和作业本递到老大和二嫂手中说：包子你们拿回去吃了，这些本子你们也用不上了，就当你们爸给你们留下的念想吧。

母亲说到这儿，孩子们都红了眼睛，低下头，又有了哭的意思。

母亲大声地道：哭什么，你爸还没有最后消息，哭还早了点，都抬起头，马上回家，趁着过节，歇几天，你们都好好的。

孩子们在母亲的鼓励声中，慢慢抬起头，陆续走出家门。

母亲拉过二嫂，盯着二嫂的眼睛道：相信老二，他不会有事的。

二嫂郑重地冲母亲点了头，拉着女儿出门，孙女在门外喊：奶奶再见！

母亲微笑着冲孩子们挥着手，一直看见孩子们坐上电梯，才把门关上。

母亲回过身时，看见了女儿张娜，母亲坐在沙发上，女儿也坐了过去。

母亲看了眼女儿，说：日子真过不下去了？

女儿低下头，点了点头道：妈，我想一个人回北京。

母亲看了眼女儿，在茶几上拿过遥控器，打开了电视，电视里正在热闹地播放着“五一”晚会，这是几天来，母亲第一次打开电视。

母亲看着电视里红红绿绿的画面道：闺女，你也三十多岁了，日子过得怎么样，别人代替不了你，你怎么决定妈都支持你。

女儿抱着母亲哭了，泪打湿了母亲的肩。

“五一”假期一过，女儿回了上海去处理后面的事。家里只剩下了母亲一个人，在这期间，大哥和二嫂分别给母亲打来了电话，询问母亲的情况，都没敢提父亲。母亲冷静地在电话里冲他们说：妈没事，你们都好好的。

说完就放下了电话。

母亲在一个人的日子里，长久地伫立在窗前，久久地望着楼下那条通往小区外面的路。

母亲三天两头地还会去超市买东西，她走出超市门口时，会怔一怔，然后坚定地向家的方向走去。

老大老二贴在电线杆和显眼处的寻人启事，经风吹雨淋，大都不见了，有的又被新的小广告压在了下面，偶尔留有几处，也在风中摇摇晃晃，随时都有可能飘落的样子。

母亲站在父亲的寻人启事跟前，伸出手似乎要让那寻人启事平整妥帖起来，放开手，纸张又在风中飘摇起来，母亲叹口气，还是走了。

老大在周末时，会和大嫂坐地铁再坐公交来到大兴看看母亲，吃顿饭，说会儿话，就走了，和父亲在时没什么两样。

母亲精神很正常，和父亲在时似乎也没什么两样，该干什么还干什么，老大和大嫂也就放心地离开，唯一的不同就是，都小心翼翼地不再谈论父亲。

二嫂来过两次电话，说二哥给家里打过电话，让全家放心，等协助组织调查完毕就该回来了。母亲听了二嫂的话，眉头就舒展了一些，然后在电话里冲二嫂说：我生的孩子，我心里有数，老二不会有事的。

没了父亲的日子，便成了母亲一个人的日子，一天又一天，静静地过着。

有一天夜里，母亲做了一个梦，梦见了牛街，梦见了以前的日子，那时，她和父亲都在牛街小学教书。父亲站在校门口，衣服前襟沾着粉笔末子，扶着眼镜在冲她笑着……

母亲就醒了，醒了就再也睡不着了。天亮了，母亲起了床，突然有回一趟牛街的强烈冲动，不可遏止。

母亲洗了脸，穿好衣服，随便吃了几口面包，奶只喝了一半，就匆匆出门了，她要回牛街，一定要回去一次，因为梦里的父亲。

自从搬到大兴后，母亲和父亲回过牛街几次，去看老同事老邻居。因路途太远，折腾一次得大半天，再加上父亲老年痴呆的病情越来越重，后来就不再回去了，只是偶尔地给那些老邻居打上一会儿电话。时间和距离让他们和老邻居渐渐疏远了，后来电话也少了。

回牛街的路，母亲是认得的，换了三次车，母亲在中午时分，终于来到了牛街。牛街和以前已经大不一样了，高楼林立，那条街也比以前宽阔了许多，门脸也阔绰亮堂了许多。

母亲不知不觉，又来到了牛街小学校门前，正是孩子们上课的时候，朗朗的读书声一如从前，母亲听着孩子们的读书声，似乎又回到了从前，这是她工作了大半辈子的学校。操场上那棵槐树还在，还有旗杆上升起的国旗，母亲怔住了，恍然在梦里。

母亲慢慢游走在大街上，一切让她感到熟悉又陌生。走进一条胡同口，马家包子铺引起了她的注意，牛街改造了，这家在胡同里的包子铺还没变，依旧是那个门脸，蓝色的幌子依旧在风中飘舞。

马家包子铺，承载了父母太多的记忆，三个孩子每天中午都要到这里吃包子，几个牛肉包子，一碗粉丝汤，这是孩子们的午饭，一直吃到他们上中学。

母亲看到马家包子铺，眼里突然湿润起来，她似乎看到三个孩子又回到了童年，脖子上系着红领巾，向她跑来。

母亲擦了下眼睛，她下定决心，中午要在这儿吃几个包子再回去。她向包子铺走去，就当她一只脚跨进包子铺时，她回了一次头，慢慢转回身，她看见一个熟悉的身影正站在不远处，也向包子铺里望着。母亲眼里突然涌出泪水，她擦了下眼睛，再定睛去看，那个人仍站在不远处。

母亲叫了一声：张伯祥。

母亲奔过去，眼前的老人，正是母亲牵肠挂肚了多日的老伴张伯祥。此时的张伯祥还是离家时那身衣服，白衬衣已经脏得不成样子了，但依旧扎在腰间，他头发长了，胡子也长了，脸是黑灰的，只有那双痴怔的眼睛依旧。

母亲上前一把抓住父亲的胳膊，似乎怕一不留神又让他失踪了。母亲这时才发现，父亲手里提个塑料袋，袋子里装了几个露馅少皮的包子，袋子里还有半瓶没喝完的矿泉水、一双一次性的筷子。

母亲打量着父亲，带着哭音道：老头子，你怎么跑这儿来了。

父亲把手里装着包子的口袋藏在身后，喃喃道：包子，给孩子们留的。

母亲哭了，拽着父亲向前走去，因用力父亲踉跄了一下。

母亲走到街上，伸手叫了辆出租车。

母亲狠狠地把父亲拖到车里，冲司机说：师傅，去大兴。

然后死死抓住父亲的手。

红颜劫

《晨报》新闻：（记者沈申）昨日深夜，一青年女子在朝阳区雅安园5号楼坠楼身亡。

小区保安陈先生说，该女子坠楼的时间大概是深夜11时许，他正在小区内巡逻，突然听到5号楼下一声闷响。他跑过去，见一长发女子仰躺在地上，后脑和鼻子里正在流血，她的手和脚还在动。陈姓保安随后报警。赶到的120医生确认，人已经死亡。

据该楼住户说，该女子是外地人，年龄二十五六岁，是安安饭馆的服务员，租住在5号楼的地下室。王先生确认死者正是自己饭馆里聘用的服务员，叫刘思思，贵州人。半年前来京，在自己的饭馆工作至今。警方随即带走饭馆老板，做进一步的询问和调查。王先生一边摇头一边上了警车，嘴里一直重复着：怎么就跳楼了呢？

截至记者发稿时，警方仍在调查中。

花　季

二十六岁的刘思思，就用这种方式结束了自己花一般的生命。她的生命永远停留在了二十六岁，也就是在这一瞬间，二十六年的生命，永恒地停留在了冰冷、坚硬的水泥地面上。

让她回到从前，回到生命之花刚刚绽放的那一年吧。刘思思生活在贵州大山里的一个小镇上，她的童年和少年很普通，普通得和别的孩子没有什么区别。

山里的孩子，上学的年龄比城里和发达地区的孩子都要晚一些。原因是上学要走很远一段山路，孩子太小，爬不过那两座山，蹚不过那条河。于是，刘思思和周围的孩子一样，八岁上了小学。十七岁那一年初中毕业，毕业后的刘思思考上了地区的护校。父亲竟然同意她去读护校，原因是刘思思的父亲曾走出过大山，在成都军区当过三年兵。父亲一直怀念那三年离开大山的日子，他向往着山外的世界。于是，父亲支持女儿去地区的护校读书，长见识。

在山里，女孩读不读书是无所谓的。读也好，不读也罢，最后是逃不掉回家喂猪种地的命运的，然后就是嫁人，生孩子，过抬头看山、低头看路的日子。因为在山里，别说没人考过大学，就是考上大学，也养不起一个大学生。从孩子上学开始，家里人就没有指望孩子能有什么出息。读个小学或初中，只要不是个睁眼瞎，目的也就算达到了。刘思思感谢自己的命运，不仅读了初中，还读上了护校。

十七岁那一年，她离开山里要去地区读护校了。她是个知道感恩的孩子，那天晚上，她给父亲跪下了。跪下的她冲父亲说：爸，我谢谢你。然后就是泪流满面了。

父亲别过头去，唉叹一声，然后道：闺女，这回出去，就莫回来了，到山外面去闯世界吧。

女儿知道，父亲同意自己上学是下了决心的。读护校，一年的学费就要两千多，还不算平时的伙食费，三年下来就是一笔可观的费用，这几乎让父亲倾家荡产了。有不少同村的女孩子，刚读完小学就被父母留在家里，跟着喂猪种地。父亲不仅让她读完了初中，又让她读护校，她从心底里深深地感激父亲。初中毕业的刘思思，已经学会把很深的感情埋藏在心底了。她在心里一遍遍地冲父亲说：爸爸，我一定要报答你。

从此，刘思思的命运开始了转变。

十七岁的刘思思已经出落得很漂亮了，以前在山里她自己并没有意识到。每天起早贪黑地翻山越岭，进了学校，就是埋头读书。山里人的日子清苦，他们把所有的心思都用在了过日子上，谁还有心思琢磨一个女孩子的模样。到了山外的刘思思却觉出了这方面的变化，这首先是从男人的目光中感受到的。他们用一种让她感到异样的目光盯着她看，刚开始她以为是脸上沾了什么东西。她去洗脸，也照了镜子，却并没有什么，后来才恍悟过来。她在镜子里端详着自己，她第一次发现自己是美的，不仅有着美丽的脸蛋，还有健康的身材，尤其是一双健美的腿。这是爬山的结果。

刘思思到了城里，才欣赏到自己的美丽。在家时，别说美了，就是照镜子的机会都很少。护校里都是女孩子，有几百人，有朴素天然的，也有花枝招展的，在这些女孩子中，刘思思是卓尔不群的。她像一只刚刚登场亮相的小天鹅，惹人注目和怜爱；更如同深山里挺拔的植株，在城市的阳光中，显得那么与众不同，清新而鲜有。

偶尔，她会和同学们走出校园，来到花红柳绿的大街上。毕竟她是山里走出来的孩子，城里的一切令她感到新鲜，城里人的眼光，也让她觉得亲切。现在，她已经学会了在城里人的注视下，很自信地在街上走了。她迎着那些欣赏或嫉羡的目光，渐渐开朗起来。她在城里学会了挺胸走路和开心地笑。她的笑声也是诱人的，如同泉水跌落在青石板上的声音，叮咚清脆，不含一丝杂质。

以后，她又学会了逛街，什么也不买，就是看一看，同时也接受别人的注目。于是，她心情就很好，像没有云的夜，疏朗而又宁静。她暂时忘记了山里愁苦的父母和艰难的日子。

她热爱城市，当她心情很好地走在街道上时，她一遍遍在心里说：以后我要做城里人，不回山里了。她觉得城里人的日子才是日子，总之，城里的一切都在深深地诱惑着少女刘思思。她发誓，要成为一个城里人！

初　恋

想成为城里人，并不是一件容易的事。这所卫校是地区卫生局创办的，旨在改变山区落后的卫生面貌。招生也没什么计划性，反正也用不着分配，学生从哪里来，还回哪里去。地区就那么两三家医院，哪里用得着这么多护士。让这些经过三年医护训练的学生，像种子似的撒回到山里去，开办个卫生所，宣传一些卫生常识什么的，总之是只有好处，没有坏处。

刘思思到学校不久，就了解了这一情况。但她还是坚定地想留在城里。三年的学习生活，有的是时间，她有信心留在城里。这也是父母所希望的。

故事发生在她读护校的第二年。经历了一年的城市生活，刘思思已经由一个不谙世事的少女，长成了标致的姑娘。她穿着城里人穿的最廉价的牛仔裤，但那条不起眼的牛仔裤穿到她的腿上，就有了一种风姿；她又从嘴里抠出饭票钱，在街边的美发店烫了刘海儿，微微弯曲的刘海儿，笼着刘思思娇艳的脸庞，更显出几分妩媚和青春。

刘思思的变化，不仅引来了周围女伴儿的注意，她们目光中既有羡慕，也有着妒忌，更多的是介于二者之间的一种复杂的情感；同时，还招引了一位老师的注目。

这位老师姓马，名波。没人知道他确切的年龄，有人说马波三十多岁，也有人说他二十多岁。马波在卫校已经当了六年老师了，经他送走的毕业生就有两届。马波人生得很瘦，女生评价他有着诗人的气质和忧郁。他是人体解剖课的老师，一张人体挂图，他能闭着眼睛说清人体中那些复杂而精微的零部件。马老师凭借气质和学识深得同学们的爱戴。每次有马老师的课，全班出勤率总是最高的，一双双热辣辣的眼睛无一不集中在马老师身上。卫校是女孩子的天下，又正值青春期，女孩子们对异性的渴望和崇拜都写在了脸上。

马波老师似乎早就意识到了自己的优势，因此，人就显得很孤傲。每次上课，腋下夹着人体挂图，手里执着教鞭，潇洒地来，从容地去，挥挥手，不带走一片云彩。马老师越是这样，同学们的心里就越是痒痒的，欲罢不能。课余时间，大家挂在嘴边的主题大多是那个颇有诗人气质的马老师。

不知是从哪一节课开始，马波老师在提问时，他的手无意间在花名册里点到了刘思思的名字。马老师对学生是陌生的，几百名女生，名字花花草草的又很相近，不可能每个人都能对号入座。在马老师的课上，能被马老师提问也是一件让人兴奋的事情。当刘思思落落大方并流利地回答完马波老师的问题后，大家发现马波老师落在刘思思身上的目光亮了一下，又亮了一下。刘思思落座后，有好半晌马波忘记了下面要讲的内容，他愣怔了足有一分钟。在接下来的半节课当中，马波显得才华横溢，激情四射。他的目光由远及近，虚虚飘飘地瞄着刘思思的座位。

刘思思是个很懂风情的女孩，这是与生俱来的，不用学也不用教。在山里时，她没有意识到这一切，现在来到了城里，换了一个世界，一切都无师自通了。她面对马老师流连忘返的目光，脸不红，心不跳，依旧那么大方。在捕捉到那束目光时，她自然大方地迎着，妩媚地笑一笑。这是对那束目光最有力的回报。

同学最先发现了敬爱的马老师的变化。以前的马老师在她们眼前是孤傲的，目光停留在她们的身上最多不会超过一秒，大部分时间，马老师的目光是停顿在天花板上。自从发现了刘思思，马老师的目光又从天上掉落到了地下，黏黏腻腻的，不离刘思思左右。于是，在食堂或宿舍里，同学们就推推搡搡、挤眉弄眼地传递着一个信息——马老师爱上刘思思了。

这样的话自然也传到了刘思思的耳中。她表面上很平静，该干什么还干什么，其实她内心的一池春水早已被激荡起来。敬爱的马老师能够喜欢她，这是她的荣幸，那么多女生他没看上，就看上了自己，这说明了什么，她心里是清楚的。以后，她开始用心搜集马老师的各种信息，于是关于马波老师的林林总总，源源不断地向她这里集中——

马老师是城里人，父亲好像是什么局的一个局长；

马老师是在省城读的大学；

马老师在本校谈过两次恋爱，至今未婚……这一切对刘思思来说已经够了，她开始幻想，要是马老师和她谈恋爱，并且她能成为他的妻子，那她的命运就会发生戏剧性的变化。刘思思一想起这种变化，就激动得浑身发抖。再上马老师的课时，她的眼睛紧紧盯着敬爱的马老师，思绪却越飘越远。

机会总是眷顾那些有心人。在一天马老师的课上，马老师宣布由刘思思担任人体解剖课的课代表。也就是在那节课上，马老师第一次给同学们留了作业，并明确指示，作业本收齐后由课代表送到办公室。

课后同学们是怎么议论她和马老师的，她一句也没听进去。她只觉血往上涌，头有些晕，她知道自己和马老师单独接触的机会来了！这机会无疑是马老师创造的，她心里明镜般清楚。

那天，她第一次走进了马老师的办公室。门是虚掩着的，她敲了敲门，马老师在里面说了声：进。

她推开门，看见马老师头都没有回，正在那里吸烟，一双腿架在办公桌上，人仰靠在椅子里。她把一摞作业本放在马老师的腿边，这时马老师正隔着烟雾望她。她看见马老师身后摆着两具人体模型，还有几张挂图歪七扭八地挂在墙上。她有了一种异样的感觉。这种感觉让她有些紧张，于是，她想离开这里。迫使她离开这里的原因是马老师此时的态度。她刚想转身离开，马老师突然把腿从桌子上收回去，然后盯着她说：晚上我请你吃饭。

马老师说话的口气是毋庸置疑的、命令式的。

她还没有反应过来，马老师又说：晚上六点，我在学校门口等你。

她深一脚、浅一脚地离开了马老师的办公室，像喝多了酒。她没想到，自己和马老师的关系会发展得这么快，他竟要请她吃饭。整个白天，她的头都晕晕乎乎的，一时间她浮想联翩，情不能抑。她甚至想到了许多伟人的爱情，那些女人早先都是学生，然后才成为伴侣，最终成了历史佳话。她醒过神来，免不了脸红心跳一阵子。可再往深了琢磨，她又开始怀疑起马老师请自己吃饭，也不过是吃饭而已。或许，也就是利用吃饭的机会，问一问学生们对他上课的反应，这种事也很正常。想到这儿，她就冷静下来，但她还是为晚上去赴马老师的约会，精心准备了一下。她用一杆笔把脸颊边几缕头发弯了弯，又仔细地洗脸、涂面霜，换了一双新鞋穿上。鞋子比衣服还便宜，她有好几双新鞋可换，不像衣服。

还没有到六点，她就走出宿舍，一步步向学校门口走去。在这一过程中，许多同学都新奇地看着她，然后问：不吃饭了？是不是去约会呀？

她低着头，仿佛被人看穿了秘密，嘴里支支吾吾着：我去逛街。说完，便脸红心跳地向外走去。同学们自然不相信她的话，以前她们逛街都是一起，叽叽喳喳的。她一个人这时候去逛街，怎么可能？同学们知道刘思思的日子拮据，每次去食堂吃饭只打米饭、青菜，肉是不会要的。赶上“五一”“十一”的长假，同学们回家或外出游玩，只有刘思思等少数几个人待在校园里，最大的乐趣也就是到街上转转。东西是不可能买的，也就是看看罢了。刘思思走后，同学们便开始议论纷纷，觉得她的这一次出奇举动，一定和马老师有着关系，心里就有了一种别样的感受。

她在校门口游荡了许久，才看见马老师一耸一耸地走出来。马老师把手插在裤兜里，一副无所谓的样子。这时他很快看见了她，没说话，只是一摆头，便穿过马路，向对面走去。她只好跟上过了马路，又走进一条胡同，再一拐，就来到另一条街上。她以前来过这儿，这是餐饮一条街。这里餐馆很多，她只是在外面看一看，从没有进去过。看到里面吃喝的人，她在心里是羡慕的。此时，马老师领着她走进了一家饭店，两人坐了下来。服务员递过菜单，他连看都没看，就随口报了几样菜名。点完菜，他才正眼看了她。她不敢望马老师，低垂下头，把两只手夹在腿缝里。手潮潮的，已经出汗了。

他说：你是南镇人？

她瞥了他一眼，点点头。

他吸烟，轻一口，重一口，很潇洒的样子。

他“哦”了一声，然后两眼虚虚地望着窗外，说：南镇在咱们贵州可是最穷的地方。

他的话，让她感到很难堪，仿佛让人当众剥光了衣服。她无话可说，“穷”对她来说无论如何不是什么资本。她更深地垂下头去。

他似乎意识到了她的难堪，马上改变话题，说：毕业后，想不想留在城里啊？

他的话，让她的眼前有一道金光闪过。这话还用问吗？就是傻子也想留在城里呀。她进了城后，才感觉到城里人的生活才是人的日子。

她抬起头，脸红红地望定马老师。马老师因为吸烟，两眼虚虚地望着她，还没等她回答，马老师又说：想留下，那你得努力，到时我看情况，再帮帮你。

这时的刘思思，听了马老师这句话，几乎要哭出来了。但她强忍着，不让自己的泪水流出来。

菜已经上来了，马老师又要了酒。马老师倒酒时，征求她的意见想给她倒一些，她忙摇头谢绝了。接下来，马老师喝酒，她吃菜，至于饭菜的味道，她已经全然不觉。

马老师喝酒，一口接着一口，很有滋味的样子。酒劲上头了，马老师的目光变得无遮无拦起来，他硬着舌头说：刘思思，你知道吗？你是全校最美的人。

马老师又喝，然后又说：还是山里的好啊，没有污染。你是从大山里飞来的凤凰。

马波的话，让她晕乎乎的，比喝了酒的马波还要晕。在吃饭的过程中，马老师说了许多话，都是表扬刘思思的话，刘思思就一阵云里雾里的。她知道马老师是看上自己了，这是在向自己示爱呢。于是，她两颊绯红，眼睛变得朦胧起来。

外面的天已经黑透了，马老师才和刘思思走出饭店。要在平时，她和同学们已经从教室里自习完回宿舍，准备洗漱睡觉了。

走到外面的马老师，又冲她摆了一下头说：走，到我那儿去坐坐。

马老师说完，大踏步地向前走去。她有些犹豫，但还是跟上了。她对于马老师的接近是求之不得的，但这么晚了还不回宿舍，她担心同学会说三道四。只是这瞬间的犹豫很快就在心里完成了，然后她的双脚轻盈地把十八岁的美丽身体送进了马老师身后的黑暗中。

在穿过两条街后，他们来到了一个楼门洞前。她记得在上到三层时，马老师停住了，拿钥匙开门，然后把门打开。马老师站在那里，做了一个“请”的手势，她就进去了。随后，那扇门就关上了。

屋里很暗，只有街灯朦胧地透过窗子洒进来。这时，马老师在她身后把她抱住了，她闻到了很冲的酒气。她从最初答应和马波一起吃饭，就意识到以后会发生什么，但这一切来得太快了。不知是因为激动，还是潜意识中的恐惧，她有些颤抖。她的意识还没有转过弯来时，马老师把她抱了起来，走到了里间，放在床上。接下来，他去解她衣服上的扣子，此时她的脑子仍不是很清晰，昏昏沉沉的。等他去除她的腰带时，费了半天劲儿也没有弄明白，她下意识地帮了他。当她完全横陈在他面前时，他冷静地扯过床上的被子，把她盖上了。然后，他不紧不慢地去脱自己的衣服。

这时，她有些清醒了，发现自己的手脚都出汗了，卧室里的一切都散发着男人的厚重气味，这是她第一次体味着男人的气息。身体里的什么东西，“咔嗒”一响，仿佛一道关闭了许多年的闸门被打开了。他钻了进来，按着自己的节奏调动着她，她轻声隐忍着，浑身有股火辣辣的热浪在翻滚。那一晚，她愉快地完成了从一个女孩到女人的过程。整个过程，在她事后想起来时，她只记得他一直在说：嗯，真好，你的腿结实极了。

平息了一会儿，她突然想起了什么，一下子从床上坐起来。他随意地问着：你怎么了？

我得回去了，太晚了。

说完，她开始手忙脚乱地穿衣服。他躺在那儿没动，看着她的忙乱，说了一句：回不回去都无所谓，学校没人管这事儿。

但她还是穿戴好了。她正准备出门时，他叫住了她，伸手在地上拎起自己的衣服，摸出一样东西，塞在她的手上。她没来得及细看，拉开门，跑了出去。一直跑到楼下，借着月光，才看清手里捏着的是钱。两张一百元的票子，在风中乱抖着。

他给了她两百块钱，这意味着什么？她来不及去想，也没时间去想，一路跑回了宿舍。同学们早就睡下了，她轻手轻脚地找到自己的铺位，没脱衣服就躺下来。直到这时，她才有时间回味刚才发生的一切。最终她得出这样一个结论：马老师是喜欢她的，要不他们怎么会那样呢？至少可以说，她是他的人了。也许毕业后他就会娶她，他说过，她要留在城里，他会帮忙的。她已经和他那样了，他能不娶她吗？有了这样一个结果，她心安了，很快就幸福地睡去了。

第二天早晨，同学们都用一种异样的目光望着她，但没有一个人主动和她说话，仿佛一夜之间，她把她们都得罪了。她现在拥有了马老师，她什么都不怕了，于是她孤傲地走路，孤傲地上课，一切都无所谓的样子。

周五的时候，她又去马老师办公室送学生的作业本。现在，她已经深深地爱上马老师了，他不仅是她的老师，还是她的男朋友、未来的丈夫。她望着他的目光就发生了变化。她把作业本放在他的面前，他靠在椅子上，笑眯眯地望着她。她的心里热热的，感动得不行。他冲她说：今天晚上，我在家里等你。

她飞快地点点头。他把她拉过来，勾着她的头，吻了她。然后拍拍她的屁股，说：去吧。

她愉快地离开了马老师的办公室。此时，她幸福得要死要活，在心里一遍遍地说：我是马波的女朋友了——

从那个周末开始，她每个周末都要去找马老师，直到周日的晚上才回到宿舍。每次马老师都要在她手里塞上一百或两百块钱。她推拒过，马老师就说：我知道你家里困难，这是给你的零花钱。她就接了。从此她的生活发生了变化，有时逛街，会买几套衣服回来。一时间，她成了同学中最富有的人了。她和马老师的关系也似乎不再遮遮掩掩了，有时不到周末，她也去找马波，直到第二天早晨，才回到学校。同学们都知道了她和马老师的关系，知道了，反而透明了，同学们议论一阵子，也就不议论了，已经接受了这一事实。

平时的马老师还是马老师，只有两个人在一起时，马老师才显出百般恩爱的样子。她感受着马波的温存，幸福无比，一时间觉得自己是世界上最幸福的人。

毕　业

三年的护校生活，转眼就临近尾声了。城里来的学生，托门路找关系地忙着找工作。山里来的学生，在城里无亲无故的，她们知道在城里的日子不多了，过不了几天，就要回到山里了，于是怀着与城市告别的心情，三五一伙地在街上踌躇着，感叹着。

在即将毕业的日子里，刘思思干脆不去学校了，她把自己的东西搬到了马波的家里。她有了一种家的感觉，山里的同学们都羡慕刘思思的命好，以前同学们背地里没少说刘思思的坏话，说她凭着脸蛋吃饭，俗！脸上的表情却是鄙视中透着妒忌。现在不一样了，她们是真心实意地羡慕着刘思思。

刘思思也曾为自己的未来和马波交流过，她希望马波能在城里给她找一份工作。马波慢条斯理地说：不急，找工作是要靠机会的。你还怕我养不起你？

马波都这么说了，她也不好再说什么了。反正她在城里有家了，她还有什么担心的呢？她相信，自己都和马波住在一起了，他迟早会娶她的。他的家也就是自己的家了。

她和马波断断续续一年多的同居生活，让她的身体变得更加成熟了，她如同一粒成熟的葡萄，鲜艳欲滴。

不久，终于毕业了。她们这一届一百多个女生走出校门后，便淹没在了角角落落。昔日喧闹的学校，一下子就冷清了。毕业后的刘思思没地方可去，只能待在马波的房间里。马波白天上班，她在家里收拾房间，然后买菜、做饭，等马波下班回家。这种感觉是夫妻式的，她的心里盛满甜蜜和期盼。

刚开始马波每天下班还能准时回来，后来就回来得不那么准时了，有时还带着满嘴酒气，对她也不冷不热的。以前马波对她总是如饥似渴的样子，恨不能让她长在自己的身上。现在的两人虽然躺在同一张床上，他却一晚上都不碰她一下。她不明白，马波这是怎么了，难道是不喜欢自己了？

白天一个人的时候，她就想自己和马波的关系，她提出过和他结婚的想法，马波就不耐烦地说：结不结婚的有什么意思，咱们这不和结婚一样吗？

他这么说，她也就语塞了。自己闲在家里，这里的一草一木都是马波的，她一无所有，这样下去，她算怎么一回事呢？将来又会怎样呢？她想不透，也看不清。一种愁绪袭上心头。她越来越觉得自己是个闲人，在这里可有可无。但她又不能离开这里，离开这里，就等于离开了城市，离开了她的梦想。

深更半夜的时候，马波回来了，很疲惫的样子。他回来后没有上床，而是坐在沙发上，把灯打开了。她从床上欠起身，蒙眬地看着他。他说：这些日子我想过，咱们这么住在一起也不是个事儿，要不，我出钱帮你租个房子。

她一下子就蒙了，眼神定定地看着他。她明白，他是想赶她走了；但他为什么要这样，她想不明白。于是，她哭了，哀哀的，样子很可怜。她在这座城市里，唯一有关系的就是马波了。马波不要她了，她就和这个城市没有一点关系了。她感到了恐惧和无奈，于是她只能无助地哀泣。马波听着她的低泣，没再说什么，三两下脱了衣服，躺在她的身边，闭上了眼睛。

后来，马波没有再提让她搬走的事，但她感觉到，马波对她却越来越冷淡了。她搞不懂这一切到底是为了什么。

白天，她一个人的时候就不停地照镜子，还冲着镜子里的自己问：我丑了吗？我老了吗？她在镜子里看到的依然是年轻貌美的自己，有时她会躲到卫生间里，去看自己的身体。一切都还那么娇嫩、饱满，花儿一样的鲜艳、招摇，看着镜子里的曼妙胴体，她自己都生出了怜爱和感动——才一年多的时间，马波怎么就不爱她了呢？她真的疑惑了。她想在城里找工作，想和马波结婚，做一个城里人的梦想还没有实现，马波却对自己失去了兴趣，这让她有了种紧迫感和危机感。可这一切又让她无可奈何，她知道她决定不了任何东西，而马波却在决定着她的一切。

这天的马波回来得比较早，天还没有黑。她已经开始做饭了。马波回来后，站在了她的身后，这是很久没有出现的场面了。他在她身后说了一句：别忙了。

她不解地转过头去，看他。他说：今天有学生来家里谈话，你出去逛街吧，晚回来也没关系。

说完，从兜里拿出一百块钱，递给她。她接过来，想了一会儿，又放下了。她问他：这些东西怎么办？她是舍不得那些收拾了一半的饭菜。

他无所谓地说：放那儿吧。

她熄了火，收拾了一下，就出去了。出去的时候，她没有拿他给的一百块钱。她不想买什么东西，他让她逛一逛，她就逛一逛。以前，他隔三岔五地会给她一些钱，她心安理得地收下了，那是男朋友给她的钱，她可以接受。自从和马波发生关系后，在心里她就把他当成了男朋友。那些钱，她都花了，大部分都用来买衣服了。她要把自己打扮得漂亮一些，让男朋友马波高兴。

她走在街上，脑子里木木的，走了一阵，变得清醒了一些。她就想，马波找什么学生谈话，还得让自己回避？她知道马波并不是班主任，只是解剖课的老师，他找学生谈什么呢？

她一边走，一边想。以前吸引她的城里的一切，此时在她的眼里已是司空见惯了。她走完这条街，又走另外一条街，后来就转了回来。刚才还熙熙攘攘的街道，开始冷清了下来，她想：学生也该走了吧？

她迈着迟滞的脚步，向自己住的单元门走去。就在这时，她看见一个女孩从楼洞里走出来，与她擦肩而过。她忍不住看了那女孩一眼。这个女孩是漂亮的，健康的。凭直觉，这个女孩也是山里走出来的，山里的女孩有着一种特殊的味道，她对这一切太熟悉了。她望着那个女孩迈着一双健美的腿向远处走去。

她用钥匙打开门，屋里的灯却是黑着的。借着窗外的光线，她看见马波已经躺下了。她蹑手蹑脚地走到床边，脱下衣服躺下了。她发现自己躺下的地方是温热的，那是人的体温。她在被子里又闻到了大山的气息。想起刚才在楼门口看到的女孩，她什么都明白了，眼泪一下子涌出来，止都止不住。这时她才明白，马波为什么不和自己结婚，她只不过是那些女孩子中的一个。马波在享受完她的身体后，就像扔掉一块抹布似的把她甩开了。床上的马波闭着眼睛，她知道，自己此时的哭泣和伤心，已经和身边的这个人没有关系了。

绝　望

在这座城市里，马波是她唯一的救命稻草了。马波又有了新欢，她却成了旧人。可以想象在她之前，他又有多少新欢和旧人呢。她明白自己的处境已是命悬一线，如果放弃，她在这座城市里可说是一无所有了。和马波的关系，已经是尽人皆知，包括她在大山里的父母。所有认识她的人都以为，她已经过上了城里人的生活，而眼前的事实把她的梦想击得粉碎。冷静下来的刘思思决定有所作为，她不甘心做一个旧人，她才二十岁，她要努力把马波拉回自己的身边。

她开始花费心思，照着菜谱学习烹调，变着花样做些马波爱吃的东西。只要拴住男人的胃，他就不会跑掉，会回来。她做的东西，马波有时吃，有时不吃。不管马波多么晚回来，一盆温热的洗脚水会及时端到马波的脚边。她捧着马波的脚，小心地呵护着。一年多的同居生活，早让她学会了风情和讨男人的欢心。于是，她在床上极力侍弄着马波，马波有时很顺从，有时不耐烦地呵斥道：折腾什么，还有完没完？她安静下来，望着眼前的黑夜，听着马波高高低低的鼾声，一时泪流满面。在马波面前，她没有了自尊，失去了自己，她在心里呼号着：老天爷呀，你为什么偏偏让我生在大山沟里啊——

马波眼里越来越没有她了，即使往家里领女生时，也不再避讳她了，索性直接对她说：你出去一趟，晚点儿回来。

她听了这话，一边流泪，一边往外走。走在街上却不知身在何处。常常是从黄昏走到深夜，从一片嘈杂走到人影寥落。当重新出现在马波的家门口时，她都没有勇气迈过那道门槛。她不知道，这样的日子何时才是个头。

一天下午，她正坐在窗前发呆。这段时间以来，她经常木然地坐在那里。以前那张美丽、生动的脸开始变得麻木和迟滞，既然马波不再欣赏她了，她还需要那些美丽做什么？马波就是在这个时候回来了。马波这会儿回来，已经久违了。她有些欣喜也有些忐忑地望着他，马波耷拉着眼皮，坐在沙发上，掏出烟，很热烈地吸着。半晌，马波抬起头道：我给你租了房子，你搬过去吧。

她最担心的事情还是来了。她无助地望着他，哀哀地说：我不走，我想和你在一起。

马波没有看她，望着眼前的一面墙说：租金我都付了，你住过去就是了，以后有事你还可以找我。

不，我哪儿也不去，我就要和你在一起。她已经是在哀求了。

他似乎有些生气了，语气生硬地说：这怎么可以，这是我家，以后我还要结婚呢。

她差点被一口气噎着，看了他半晌，说：我要和你结婚。

这是她埋在心底最想说的话。

他看了她一眼，然后耷拉下眼皮说：咱们不合适，我不可能和你结婚，这怎么可能呢?

那你当初为什么找我?她有些不解和吃惊。

他吁了口气说：当初，我每次可都是给了你钱的。我知道你缺钱，咱们可是两清。

她能想到这样的结局，可还是对他说出的话感到吃惊。

他又说：当初你搬到我这儿来住，是你自己要搬来的。我养你这么长时间，也算够意思了，难道你还想让我养一辈子?

她望着马波细皮嫩肉的脸，恨不能扇上两个耳光。这就是她寄予真情的马老师，她要托付终身的马波居然说出了这样的话。她瞠目结舌，不知如何是好。

房子我都给你准备好了，去不去你自己看。反正，你不能赖在我这里了。说着，马波把一把钥匙放到了桌上。

那一刻，她想了很多。她知道，马波这里她无论如何是不能待了。去马波为她租好的房子，她知道他这是在甩包袱了。这会儿，她想起了大山里的父母。在她最无助的一刻，她才明白，在这个世界上，只有父母对她的感情才是最真的，可遍体鳞伤的她又如何去见自己的亲人呢?况且，既然从大山里走出来，她就再也不想回到山里了，哪怕是混到在城里要饭。

眼前唯一的选择就是接受马波给她的安排。

刘思思带着自己的全部家当，去了那间出租屋。马波看到她走进去，立在门口，如释重负地长吁了口气，道：租金我交了半年，你安心住吧。

然后，想了想，又从兜里掏出两百块钱，递给她。她没有去接，看着自己的脚尖。这时，她多希望马波能回心转意，说一句：跟我回去吧。

尽管她知道这是不可能的，但她还是这么希望着。

马波最后把那两百块钱轻飘飘地扔在窗台上，拍拍手，似拍掉了麻烦，转身走了。

她听着他由近及远的脚步声，心里空荡荡的。她抱着头，一点点地蹲下去，哀哀地哭了起来。

从这时起，她和马波已经没有一丝半缕的关系了。他给了她钱，他们算是一种交换了。和马波一年多的同居生活中，原本承载着她巨大的梦幻和理想，而眼前的一切都破碎了，收拾不起来了。以后在这个城市里，又有谁能让她依靠？她前所未有地感到了孤独和无助。

终于，她停止了哭泣，开始呆呆地望着窗外。收回目光的时候，她看到了窗台上的两百块钱。她想起来，她还有一百多块钱没有花完，那也是马波给她的买菜钱。现在，她所拥有的全部资产就是这三百多块钱，而这又能让她在这个城市里维持多久？接下来，她又该怎么办呢？冷静下来，她开始面对眼前的现实，要想在这座城市里立足，她必须自己拯救自己，绝不能指望任何人了。直到现在，她也不恨马波，从一开始她就是自愿的。如果没有马波，说不定，她早就又回到了大山里。她的那些同学，从大山里来的，结果无一例外地又都回到了山里。

城里的那些同学，自然还是生活在这座城市里。举目无亲的刘思思，想起了城里的那几个同学。她想：也许只有她们能帮自己了。

同　学

她找到了同学于娜。在她的印象里，同学中于娜家的条件是最好的。好像听同学议论过，于娜的父亲在市政府工作，是个主任什么的。果然，于娜一毕业就去了一家医院，在内科当了一名护士。

她见到于娜的时候，于娜正坐在分诊台前。她坐的位置很高，面对着患者居高临下的样子。当于娜认出刘思思时，惊呼一声，就从分诊台里跳出来。她一惊一乍地喊着：哟，思思是你呀！然后热情地把刘思思拉到分诊台边上，跟她聊了起来。

毕业快一年了，两人还没见过面，再次相见就有了不知说什么好的感觉。刘思思看着忙碌而又神情高傲的于娜，心里的嫉羡可想而知。在于娜的喋喋不休中，刘思思断断续续地告诉她，自己已经和马波分手了。于娜似乎一点儿也不吃惊，她淡淡地说：思思，你的结局算是好的了，他毕竟还管你吃住这么久。以前他那些女朋友，他都是一脚踢出门了事。她在于娜的嘴里第一次听说马波在每一届学生中，都会找一个做他的女朋友，最终又都是不了了之。护校就是女孩子多，在众多女孩子中选择一名容貌出众的女生并不困难。这些女生大都是从大山里来的，屡屡中招也就不奇怪了。这时，她想起自己第一次和马波有了关系后，马波塞给她的那二百块钱，恍然明白，马波从一开始就没有想过要娶她。他给她钱，她又收下了钱，这一切就变成了交易。想到这儿，她有些愤怒，但也只是瞬间的愤怒。现在不是她愤怒的时候，她也没有权利去愤怒，她只能求同学于娜，帮她找份工作。有了工作，能养活自己了，才能长久地在城里待下去。

于娜听了刘思思的想法，半晌没有开口。等了一会儿，她犹犹豫豫地问：不行吗？

于娜咬着嘴唇说：思思，你不知道，咱们这儿是小地方，想就业，难呢。你知道王楠吧，她现在在社区卖菜呢，她也是城里人，可没办法啊。

刘思思和于娜靠着分诊台，看到走廊里有人在打扫卫生，也穿着大褂，不是白色的，胸前印着“保洁”的字样。刘思思异想天开地说：我不做护士，做保洁员也行呀。

于娜摇摇头道：这个门诊楼里一共才三个保洁员。

她听懂了，自己就是想当保洁员，也是难于上青天的事。后来，她又听于娜说，她们的同学李静到北京打工，在发廊里做洗头妹。李静家也是城里的，都没有找到工作，跑到北京去打工了，何况她了。刘思思终于对找工作的想法气馁起来。

于娜毕竟是同学，最后还是答应给她帮忙。

她忐忑不安地离开了于娜。那几日，她心灰意冷，看不到自己的出路何在。难道自己就真的不能在城里生活下去，一定要回到山里去吗？然后在那里嫁人，生孩子，像自己的父母一样，一辈子走不出大山一步。想起山里的日子，她猛地打了一个激灵。如果她一直生活在大山里，不知道外面的世界，她也能忍受那里的一切；但她毕竟在城里上了三年学，又和马波享受过城里的生活，已经习惯了城里的生活，又怎么能再回到山里呢？

她身上的三百多块钱，不管怎么省着用，还是在一点点少下去。她越发有了危机感。

于娜在几天以后出现在她的面前，她的心里顿时有了一丝希望。于娜并没有给她找到工作，而是要给她介绍一个男朋友。于娜采取的是曲线救国的策略。在这个城市里，即便没有工作，有了男朋友的照顾，也是一种缓兵之计。于娜天花乱坠地把那男人的情况介绍了一番，说是一家公司的部门经理，虽说没什么学历，但有着商海经验。这些条件对刘思思来说是完美无缺的。

于娜说到做到，两天后她就和那个男人见面了。男人叫薛力，三十来岁的样子，从外表看也算一表人才。第一次和刘思思见面就去了市里最豪华的一家酒楼。她坐在那里，一副手足无措的样子。以前她也和马波去饭店吃饭，但那些饭店和这里的奢华比起来，有着天壤之别。她看着这里的一切，心里紧张得怦怦乱跳。

薛力点完菜，便把目光集中在她的身上，上看下看。她出门之前，特意做了精心打扮。在薛力的注视下，她又看到了男人欣赏自己的目光，她的自信在异性目光的抚慰下，又一点点地恢复过来。于是，她的风情和妩媚，妖娆地展现在薛力的眼前，惹得薛力心里痒痒的。他一边搓着手，一边夸张地说：哎哟，于娜没有说错，果然是个美女。

她冲他娇嗔地一笑。

接下来，两人颇有情调地吃着聊着。酒精的作用让薛力面红耳赤，话语也密得让刘思思插不上话。他说：我听于娜说了，在我之前你谈过男朋友，这无所谓。都什么年代了，没人顾忌那些，只要你和我真心相爱，以前的事那是以前的，咱们要开辟未来，未来是属于我们的，我们会幸福的……

她在他的真情表白中，感动了一次又一次。于娜把自己的经历早就告诉了眼前这个男人，他对她的一切很清楚。听着他对自己的评判，她心里阴晴雨雪的，说不清是什么滋味。

席间，他离开了一会儿，又回来了。回来后就叫服务生买单，然后拉着她从包间出来，绕了一圈，却没有离开这家酒店，乘着电梯上了楼。这是她第一次坐电梯，晕晕乎乎的。从这个门出来，又进了那个门。走进一个房间时，她才知道这是一个标准客房。薛力热情地把她带到洗手间，放好热水，说：洗洗吧，水热得很。

说完，带上门出去了。

她望着精致、华美的卫生间，看着浴缸里袅袅升起的热气，心里一阵感动。自从搬到出租房里，她已经有一阵没洗过舒服的热水澡了。她很快把自己放到浴缸里，享受地闭上了眼睛。

当她穿好衣服，浑身清爽地走出来时，发现房间的灯都关了，只剩下床头灯微弱地亮着。定神之后，她看见薛力已经躺下了，正暧昧地冲自己笑着。她正不知所措的时候，他伸手把她拉了过去。她本能地挣扎着，嘴里不停地说：不，不行，这太快了……

他说：早晚还不都一样，你又不是没经历过。

屋子里一下子黑了。他把她半拖半抱地弄到了床上。

轮　回

薛力果然是公司的经理，与马波相比，财大气粗。他们表现不同的是，薛力与刘思思约会时从不在家里，更不去街边的小饭店，而是高档饭店，吃了饭，就去开包房。

薛力也没有去过刘思思的出租房，他们都是在宾馆里见面。他结账时不用现金，刷卡，显得很潇洒。有一阵子，她甚至庆幸自己离开了马波，结识了薛力。薛力和马波相比，他们是那么的不同，一个是如此现代，一个这般落伍。

薛力带着她出入酒楼、茶楼，还有豪华 KTV 什么的，玩儿完了，还要去吃夜宵，然后包房。她现在已经习惯这样的生活了，尤其是星级宾馆的房间，要什么有什么。这样舒服的客房，薛力有时一包就是十天半月的。白天薛力去忙公司的业务，只有晚上才回来。她在宾馆里想睡到什么时候就睡到什么时候，饿了就打电话叫餐，这样的生活令她乐不思蜀。

刘思思并没有忘记她和薛力的媒人于娜。吃水不忘挖井人，在一天中午，她打电话约来了于娜。两人在宾馆的餐厅里狠狠地吃了一顿。签单的时候，于娜也流露出吃惊的神情，她感叹道：思思，这回你行了，真是干得好不如嫁得好啊。

于娜又问：你们什么时候结婚啊？

刘思思无法回答于娜的问题。她这次恋爱吸取了和马波的教训，她和马波同居了一年多，还不是让马波像扔一块抹布似的给甩了。这次她不想让薛力甩了自己，她要牢牢地把薛力抓在手里，能碰上这个中意自己的男人，不容易！她提出过结婚的事，薛力总是一本正经地说：咱们现在是谈恋爱，不恋哪有爱，没有爱又怎么结婚呢？

最后，他给她的答复是：半年以后结婚。

半年，是她的一个目标，她要耐心地等待这半年时间的到来。这一点，她是有自信的。薛力拿她很当回事，带她出去玩时就跟人介绍：这是我女朋友，护校毕业的。薛力的朋友就一脸羡慕的样子。而她对自己目前的状态也是满意的，这一阵无忧无虑的生活，让她变得更加丰腴滋润，穿着薛力给她买的名牌衣服，走在街上，回头率绝对百分百。无论男人还是女人，都要多看上她几眼。

她在薛力面前也是自信的。薛力每次见到她，像捧着宝物似的拥着她，不停地念叨：你这个尤物，就是专门为男人生的，让人见了就忘不了。

他在她的身上流连忘返，每到这个时候，她会不失时机地说：那你就娶了我吧，让我跟你过一辈子。

薛力听了她的话，就闭着眼睛道：快了，快了。

有时，他也会问她一些马波的情况，甚至还问过她第一次和马波发生关系时的感受。面对心爱的人，她一松懈，就毫不掩饰地说了。他不但不生气，倒听得津津有味，她反而有些不明白，薛力为什么对她和马波的这些细节这么关心。当时她并没有多想，既然她想嫁给他，他也说要娶她，两人就是一家人了，还有什么要隐瞒的呢？

这样，时间一天天地过去，刘思思沉浸在期待的幸福中，因为再有一个多月，她和薛力就认识有半年了。薛力答应过她，半年后就娶她。她日日夜夜地等待着这个日子的到来。

有一天，薛力离开宾馆时对她说，自己要到外地出趟差，时间大约需要一个星期。他果然是一副出差的样子，把自己该收拾的东西都收拾了，拖着旅行箱走到门口时，又停了下来，回过头，认真地看了看她。

她站在那里，就像送丈夫出远门，心里装满了不舍和留恋。甚至，眼里还有泪光在闪动。

他似乎也有些感动，放下箱子，把她抱住了，很用力的样子。她吻着他的面颊，俯在他的耳边说：我会想你的。

他被她的柔情撩拨得不能自已，就拥着她到了床上。她明白他的心情，就去脱自己的衣服，嘴里呻吟着：薛力，我是你的，你想什么时候要，我就什么时候给你。

最后，他还是走了。一步三回头，恋恋不舍的样子。

在接下来的时间里，她日思夜盼着薛力的归来。三天之后，宾馆的服务员告诉她：薛力留下的押金已经用完了，如果还有需要，必须再交押金。

她只能退房了，又回到了她的出租房。她开始精心地调整着自己的心情，因为薛力答应她，回来就准备结婚。她怀着美好、幸福的心情一天天地等待着薛力的归来。一个星期过去了，他没有回来。十天之后，他还没有回来。

她突然想到，自己离开宾馆了，薛力一定找不到她。这么想过后，她急三火四地去了薛力的公司。以前，她在他的公司门口等过他。公司门口的保安并没有放她进去，而是让她往里面打电话。接电话的人告诉她，薛力已经辞职了，去了南方。具体是哪儿，他们也不清楚。

她放下电话，麻木地站在那里。他明明告诉自己出差了，怎么就辞职了呢？她立在那儿，不明白薛力为什么要骗她。这时她又想到了马波，难道薛力和马波一样在骗她？这就是她所爱过、委身的男人？恍惚间她又想起了于娜，薛力是于娜介绍的，她肯定知道他的底细。

于娜听她一说，也吃惊地睁大了眼睛。在这之前，于娜和薛力也仅有一面之交，他们是在一个饭局上认识的。薛力曾托她给自己介绍女朋友，说最好也是护校毕业的。于娜就想到了刘思思，一切就这么简单。

刘思思明白，自己又一次被人骗了。她曾想过要找到薛力，讨个说法。她又去了那家公司，她进去了，还找到了人事部，希望从人事部门寻找到蛛丝马迹。人事部门的人也并不真正了解薛力，只知道他是台湾人，是公司聘来的，签的合同也是短期的，当时公司有一个临时项目。现在项目完成了，薛力也就走了。

她知道自己无论如何再也找不到薛力了。薛力下决心走，就意味着他再也不会回来了。她的爱情和对婚姻的期待，也就随风而散了。她站在这座既陌生又熟悉的城市里，眼前迷蒙一片。

又是开始

她仿佛是一名旅者，从出发地转了一圈之后，又回到了起点。但她却不是两年前那个纯真的护校女生了。

那些日子里，能够给予她安慰的也就是于娜了。于娜对刘思思怀着一种歉疚的心情，毕竟薛力是她介绍给刘思思的，她做梦也没有想到会是这样一种结局。看着刘思思没精打采的样子，于娜心里也不好受。于娜清楚刘思思想要得到的结果，她要留在城里，过城里人的日子。在于娜的理解中，刘思思想要得到这一结果，只能通过婚姻这样一种方式。

于娜决定要再一次帮助刘思思，实现她的梦想。她把刘思思的情况告诉了在市政府工作的父亲，希望通过父亲的关系，为刘思思物色到合适的对象。在这期间，于娜还把刘思思带到自己家里，让父亲过目。于娜的父亲见过刘思思后，就一遍遍地说：小刘这孩子不错，她的事我会放在心上。

于娜的父亲果不食言，不久之后就为刘思思介绍了一个男朋友。人在区政府工作，股级干部，年龄三十有五。两年前因夫妻不和，离婚了，现有一个男孩随女方生活，抚养费由男方提供。

当于娜把这个吴姓男人的情况向刘思思介绍时，刘思思没有马上表态。她没有说行，也没有说不行，继马波和薛力之后，她对男人已经不抱任何幻想了。男人在占有她之后，留下欢娱的记忆，就远远地遁去了。于娜曾帮助她总结过，她失败的原因是过早地把自己交给了对方，新鲜感过去，自是没有进入婚姻的必要了。最后，于娜深刻而严肃地告诉她：思思，你一定要记住，男人不跟你结婚，你就别让他占你的便宜。

虽然对于这个吴姓男人，刘思思没有明确地表态，但于娜还是让父亲做了一次安排。地点是于娜家的客厅，在场的人有于娜和她的父亲。刘思思看着眼前的架势，心安了一些。后来，股级干部吴安出场了。他轻轻地敲了两下于家的大门，在“请进”声中，吴安隆重登场了。

吴安的样子有些腼腆，穿着皮鞋和夹克衫，让人一看就知道是政府工作人员。吴安三十五岁，看上去比年龄更老一些，体态和神情已有了些中年男子的味道。头发有些稀疏，小腹微微隆起。这就是呈现在刘思思面前的吴安。

吴安一见到刘思思，眼睛就亮了，然后他的目光就再也不离刘思思左右了。两人都没有说话，用无声的语言审视、打量着对方。

于娜的父亲就笑着说：思思是娜娜的同班同学，护校毕业。她人漂亮，也善良，是咱们贵州的美女啊。

于父隆重介绍完刘思思后，又把注意力集中在吴安身上。他用手拍着吴安说：吴安，我们早就认识。他到区里工作还是我去考核的，思想上过硬，人品也没得说。现在是股级干部，还年轻，前途不可限量呀，以后还有上升的空间。

于父说完就笑，声音朗朗的。在朗朗的笑声中，吴安就红了脸，很难为情的样子。接下来，几个人又说了一些诸如天气的话，于娜就把刘思思带到了自己的房间。她急切地问道：思思，你觉得怎么样？

刘思思没有急于回答，她望着于娜。在心里她已经权衡过了，吴安这个人虽然其貌不扬，又离过婚，这都是缺点，但他的优点却是国家干部，股级。在这个城市里有体面的工作，有房子，这一切正是她想要的。她又想到了自己曾经历过的两个男人——马波和薛力。马波看起来文雅，还有些诗人的气质；薛力风流倜傥，出手阔绰，可他们都不属于她，只留给她无尽的伤痛的回忆。俗话说：吃一堑，长一智。作为一个女人，她必须要对自己的未来和幸福有一个新的定位。重新定位以后，她对吴安这个国家干部是基本认可的。她咬着嘴唇，下了很大决心似的冲于娜点了点头。于娜如释重负地吁了口气，揽过她的肩头，说：这就对了，我觉得吴安不错。有房子，有工作，又能养活你，说不定你跟他结婚后，他还能为你找份工作。这不正是你需要的吗？

客厅里，于父和吴安也有着如下的对话：

于父：小吴，怎么样？感觉还可以吧？

吴安：当然可以了，没想到她这么年轻、漂亮，就不知道人家愿意不愿意。

于父：小刘这孩子家是山里的，想在城里打拼，我估计问题不大。

吴安：太好了，谢谢于主任，中午咱们在一起吃个饭。我从离婚后就再没敢想过婚姻的事，没想到还能碰上这样漂亮的女孩子。

那天的会面很圆满，吴安特意请于娜一家和刘思思吃了饭，场面很是融洽。大功告成的于娜父女很快就撤了，留下吴安和刘思思。

两人从饭店出来，在大街上随意地走着，聊着。

吴安：小刘，我年纪比你大十几岁，又离过婚，你真的不在意？

刘思思：不好意思，我现在租的房子快到期了，还没有预付房租的钱呢。

吴安：我帮你付，这不算啥。我还有一个儿子，现在跟他妈在一起生活，我得每月给他生活费。

刘思思：咱们要结婚，就得好好处一处。谁也不要欺骗对方，我最恨那些不负责任的男人。

吴安：小刘，你放心，我是国家公务员，我要是骗你，你可以告到我们领导那儿去。

……

两人说着走着，来到了刘思思的出租房。吴安说到做到，找到房东补交了几个月的房租。最后又背着手，把屋里的角角落落都看了一遍，咂着嘴说：小刘，让你受委屈了，这哪儿像个家啊。

一句话，让刘思思差点流下眼泪。马波和薛力从没有对她说过这样的话，那两个男人在这种时候，差不多已经快把她往床上拖了。尽管如此，她面对吴安还是提防着，如果吴安也像那两个男人那样，她是要抵抗的，她要明确告诉他，这种事不结婚是不可以的。她要吸取前两次恋爱失败的教训。

吴安并没有那层意思。他坐在床沿，问了问她的生活情况，就皱起了眉头说：一切都会好的，只要咱们合得来，工作肯定也会有的，将来的日子错不了。

吴安从虚到实说得都很妥帖，然后就告辞了。整个过程中连她的手都没有碰一下。她望着吴安远去的背影，心里既感动又踏实，似乎已经看到了自己的婚姻在不远处冲她招手。吴安和那两个男人果然不同，这一点让她非常满意。

婚　姻

从那以后，吴安经常在下班后或双休日的某一天（另外一天他要去看儿子）来看刘思思。有时两个人到街上走一走，或者到某个商店逛一逛。吴安主动提出要为她买几件衣服，看好后，两人会对比下价格，比较再三后才决定买或不买。有时候也到菜场里买些菜回来，然后齐心协力地下厨做饭。几次之后，她就习惯了这样的生活节奏，也多了一种踏实感和稳定感。

一个月后，股级干部吴安费了很大周折，求了不少人，在街道为刘思思找到了一份临时工作，成了一名街道卫生监督员。一份可有可无的工作，每月能开两百元的工资。钱虽然少了些，但毕竟是她的第一份工作。以后，她就可以像个城里人一样，上班下班，跟上了这座城市的生活节奏。

吴安果然是一个安分守己的男人，两人来往一个月后，才试探着拉过她的手，脸红红的，腼腆得很。这让经历了两个男人急风暴雨进攻的刘思思，觉得吴安真的是可以托付终身的男人。于是，在两个月后的一天，他红着脸，低着头，嗫嚅道：你看，咱们都认识这么长时间了，要不……你没什么意见，咱们就结婚吧？

听着他的表白，她心跳如鼓，这是她第一次听到男人向自己求婚。能和一个城里男人结婚，这是她的梦想。那一瞬间，她的眼泪差点落了下来。

婚礼很简单，他们先到街道登了记，然后就和吴安的十几个朋友、同事吃了一顿饭。婚后他们仍住在吴安原来住的房子里，家具包括日常用品也都是吴安上一次婚姻的遗留物，只是多了床新被褥，还有几件象征着新婚的衣服。这一切，让她很满足，觉得这才是让自己看得见、摸得着的生活。

新婚的那天晚上，吴安借着酒劲儿，第一次拥抱了她。她清楚地听到了他怦怦的心跳。他语无伦次，气喘着说：你这么美，这么年轻，和我在一起，不后悔吧？

她在他的怀里摇了摇头。他如释重负地长吁了口气，动作就更深入了一些。

那一刻，她一直很紧张，毕竟这不是她的第一次，她怕吴安发现什么。她的身体被两个男人恶狠狠地占有过，变化肯定是有的，她担心吴安会恼怒，或者一气之下结束了他们的婚姻。结果什么事也没有发生。他如获至宝地把她揽在怀里，吻了又吻，样子有些癫狂和痴迷。

接下来的日子里水波不兴，两人的生活总算稳定了下来，重要的是他们各自漂泊的心有了归属。吴安的气色好了起来，红润中透着光泽，小腹又挺起了一些。她也更加的滋润和水灵。她现在终于能挺起腰杆走在街上了，此时的她已经完全是个城里人了。因为这座城市里，有她的家了。

每天晚上，两人满足而幸福地躺在床上，望着窗外的月亮，畅想着未来的生活。大部分的时间里都是吴安说，她听。吴安是个踏实的男人，他说的每一句话都很务实，一点儿也不虚。

他说：过一阵，我再帮你找份体面的工作。

他又说：等再过两年，咱们的经济状况好一些了，你再给我生个孩子。

他还说：别人都说我吴安是老牛吃嫩草，我配不上你，呵呵……

她听了他的话，一下子抱紧了他，泪水顿时涌上脸颊。这就是她的男人，过日子的丈夫。从结婚那天起，她就从自己的记忆里把那两个男人抹去了。她在心里发誓：一定要和吴安好好过日子。

日子就这么风平浪静地过了一阵子，又过了一阵子。如果马波不出事，他们的婚姻生活也许会很幸福。结果是马波出事了。他被护校的一个学生告了强奸。马波被拘押，然后就是立案侦查，情况也就复杂了起来。马波在拘押期间什么都招了，包括他以前利用老师身份之便，以谈恋爱为名勾引女学生的事实。在这一长串的受害人名单里就有刘思思的名字。

一天晚上，警察敲开了吴安家的门，郑重其事地找到刘思思了解情况。虽然吴安被警察客气地从客厅请进了卧室，但他还是明白了来龙去脉。

马波事件在这座小城里是件大案子，从市长到百姓都很关注这起案子。毕竟这事还牵扯到自己的妻子刘思思，吴安没有不关心的道理。

在这个过程中，刘思思被请到公安局两次。刚开始她什么也不想说，毕竟和马波之间的关系并不是什么光彩行为，她早已经从记忆中抹去了，是警察又把这事翻腾了出来。她不说，警察就不断地找她，后来她就说了，原原本本地。她以为说了，自己的生活就平静了。

吴安是在区检察院看到了马波的卷宗，他把注意力都集中在了涉及刘思思的那一段。他利用在区里工作的条件，又找了在检察院工作的同学，才查到了这本卷宗。

不看不要紧，这一看才发现自己的妻子原来还有这一段不光彩的经历。妻子和一个强奸犯睡过觉，而且是心甘情愿的。吴安受不了了，他合上卷宗，抱着头大哭了一次。从那以后，吴安仿佛变了一个人，他不再疼爱刘思思了，回到家里一句话不说，闷着头吸烟，然后就斜着眼睛看她。看得她浑身的汗毛都一竖一竖的。

晚上躺在床上，他自己扯过一床被子，远远地躲着她。她明白这一切的缘由，却也只能默默流泪。

她哽咽着说：吴安，对不起你，当时我是被他的花言巧语骗了。

她又说：我真的是被骗的。他条件那么好，说要和我结婚，我没有不同意的道理。他还说要帮我找工作，然后跟我结婚。

她还说：都是我不好，我不干净了。

他悲哀地号着：你和他，那个强奸犯在一起一年多啊，一年多……

半晌，他又伤心欲绝地说：我以为你很清纯，没想到你和一个强奸犯、一个玩弄女性的家伙混在一起。你说实话，除了他还有谁？

她想到了那个台湾男人薛力。她本来不想说，但看到吴安痛苦的样子，以为把自己的一切都说出来，也就没事了。她不能欺骗自己的丈夫，于是她全盘说出来了。

吴安吃惊地张大嘴巴，他的五官都扭曲了。她说完了，他哀叫着：还有谁？有谁——

她摇了摇头道：在和你结婚之前，就这两个男人。

吴安像泄了气的皮球，瘫在那里。

以后的情形急转直下。不久，马波被判了十三年刑。随着马波的判刑，和马波有染的那些学生的故事，也风一样地在这座小城里传开了。人们都知道，吴安就娶了当年被马波玩弄过的学生。刘思思不论走到哪里，背后都有人指指点点着。她一出现，人们都噤了声。她知道人们在说什么，但她没有办法去阻止。如果说外面的风言风语，她还能泰然处之，吴安的变化她却是无法逃避的。现在，吴安已经和她分居，住到了客厅的沙发上，任她怎么哀求，他都无动于衷。

一天，他终于流着泪说：你让我在外面没法做人呀。刚开始，我还以为配不上你，你那么年轻漂亮，谁知道你……竟有这么多事，你这是打我的脸啊。

吴安的样子异常的痛苦，几个月的时间，人似乎被折磨得老了十几岁，灰头土脸，要死不活的样子。

刘思思也变化不小，整日以泪洗面。没人的时候，她一下下撕扯着自己，让肉体的疼痛折磨着麻木的神经。

他们的日子似乎到了穷途末路。

出　走

一心想留在城里的刘思思，现在却无法继续留在这座城市了。刘思思在一定范围内，成了名人。走到哪里，她只要说出自己是刘思思，护校毕业的，人们就会拖长声音哦一声，然后满怀内容地望着她，让她如芒在背。

因为她的历史，吴安总是低着头走路，顺着墙边，像一只过街的老鼠。吴安和刘思思的日子灰暗到了极点。

刘思思在走投无路的时候，又一次想起了于娜。于娜总是在最关键的时候，向她伸出援助之手。这次也不例外，于娜望着低声哭泣的她，石破天惊地说：你去北京吧，那儿是首都，大城市，没人认识你，更没人知道你的过去。等过几年，别人忘了这事，你再回来。

说完，还找出了在北京的同学李静的电话号码。李静毕业后就去了北京，先是在发廊里洗头，后来就去了洗浴中心打工，隔三岔五地就往家里寄钱。人们都议论李静在北京是干“那种”工作的。

北京，对刘思思来说是一个遥远又美好的神话。看来，她只能走到那个神话里去了。

在一间电话亭，她拨通了李静的电话。电话里的李静并没有显出有多么热情，只是淡淡地问：想来北京呀？来了你就找我吧。说完，就把电话放下了，似乎业务很忙。

刘思思下决心离开这座城市了，这里再没有她的容身之地。别人的眼神和指指戳戳，她都可以忍受，最让她不能忍受的是吴安的态度。她看着疲惫不堪的吴安，心里在流血。老实人吴安招谁惹谁了，这一切都是自己埋下的痛苦的种子。也许自己离开后，一切都会平息下来，过几年她再回来，安心本分地和吴安过日子，再给他生个孩子。这么想过后，她终于下了决心。

那天晚上，吴安躺在沙发上看电视，她走过去，立在吴安脚边。吴安已经许多天没跟她说过话了，眼前的吴安让她感到陌生，但她还是鼓足勇气，说：吴安，我要走了。

吴安抬起眼皮，吃惊地望着她。

她说下去：我要去北京打工，那儿是首都，工作容易找些。

吴安的眼皮跳了跳，她看到吴安的脸色是青灰的，她伤心得想哭，心想：这就是自己的丈夫，怎么就变成了这样？

吴安坐了起来，愣愣地看着她。

她还说：我有个同学，就在北京打工，好几年了，她在那儿干得挺好的。

吴安低下头，想了想，伸手在衣服口袋里找了一会儿，又站起身，走到桌旁拉开抽屉，拿了几百块钱，放在她面前。她没有去接，去北京的路费她有，她是去北京打工的，不是消费的，不用带那么多钱。

第二天一早，她就走了。走时天刚放亮，她也没什么要带的，就几件换洗的衣服，像她当年走进吴安家之前一样。走出楼门时，她心里的什么地方疼了一下，这儿是她的家，有她的丈夫，现在她要离开了。她回了一下头，看见吴安青灰着脸，用目光在默默地送她。回过头时，她的眼泪流了出来。

到了北京，刘思思换了几趟车，才找到金凤朝阳洗浴中心。这家洗浴中心和名字一点也不相配，坐落在一个脏乱阴暗的胡同里，门脸儿也不大。她来的时候，中午刚过，李静还在睡觉。李静的宿舍在地下室，那里更加阴暗、潮湿。一间地下室里住着五六个人，李静是下铺。后来，李静把她领到了室外，阳光下的李静显得很苍白，李静黑着眼圈说：你想在洗浴中心干？

她新奇地问：这儿都能干什么呀？

望着几年没见的李静，她觉得有些陌生，一点儿也找不到当年那个活泼女生的影子。李静点了支烟，眯着眼睛吐出一口浓烟，道：什么都得干，只要客人有要求。

她明白了。在这之前听到的关于李静的种种说法，在这一瞬间得到了证实。她想起了吴安，自己现在还是吴安的妻子，她不能做对不起吴安的事。她想在北京干一阵，等小城里的人把她彻底忘了，她还是要回去，跟吴安过日子。想到这儿，她摇了摇头说：你再帮我介绍一份别的工作吧。

李静爽快地在纸上写下安安饭馆的地址和电话，递给她说：这是我刚来北京时打工的地方，老板姓王。你去找他试试。

她揣宝贝似的收起那张纸片，望着李静。

李静说：我只能帮你介绍这个地方，如果不行，我也帮不上你了。

说完李静就走了。她说洗浴中心一会儿就要来客人了，她得去化妆。走时也没再说邀请刘思思过来玩儿的话，让刘思思感到心里空空的。

刘思思辗转着找到了安安饭馆。王老板上上下下地把她打量了，然后又拿起李静写给她的纸片问：是李静让你来的？

她点点头，说：李静是我同学，她说在你这儿工作过。

王老板就说：我这儿是个小饭馆，平时客人也不多，你要干，一个月三百，管吃住。

听了王老板的话，她不假思索地点点头。

安安饭馆的确是家小饭馆，七八张桌子，有个后厨。后厨里有个掌勺的师傅，也姓王，五十来岁的样子，人很胖。在她没来前，这里除了王老板就是王师傅。王老板负责开票、上菜、收钱，有空了还要帮助后厨的王师傅备料。他真的缺一个帮手。

刘思思心安了一些，她想，安安饭馆就是自己在北京的落脚点了，自己要在这里干上一阵子。

绝　路

安安饭馆虽小，五脏俱全。一大早，她就要和王老板去菜市场买菜，买完菜就要到后厨备菜，洗的洗，切的切。这一切都是在后厨王师傅指导下进行的。十一点刚过，客人就上来了。到安安饭馆吃饭的人并不固定，有出租车司机，也有过路的一些散客，要上两个炒菜、几瓶啤酒。生意还算说得过去，一中午下来，总能有二三十个这样的客人。王老板自从有了她做帮手，似乎清闲了许多，经常站在收银台后面，呆呆地望着她。有时她忙不过来时，王老板也会帮她端菜、倒水什么的。

两点一过，饭馆里就基本上没什么客人了。王师傅在后厨为晚上备料，她和王老板打扫卫生。闲下来，两人有时也聊会儿。

王老板经常笑眯眯地说：你们贵州大山里的女孩儿就是漂亮，比北京的女孩儿强多了。

王老板这么说时，她就笑一笑，并不作答。

然后，王老板也会问一些她家里的事。她就简单地说了。王老板知道她在贵州有丈夫，就问：你出来，他就不想你？

她听了这话，脸红了。想起吴安，她心里就沉甸甸的。

偶尔，两人也会说起李静。听王老板说，李静在这里干过三个月，后来就走了。有一次，王老板神秘地问：你不知道李静现在干什么吧？

她知道，但还是说：她在洗浴中心当服务员。

王老板就神秘一笑，说：李静现在可挣大钱了，比我开小饭馆挣得还多。

她没有多说话，仍忙着手里的事。半晌，王老板又说：你不会离开这里，去挣大钱吧？

她望了眼王老板，摇了摇头，然后说：你这里挺好的，我哪儿也不去。

王老板望着她，意味深长地点了点头。

第一个月发工资时，王老板塞给她五百元钱。她诧异地望着王老板。王老板就说：多出的二百块钱是给你买衣服的。你穿得漂亮，也是为了咱们的生意。

她想，王老板真是个好人。后来她从后厨王师傅那儿了解到，王老板也挺不容易的。以前在一个工厂里当车间主任，后来下岗了，才开了这家小饭馆。下岗后，老婆和他离了婚，跟一个有钱的男人去了海南。现在的王老板还有一个十几岁的儿子，跟着爷爷奶奶生活。以后，她再望着人到中年的王老板忙来忙去的样子，心里就想：王老板也真不容易。

她人到了北京，可心一直没有离开过贵州那个家。虽然，吴安和她分居了这么久，但名义上她还是他的妻子。她隔三岔五地，会往家里打上一个电话。吴安在那里“喂”一声，她马上说：是我。他一听是她，就不说话了。她冲着电话说：我在北京挺好的。我看天气预报说贵州老下雨，你别忘了加衣服。

他在电话里应一声。

她说完，停顿了一下，见他并没有多说的意思，便放下电话。每次都是这样，不论他在电话里说不说话，她都很愉快。她在等待着丈夫的召唤，她真希望吴安在电话里说：老婆你快回来吧，我需要你。这样她就毫不犹豫地回去。可是，吴安一直没有说过这样的话，他只是在电话里“嗯啊”着。

好在安安饭馆的王老板对她不错，说是每个月给她三百，但每次都会多给她一两百，说是奖金。有时王老板也到她住的地下室里坐一坐。他并不是能说会道的人，沉默一会儿，他就说：时间不早了，你休息吧。然后为她带上门，走了。

一晃，半年过去了。生活的规律和安定，让刘思思又恢复到了从前。这里毕竟不是贵州小城，没人认识她，也没人知道她的过去，更没有人去对她指指点点。她的心情渐渐好了起来，穿着打扮也开始注意起来。她的青春和美丽让安安饭馆多了许多回头客。客人在吃饭时，都喜欢和她说上两句，有时还扭着脖子，多看上她几眼。还有人当着王老板的面说：小姑娘，你这么漂亮，在这里干真是屈才了，像你这样的怎么也得在五星酒店里啊。

听了客人的话，她笑一笑。王老板也笑一笑。

没人的时候，王老板就问：思思，你不会走吧？

她摇摇头，说：怎么会，你这儿挺好的。

每晚打烊之后，她和后厨的王师傅、王老板才坐在一起吃饭。两个男人喝了一些酒，她不喝酒，很快就吃完了。然后听两个男人谈论生意或东拉西扯，那种状态就像一家人似的。

一天，王师傅家里有事，饭都没吃就走了，只剩下她和王老板两个人。王老板喝酒，有一搭无一搭地和她说话，都是一些家长里短。她突然唐突地问：你不想你前妻吗？

王老板怔了一下，她看见王老板的眼睛湿润了，有泪光一闪。

她心里为王老板叹息一声，觉得王老板也是个痴情的男人。

吃完饭，她想把卫生打扫了。王老板却说：算了吧，明天再说吧。

以前太晚了，也有不打扫卫生的时候。每次王老板都把她送到出租房门口，然后才走。从饭馆到出租房还有一条几百米的小胡同，没有路灯，为了安全王老板总要送送她。

到了出租房的地下室门口，她冲王老板道：你走吧，路上小心。

王老板应了一声。

她回到出租房，刚打开灯，王老板随后就进来了。二话没说，一把就抱住了她。在这一过程中，两人谁都没有说话，她也没有过多挣扎。

后来，王老板在床上搂紧她说：思思，你真好。你放心，以后我不会亏待你的。再后来，王老板就走了。

她在桌子上看到了王老板放下的一沓钱，那是安安饭馆一天的收入。她帮王老板点的，一共是七百三十四元。现在那沓钱，王老板都给了她。

看到那沓钱，她就哭了。她自己也不知道为什么要哭，这时她又想起了马波、薛力、吴安，还有刚刚走掉的王老板。她哭了一气，又哭了一气，心里平静了一些。最后，她不知为什么走了出去，来到路旁的公用电话旁。半晌，电话那端传来一声熟悉的“喂——”，她说：还没睡呢？他在电话里应了一声。静了一会儿，又静了一会儿，她就把电话放下了，呆呆地立在那里，她觉得自己一下子离贵州小城是那么的遥远，遥远得她都记不清吴安的模样了。

她又开始流泪，一边流着泪，一边往回走。这次却没有走回地下室，而是顺着楼梯往上爬，走着走着，就到了顶层的露台。

这里真高啊，她觉得自己离星星是那么的近。站在露台上，她向远方眺望着。南方的天际下是她的贵州老家，那里有一盏灯火是自己家的。此时，吴安就在那盏灯火旁。她微笑着冲那盏灯火走去，心里说着：吴安，我回来了，我回来了……

《晨报》新闻（记者沈申）：半月前发生在朝阳区雅安园跳楼事件的刘思思，警方已通知其家属来认领尸体，家属一直没来。由安安饭馆的王先生为其料理后事，在这一过程中，王先生一直泪流不止，但他没有接受记者的采访。

二十世纪的爱情

北京女孩吴琼和李医生相识纯属偶然，他们是在一次婚礼上邂逅的。

那一天，吴琼在没有看到李医生前，心里莫名其妙地烦躁，也许是出于她对这种热闹的场面与生俱来的排斥。吴琼便躲开了人群，想找个清静点的地方待一会儿，这时她就看见了也躲在人群外的李医生。李医生坐在石头凳子上也看见了她，吴琼犹豫一下走过去，李医生冲她笑了笑。她一看见那笑，心里莫名的烦躁便一扫而光。于是她心平气和地冲李医生说：这婚礼真没劲儿。

李医生说：生活嘛，外面的人想进去，里面的人想出来。

吴琼听着李医生的声音，觉得那声音像一片巨大的磁场，她被深深地吸住了。接下来，他们说了许多与婚礼无关的话题。最后两人互通完姓名后，又各自介绍了工作单位，结果两人都笑了。原来吴琼工作的那个机关和李医生所在的那家医院，只一墙之隔。

那天婚礼结束后，是李医生送吴琼回的家，分手的时候，两人几乎同时说：再见。

这次邂逅，对大学刚毕业的吴琼来说，就像一次不经意的小插曲，本来过去也就过去了。可不知为什么，李医生的微笑、李医生的声音却不时地在她眼前和耳旁缭绕。上班的时候，李医生的音容一遍遍在吴琼的眼前闪现。

隔壁那家医院就是吴琼所在机关的定点医疗单位，吴琼对那里并不陌生。吴琼下意识地抓起电话，很快拨通了那家医院的电话，腹外科接电话的正是李医生，两人冲着话筒“喂”一声，李医生便说：你是吴琼吧？吴琼没有料到李医生这么快就听出是她，她有几分意外也有几分惊喜。

那一天，吴琼的心里很快活，下班的时候，这种好心情仍没有消失，她推着自行车走出机关大门，路过医院时，不由得往里面望了一眼，她没料到这一眼就望到了李医生。李医生也正推着自行车从门里走出来。她毫不犹豫地喊了一声李医生的名字。李医生一眼看见了她，也有几分意外。两人同路往前走着，愉快地说着话，不知不觉来到了天坛公园门口，这时两人才恍然明白都忘记了回家的路。两人经过短暂的迟疑后，同时走进了天坛公园。

那一晚，两人玩得很开心，谈话中吴琼知道李医生是结过婚的，夫人是中学教外语的老师。这消息一点也没影响吴琼愉悦的心情。最后两人在外面的小馆里随便吃了点东西，分手的时候，两人都有些恋恋不舍。

这以后，两人在下班的路上，经常不期而遇，两人碰在一起便都不急着回家，他们似乎有许多话要在一起说。

那是一个夏末初秋的傍晚，两人坐在天坛公园的排椅上，李医生的手臂不经意地搭在吴琼的肩上，吴琼的身体似乎期待已久迫不及待地投进了李医生的怀抱。两人接下来，便似情人般接吻拥抱。后来，李医生抬起头盯着吴琼那双在月光下痴迷的眼睛说：我是有妇之夫，你不介意吧？吴琼很快地笑了，月光下露出一排洁白的牙齿。

很快，两人的约会从晚上发展到了白天。李医生每星期都会值两三个夜班，值夜班时，白天便在家休息，休息的时候他就给吴琼打电话，告诉她自己在家呢。吴琼的机关没有太多的事可做，她就告假或不告假，骑上自行车，愉快地向李医生家飞奔。

李医生的夫人洁白天上班不在家，李医生家里便成了两人幽会的场所。李医生是过来人，当两人躺在床上吻抱在一起的时候，李医生的动作很快地便接近了实质，他等着吴琼的反抗或阻止，结果什么也没有。李医生便顺理成章地把不该做的都做了，那一刻，他发现吴琼还是处女，可她却一点也没有处女的羞涩，似盼望已久似的。事后，李医生吻着她的眼睛问：你不后悔吗？吴琼没有说话，又是那么粲然一笑。

李医生在值夜班之后的白天里，就和吴琼在家频繁地约会，洁虽不在家，但家里无时无刻不显示着洁的存在——床上有洁散落的发丝，阳台上晾着洁的内衣，客厅、卧室里，摆放着李医生和洁的结婚照，照片上的洁幸福地冲着两个人微笑。

以前，他们似乎都在回避着洁的存在，可事实毕竟是事实。那一天，当两人平静下来，穿好衣服坐在客厅里聊天的时候，吴琼望着墙上洁的照片说：你夫人真漂亮。李医生知道吴琼不是恭维，是发自真心说的。洁是外院毕业的高才生，毕业后她放弃了出国的机会，做了一名老师，洁说过，她更适合做教师的工作。外院毕业的女孩子都自命不凡，可洁不。

吴琼赞美洁后，就手托着两腮呆呆地望着照片上的洁，半晌，冲照片上的洁说：我真羡慕你，你多幸福啊。

李医生听完吴琼的话，没说什么，他和洁结婚已经两年了，他们的感情很好，他也从没想过要背叛洁。李医生知道自己不是那种因循守旧的人，他不反对找情人。情人和爱人是两回事，情人就是情人，家庭是湖泊，情人是泄水的闸门，湖泊因有了泄水的闸门才会变得更安全。他从来没有想过会和洁离婚，虽然吴琼也很漂亮，就是比吴琼更漂亮的女人做他的情人，他也不会离婚。此时，李医生这么想。

送走吴琼，当李医生面对洁的时候，他心里隐隐地有些不安。很快这种不安就转化成对洁的体贴和关怀。洁无声地接受着他的关怀和体贴。那一晚，两人相拥在床上的时候，洁在李医生的臂腕里轻柔地说：我们该要个孩子了。他说：行。

洁越对他好，他的这份内疚表现得越强烈。事后他安慰自己，就是洁外面有情人，他也会谅解她的，最好是不要让他知道这件事。

洁发现他和吴琼的事是在一天中午。

中午，洁从来不回家，洁住在西城，上班却在崇文门附近，要换两次车。洁中午回来是取教案的。洁教的是高三的外语课，前几天，教高二外语的老师病了，高二的外语课她临时接了过来。今天下午本来没有高二的外语课，可是临时调课，洁正巧没将高二的教案带上。洁天生的认真，她不愿意应付，便趁中午休息赶回家取教案。这时她就碰见了吴琼，那时李医生和吴琼正坐在沙发上说话。三个人一见面都有些吃惊，还是李医生先反应过来，指着发窘的吴琼说：这是我的病人。

洁冲吴琼笑笑说：李医生就愿意往家领病人。说完拿起教案说，我下午还有课，你们先聊。走到门口时，又冲跟出来的李医生大声说：冰箱里有饮料。

李医生想冲洁解释几句什么，洁没顾得上听，匆匆地走了。李医生想着洁说的话，其实他从来没有往家带过病人，这句话无疑是说给吴琼听的。想到这儿，他的脸颊一阵发热。

吴琼已经平静了下来，她似乎并不介意刚才发生的尴尬的场面，只是淡淡地一笑，又顺着刚才的话题说下去，李医生却显得有些心不在焉。

李医生觉得洁会在吴琼的问题上找些麻烦，结果什么也没有。

那天晚上，李医生认真地冲洁说：白天那个女孩真是我的病人。

洁冷静地说：你已经说过了。

李医生就冲洁笑一笑，心想，也许洁没抓住什么真凭实据，不好发作。

洁又说：我怀孕了。

真的？李医生有些意外，他没想到这么快洁就怀孕了。

其实洁并没有怀孕，洁是有意这么说的，她这么说是想看一看李医生的反应。李医生那一晚对洁无比温存。

洁真正怀孕是在春暖花开的春天，那时的北京到处是一片新绿，不冷不热的季节里，洁的腹中在孕育着一个生命。

自从那次在家里出现的尴尬场面后，李医生已经很久没约吴琼来家里了。他和吴琼见面都是在外面。两人在外面幽会的日子里很少提到洁，李医生就觉得浑身上下挺放松。在外面约会的日子里，他和吴琼一次也没有实质上的结合，两人只是勤奋地接吻、拥抱。他发现吴琼做这些时有些恶狠狠的。有一次，他们在接吻中，李医生惊叫一声，他发现自己的嘴唇已经被吴琼给咬破了。

吴琼歉然地看着他，拥在他的怀里泪眼婆娑地说：我太想你了。

李医生的心里很快地涌出一阵幸福的巨浪，他认为自己已经从灵魂到肉体彻底征服了吴琼。他很快又把带血的嘴唇送给了她，任她没命地吻着。

那一天，他休班在家里，他几次想拿起电话，约吴琼来，可一看见洁的照片，就又忍住了。他不是怕洁会突然回来，自从那次吴琼走后，洁再也没有提起过，就像什么也没有发生一样。洁自从怀孕后，他的心里始终洋溢着幸福，和洁在一起的时候，他们无数次畅想有了小孩儿以后的日子。那种温馨和甜蜜是吴琼所无法给予的。

可就在这时，他发现有人敲门，他万没有料到会是吴琼。吴琼一见他，便一头扎在他的怀里道：想死我了。

说实话，当时他是怕吴琼来，可又希望她能来。

那次吴琼走后，他收拾着凌乱的卧室，结果就发现了枕下的胸罩，他一眼就认出是吴琼的。他几乎都有些回想不起来，刚才吴琼是怎么把衣服褪掉，又是怎么把这件桃红色的胸罩忘在枕下的。他有些后怕，多亏自己收拾得仔细，要是被洁发现了……他不敢再想下去。

第二天，他见到吴琼，把胸罩还给她时，她什么也没说，顺手把它扔到了垃圾箱里。他有些吃惊地看着她，她笑笑说：昨天我发现它丢了，就又买了一件。

李医生和吴琼在如梦的日子里，有时他会莫名其妙地想到吴琼的将来，这么想过后，便说了。吴琼听他说完就温柔地吻了他，然后说：你怕我缠上你，逼你离婚是吗？

他没说什么，望着她的眼睛，那双眼睛很深，他看不到底。

她轻松地说：我只在乎过程，并不在乎结果。停了停又说，也许日后我会结婚，但爱的仍是你，我会心甘情愿地做你一辈子的情人。

那一刻，他感动得差点流泪，他把她紧紧地抱在怀里，长久地温存着。他觉得自己虽然只比她大六岁，但和她相比，却像落伍了一个世纪，他忽然发现自己所担心的一切，原来是那么的多余。

这事仅隔几天，吴琼就在一天晚上来到了他的家中。那时，他正和洁坐在沙发上看电视，突然有人敲门，他要去开，洁说：我去吧，说不定是哪个学生要求补课。以前经常有学生晚上来求教，他便没动。

洁打开门大声地说：李，是你的病人。

他迎出来的时候就看见了吴琼，吴琼怀里还抱着一束鲜花。吴琼一点也没有惊慌，歉然地冲他和洁说：这么晚了，还来打扰，真不好意思。说完很得体地把花送给了洁，洁说：谢谢。

他只好把吴琼让到厅里，用眼神问她，她见洁在厨房里倒咖啡，就小声地说：想你了。

他有些吃惊，昨天晚上他们还一起在外面吃饭。洁很快就端了咖啡走进来，礼貌地说：你们聊吧。就进了卧室。

他有些夸张地谈论着吴琼莫须有的病情，她一边听着一边掩嘴笑，偶尔止住笑，也插上一两句，说说自己对“病情”的感受。两人一边说着“病情”，一边用眼神交流着。

他说：你不该来。

她说：我想你嘛。

两人最后又说了几句电视里正演的一部电视剧，她便告辞了。洁也出来送她，洁说：谢谢你的花。

他冲洁说：我送送她，楼道里黑。

洁说：这楼道可真要命。

他下楼时，附在她耳边说：你真不该这时候来。

吴琼转回身抱住他的头，很响地在他脸上亲了一下说：我想你嘛。

他被那吻声吓了一跳，唯恐洁在偷听，便慌慌地把吴琼送出了楼门。

回来时，他看见洁正在摆弄那束花，忙说：这病人真有意思。

洁说：这么漂亮的女孩不该得病。

他故意叹了口气。

洁又说：有这么漂亮的女病人，医生也会觉得幸福呢。

他笑了笑。

睡觉的时候，洁把那束花拿到了卧室里，他说：病人送的花，怪不吉利的，扔了吧。

洁说：干吗呀，花又没病，让咱们的小宝宝也感受一些自然的花香，不是很好吗？

那一夜，花浓郁地开放着，一阵阵花香飘满了卧室。洁睡得很香甜，他一嗅到花香便莫名其妙地醒来。他一夜也没睡好。

那以后，吴琼经常光顾他家，每次都会带来一束鲜花。

两人单独在一起时，他说：你以后不要来我家了。

她每次总是撒娇似的说：我想你嘛。

他觉得冲她发火不是，不发火也不是。

几次之后，洁开玩笑地冲他说：当心你的女病人爱上你哟。

花芬芳地开着，他嗅着花香却怎么也睡不踏实。他总觉得洁已经看破了他和吴琼的关系，只是没明说而已。他不明白洁为什么不和他大吵大闹，那样他的心里也许会好受一些。

五月一过，洁的肚子便显形了。晚上吃完饭，洁便拖着他到外面散步，她骄傲地在人们的视线里挺着自己的肚子。走在洁的身边，李医生也感受到一种前所未有的幸福。他觉得怀孕的洁比以前更加美丽动人，只有做母亲或即将做母亲的女人才是真正的女人，这时，他又想到吴琼，他现在才意识到吴琼只是个女孩而已，与洁根本无法相比。这么想着，他揽紧了洁的腰，洁在他耳畔呻吟似的说：我要做母亲了，你也就要做爸爸了。

他听这话，忍不住吻了洁。

吴琼自从发现洁怀孕后，便不再来找李医生了。李医生悬着的心松了下来。以前他以为吴琼一次次骚扰是故意的，有一阵，他甚至想有意冷却他们之间的关系，他不想因为吴琼的事影响这个温馨的家。

那一次，他和吴琼约会时，吴琼问他：你真想要孩子？

他没明白她的意思，愣愣地看了她有几秒钟，后来点点头。

吴琼叹口气说：要孩子有什么好？

他温柔地拍一拍她的肩说：你不明白，以后你结婚了就懂了。

她的眼泪滚出了眼角，他不知道她这是怎么了。

半晌，她幽幽地问：洁没问你和我的事？

他怔了一下，但很快摇摇头，最后说：洁是个好人，其实我不该欺骗她。

她没有说话，眼泪更汹涌地流了出来。

他一时不知所措。

好久，她说：你和我在一起，后悔了吗？

他停了一下还是答：没、没有。

那次以后，吴琼好久没有来找他，他也没有约她。

他想，洁在他和吴琼的事情上是大度的，洁越大度，他越感到对不起洁。他想，吴琼忘掉自己也好，她还年轻，以后还有很长的路要走。

上班的时候，他一连接过几个莫名其妙的电话，电话铃响了，他冲听筒接连喊了几声，对方仍不说话。他放下听筒的时候，首先想到的是吴琼。再接电话时，他不急于讲话，这边沉默着，电话那一端也在沉默，停了一会儿，他无力地冲电话说：你说吧，我听着。电话里面仍没有动静，好久他才无力地把电话放下。

在家里，半夜三更电话铃也会突然响起，他接电话时，那头仍然不说话，轮到洁接电话时，很快洁便冲他说：找你的。可他拿起听筒时，对方仍然不说话。他便放下电话，冲洁说：电话断了。然后他心有余悸地问：是什么样的人打的电话？洁琢磨一下道：好像是你那个漂亮的女病人。他知道是她，但还是会这样去问洁。洁回答过后，他煞有介事地说：不会吧，她的病已经好了。

七月的一天，他正在看病历，吴琼突然出现在他的面前。一晃已经好久没有见过她了，她突然出现，使他有些慌。吴琼却很平静，冲他笑笑说：忙呢？他尴尬地笑一笑，她坐在他对面，他望着她。

半晌，他说：这天可真热。

她说：我们明天去团结湖游泳吧？我同事说那里挺不错的。

他有些犹豫，其实他已经和洁说好了，星期天要去王府井给未来的小宝宝买婴儿用品。

她见他犹豫便说：我谈朋友了，他出差了，星期一就回来。停了一下又笑着说：也许这是最后一次约你了。

他见她这么说，就答应了。

两人又坐了一会儿，说了些不咸不淡的话，谁也没提电话的事，最后两人约好了见面的时间，她便告辞了。

第二天，他们换了几次车，快近中午时才到了团结湖。他们在一处人少的地方下了水，游了几趟后就有些累了，躺在草地上看西斜的太阳一点点地从视线里爬过。

吴琼突然说：洁一定恨我吧？

他歪了一下头说：怎么会？她从没往那上面想。停了一下，他想起什么似的问：你男朋友干什么工作的？

她没答，站起身说：咱们再游一次吧。

他看一眼湖面上渐少的人说：算了吧，挺累的。

她说：那我再游一趟。

她没等回答就下了水。她穿着那件桃红色泳衣很快在水中消失了，只剩下泳帽一点点向前移去。那里是深水区了，他想劝她回来，话还没说出口，她的泳帽便沉到水里，他一惊，忙向水里奔去。这时，他看见她伸出了一只手向他挥舞，他大叫一声，向她游去……

他们是第二天被人们打捞上来的。他们保持着死前的姿态，她死死地搂抱着他，连同他的双手。他死前显然是挣扎过的，扯着她的泳衣，泳衣的一条肩带断了，更大面积地露出她的肩头和背部。

洁和医院的领导一起赶来了，洁一见到他们的样子就放声大哭，用双拳狠打着自己的头和腹部，人们见她挺着肚子，便劝她节哀。洁不听，仍死命地捶打着自己的肚子，痛不欲生，在场的医院领导都流下了眼泪。

李医生被医院追认为“救死扶伤”的标兵，开了隆重的追悼会。

吴琼被单位定为溺水死亡，没有追悼会，尸体被父母接回去，火化了。

相邻两家单位同时死了一男一女，人们都觉得有些偶然，可在人们的印象里，李医生和吴琼从来就不认识，更谈不上往来。偶然就是偶然，谈论一阵也就过去了。

李医生追悼会不久，洁就小产了，是男是女已经不重要了，反正是个死婴。学校领导、同事关心慰问之后，洁很快就上班了。又过了一阵，洁又结婚了，据说爱人是她上大学就追求她的同学，那个同学一直等了她这么多年。结婚不久的洁又一次怀孕了。

深秋的北京，人们经常可以看到，洁在爱人的陪伴下，挺着肚子幸福地散步的身影。

1994 年的夏天，洁在妇婴医院顺利地产下了七斤重的女儿。

图书在版编目(CIP)数据

夏日机关 / 石钟山著. -- 北京 : 中国文史出版社，2023.3

(中国专业作家作品典藏文库. 石钟山卷)

ISBN 978-7-5205-3762-9

Ⅰ. ①夏… Ⅱ. ①石… Ⅲ. ①中篇小说-小说集-中国-当代②短篇小说-小说集-中国-当代 Ⅳ. ①I247.7

中国版本图书馆 CIP 数据核字(2022)第 179941 号

责任编辑：薛未未

出版发行：中国文史出版社
社　　址：北京市海淀区西八里庄路 69 号院　邮编：100142
电　　话：010-81136606　81136602　81136603（发行部）
传　　真：010-81136655
印　　装：北京新华印刷有限公司
经　　销：全国新华书店
开　　本：720×1020　1/16
印　　张：18.5　　　字数：249 千字
版　　次：2023 年 3 月第 1 版
印　　次：2023 年 3 月第 1 次印刷
定　　价：63.00 元